ZWISCHEN EIS UND SCHWÜREN

CRIMSON ICE
BUCH 2

WILLOW FOX

Zwischen Eis und Schwüren

Crimson Ice - Band 2

Von Willow Fox

Veröffentlicht von Slow Burn Publishing

Cover Design by GetCovers

© 2026

übersetzt von Daniel T.

Alle Rechte vorbehalten.

Kein Teil dieses Buches darf in irgendeiner Form oder mit irgendwelchen Mitteln, elektronisch oder mechanisch, einschließlich Fotokopien, Aufzeichnungen oder Informationsspeicher- und -abrufsystemen ohne schriftliche Genehmigung des Herausgebers vervielfältigt oder übertragen werden.

ÜBER DIESES BUCH

Ich dachte, meine Familie wäre das Einzige, was zwischen uns steht. Wer hätte gedacht, dass Harper ihr eigenes Geheimnis haben würde ...

Wenn mich das Aufwachsen in der Mafia eines gelehrt hat, dann dies: Jeder hat Leichen im Keller.

Mein Vater sicher mehr als genug – und auch ich bin dafür bekannt, dass ich das ein oder andere Geheimnis habe.

Doch ausgerechnet Harpers Geheimnis trifft mich vollkommen unvorbereitet. Es sticht mir direkt ins Herz ...

Zwischen meinen Eltern, die unsere Hochzeit bis ins Detail planen, dem Hockeytraining, das fast meine ganze Zeit in Anspruch nimmt, und meiner kleinen Schwester Nova, die plötzlich viel zu viel

Zeit auf dem Campus verbringt, habe ich so viel um die Ohren, dass ich kurz davor bin, durchzudrehen.

Meine Teamkollegen wissen, dass sie sich besser nicht mit Nova anlegen sollten, aber mein Mitbewohner Ashton verhält sich verdammt zurückhaltend.

Vielleicht hat ihn seine Affäre mit meinem Vater endlich eingeholt. Oder ist er genauso erschöpft wie ich?

Offen gesagt: Es wird immer schwerer zu unterscheiden, wer die Wahrheit sagt, und wer lügt.

Ich weiß nur, dass Geheimnisse alles vergiften können. Und Harpers Geheimnis könnte uns am Ende auseinanderbringen ...

EINS

HARPER

Dante zieht eine Akte hervor, die er auf seinem Schoß unter dem Tisch verborgen hat. Er klappt den Ordner auf – und der Inhalt trifft mich wie ein Schlag ins Gesicht.

Mir bleibt die Luft weg, als mein Blick auf der Geburtsurkunde hängen bleibt.

Niemand darf das wissen.

„Du hast mir verschwiegen, dass du einen Sohn hast."

Ich sehe zu Luca hinüber. So wollte ich es ihm nicht sagen. Ich hatte vor, es ihm zu erzählen, sobald es wirklich ernst zwischen uns wäre.

Stattdessen sind wir praktisch über Nacht von der Planung unseres ersten richtigen Dates bei einer

Verlobung gelandet. Irgendwie ist das allein meine Schuld. Ich glaubte, mitten in der Nacht ein winselndes Welpenjaulen gehört zu haben, und bin dem Geräusch nachgegangen.

Es stellte sich heraus, dass ich mich geirrt hatte.

Es war kein Tier – sondern ein achtjähriger Junge, der im Keller der Riccis gefangen gehalten wurde.

Und dann machte ich fast den tödlichen Fehler, ihm zu helfen und mit ihm zu Fuß zu fliehen. Das Ergebnis: Wir wurden beide zurück in den Kerker gezerrt und wären beinahe getötet worden.

Dante, Lucas Vater, bot mir einen Ausweg an: Ich sollte einen seiner Männer erschießen, der ihn verraten hatte.

Ich bin kein Mörder.

Ich könnte niemals jemandem wehtun – es sei denn zur Selbstverteidigung. Oder wenn jemand meinem Sohn etwas antun würde.

Die Wut einer Mutter kann nicht geleugnet werden.

Dante wollte mich tot sehen. Er gab den Befehl zu meiner Hinrichtung. Das war letzte Nacht.

Natürlich schaltete sich Luca ein – mein sprichwörtlicher Ritter in glänzender Rüstung, nur eben in Jogginghose und T-Shirt – und bestand darauf, dass wir heiraten: Er würde für seinen Vater arbeiten, und ich würde unter dem Schutz der Familie stehen.

Ich kann mich noch immer nicht mit dem Gedanken anfreunden, aus Schutzgründen statt aus Liebe zu heiraten – und ausgerechnet in diese Familie einzuheiraten, die voller Monster und Mörder ist.

Aber mein Leben steht auf dem Spiel, ebenso wie das von Luca.

Ich habe den Befehl gehört, dass Ashton Rinaldi den Auftrag hat, Luca und mich zu töten, wenn wir den Anweisungen nicht folgen.

Ich kann nicht behaupten, dass ich enttäuscht bin, dass Ashton heute Abend nicht mit am Tisch sitzt. Er ist früh gegangen und zurück zur Evergreen University gefahren.

Ich wünschte, ich könnte ebenfalls zurück auf den Campus. Stattdessen sitze ich hier und muss Lucas Eltern und Novas Eltern persönlich gegenübertreten – Menschen, die zufällig eng mit den Riccis zusammenarbeiten.

Es fühlt sich an wie ein Familientreffen. Nur dass ich das Hauptgericht bin.

Lucas' Augen verengen sich, und ich kann den Schmerz sehen, den ich ihm zugefügt habe. Seine grauen Augen wirbeln wie ein Dezemberhimmel – kurz vor dem Wintersturm, schwer von Wolken, und windgepeitscht.

Du hast einen Sohn?“, zischt er, und der Schock steht ihm ins Gesicht geschrieben.

Die Geburtsurkunde liegt da wie ein Urteil – eine Erinnerung an den kleinen Jungen, den ich verzweifelt liebe und für den ich alles tun würde.

Ich wusste, dass dieser Moment kommen würde. Ich hatte nur geglaubt, ich würde Luca selbst von meinem Sohn erzählen.

Er verdient es, die Wahrheit von mir zu hören.

„Ja“, sage ich und nicke langsam. Die Wahrheit ist der einzige Weg, hier lebend herauszukommen, auch wenn alle Augen auf mir ruhen, als wäre ich der Bösewicht in dieser Geschichte.

Währenddessen sitze ich an einem Tisch mit echten Kriminellen, Männern, die für die Mafia leben und atmen.

„Er heißt Zeke“, sage ich. Mein Herz wird warm, wenn ich an meinen Sohn denke. Ich liebe ihn mehr als alles andere, mehr als jeden anderen. Es schmerzt mich, gerade jetzt von ihm getrennt zu sein.

„Hast du ihn zur Adoption freigegeben?“, fragt Luca.

Das ist eine berechtigte Frage. Ich habe Luca oder irgendjemandem bei Evergreen nie von Zeke erzählt. Nicht einmal meine beste Freundin Kensley weiß, dass es ihn gibt.

Weil ich dank meines Stipendiums auf dem Campus wohne, stand ich damals vor einer Entscheidung: Entweder ich ziehe meinen Sohn bei meinen Eltern groß, schließe meine Ausbildung ab und arbeite nebenbei – oder ich breche alles ab und gehe direkt nach der Highschool arbeiten, um für ihn da zu sein.

Doch im Grunde wurde mir die Wahl abgenommen.

So wie mir seit meiner Schwangerschaft jede Entscheidung abgenommen wurde. Zeke muss immer an erster Stelle stehen, ebenso meine Familie – und ich rutsche automatisch auf Platz zwei, manchmal sogar drei.

„Nein", sage ich leise. „Er lebt bei meinen Eltern."

Luca schiebt seinen Stuhl abrupt zurück, steht auf und stürmt wütend davon.

„Luca!", rufe ich ihm hinterher.

„Lass ihn", knurrt Dante. „Wir sind noch nicht fertig."

Ich hasse es, ihn gehen zu sehen – besonders,

weil ich weiß, dass er leidet, und weil sein Schmerz meine Schuld ist.

Ich wollte es ihm sagen. Aber das ist kein Gespräch, das man einfach so zwischen Vorlesungen führt, wenn man „nur“ zusammen lernt und sich gerade erst näherkommt.

Unsere Beziehung hat eben erst angefangen.

Also muss ich ihn seine Wut ausleben lassen. Welche andere Wahl bleibt mir gerade?

Wenn ich mir wünschen könnte, dass er zurückkommt, sich wieder hinsetzt und mir zuhört, während ich ihm alles erkläre, wäre alles so viel leichter. Doch seine Schritte verhallen auf dem Marmorboden, bis ich ihn schließlich gar nicht mehr höre.

„Was möchten Sie wissen?“, frage ich und wende mich wieder Lucas Vater zu, fixiere Dante dabei demonstrativ.

Wenn er meine Vergangenheit ausgegraben hat, muss es einen Grund geben, warum er sie ausgerechnet hier, vor allen, offenlegt.

„Zunächst einmal“, sagt Nikki, „wann wolltest du uns eigentlich erzählen, dass du ein Kind hast?“ Ihre Stimme wird schärfer. „Du willst meinen Sohn heiraten – glaubst du nicht, dass das eine

Information ist, die er zumindest hätte wissen müssen?“

Ich verstehe, warum sie wütend ist.

Nur dass diese Verlobung nicht aus Liebe entstanden ist, sondern aus Notwendigkeit und purem Überlebenswillen.

„Zeke lebt nicht bei mir“, sage ich erneut.

„Offensichtlich“, sagt Dante und verdreht die Augen. „Du wohnst auf dem Campus. Wir wissen bereits, dass Zeke bei deinen Eltern lebt. Hält er sie für seine Eltern? Und hast du deine elterlichen Rechte an deine Eltern übertragen?“

Es sind zu viele Fragen auf einmal. Ich greife nach meinem Wasserglas, weil meine Kehle plötzlich wie zugeschnürt ist.

„Meine Eltern unterstützen mich dabei, Zeke großzuziehen“, bringe ich hervor.

„Für mich sieht es eher so aus, als würden sie ihn für dich großziehen“, spottet Dante.

Seine Worte treffen mich wie ein Schlag in den Magen. Ich schlucke es hinunter – vielleicht, weil ein Teil von mir glaubt, ihn verdient zu haben. Jeden Tag, an dem ich nicht bei Zeke bin, fühle ich mich schuldig.

„Meine Ausbildung ist meinen Eltern wichtig“, sage ich. „Sie wollen, dass ich nach dem Abschluss auf eigenen Beinen stehe und mich dann selbst um Zeke kümmern kann."

„Und sein leiblicher Vater?", fragt Nikki. „Auf der Geburtsurkunde ist keiner eingetragen."

„Er hat seine väterlichen Rechte abgegeben", antworte ich. „Er hat nichts mit Zeke zu tun – und er wird auch nie etwas mit ihm zu tun haben."

Dante und Nikki tauschen einen Blick. Ich kann nicht einschätzen, was dahintersteckt.

Für einen Moment legt sich Stille über den Tisch. Moreno und Paige sitzen weiter weg, Nova neben mir – und trotzdem scheint meine Antwort sogar sie verstummen zu lassen. Ein Teil von mir ist erleichtert, dass Moreno sich nicht einmischt. Ein anderer fühlt sich schutzlos, als müsste ich mich hier allein für Entscheidungen rechtfertigen, die sie eigentlich nichts angehen.

Nova greift nach meinem Arm und legt ihre Hand beruhigend darauf. Es ist tröstlich, aber gegen dieses Verhör, das Lucas Eltern gerade veranstalten, ist es kaum mehr als ein Pflaster.

Dante schaut erneut auf die Geburtsurkunde. „Seinem Geburtsdatum nach ist Ihr Sohn ja kaum dem Kleinkindalter entwachsen."

„Er ist zwei", sage ich und sehe sie fest an.

„Was für eine Mutter lässt ihr Kind zurück und geht vier Jahre lang zur Schule?“ Dantes Frage ist eisig, und ich muss nicht raten, wie das auf alle wirkt.

„Mein Stipendium schreibt vor, dass ich auf dem Campus wohne“, erkläre ich und zwinge meine Stimme, ruhig zu bleiben. „Ich habe versucht, eine Sondergenehmigung zu bekommen. Ich habe sogar darum gebeten, statt im Wohnheim in einem der Häuser oder Apartments auf dem Campus unterkommen zu dürfen – aber das wurde abgelehnt. Ich habe den Antrag zu spät gestellt und hatte nicht die zusätzlichen Mittel, um die Gebühren und Mehrkosten zu tragen.“

Es ist meine Schuld. Und doch auch nicht ganz – bis zum allerletzten Moment wusste ich nicht einmal, dass dieses Stipendium existiert. Ein weiteres Geheimnis meiner Eltern, die über meine Zukunft entschieden haben, ohne mich einzuweihen.

„Du wohnst also im Studentenwohnheim“, sagt Nikki. „Wird das nicht zum Problem, wenn du und Luca heiratet?“

Ich nehme noch einen Schluck Wasser und stelle das Glas ab. „Wir haben über die

Wohnsituation noch nicht wirklich gesprochen. Die Verlobung ist erst gestern Abend passiert", antworte ich und werfe Dante einen kurzen Blick zu.

Ich weiß nicht, wie viel Nikki über das Geschehene wirklich weiß. Luca scheint davon auszugehen, dass sie alles kennt – aber ich werde die ganze Geschichte nicht ausbreiten, wenn sie es vielleicht gar nicht tut.

„Unter Berücksichtigung der Stipendiumsauflagen haben wir eine passendere Unterkunft für euch organisiert – ebenfalls auf dem Campus", sagt Nikki. „Ab dem ersten Montag im Januar gehört das Haus euch. Es gibt auch ein Zimmer für Nova", sie sieht sie kurz an, „und außerdem für Ashton und Liam."

„Danke", sagt Nova, und ihre Augen leuchten. „Dann können wir zusammen wohnen", fügt sie hinzu und grinst mich an.

Ich wünschte, ich könnte mich genauso freuen. Doch allein der Gedanke, dass Ashton ebenfalls dort sein wird, schnürt mir den Magen zu. Schließlich hat er den Auftrag, Luca und mich zu töten.

„Und das hat keine Auswirkungen auf mein Stipendium?", frage ich sofort. Ich muss wissen, dass ich mein Studium fortsetzen kann – ich habe nicht das Geld, vier Jahre College selbst zu bezahlen.

„Es gilt weiterhin als Unterkunft auf dem Campus. Du bist nicht die Einzige mit einem Stipendium", sagt Nikki. „Und was die zusätzlichen Kosten betrifft: Dante und ich übernehmen das. So wie wir es für unseren Sohn tun, werden wir es auch für unsere frisch ernannte Tochter tun."

Dante wirft ihr einen missbilligenden Blick zu, widerspricht ihr jedoch nicht laut.

„Danke", sage ich. „Das ist sehr großzügig."

Ich habe zwar nicht vor, ihr Geld anzunehmen, aber allein zu wissen, dass alles bereits geregelt ist, nimmt mir ein enormes Gewicht von den Schultern.

Bald wird Zeke bei mir sein.

„Und die Hochzeit – müssen wir bis dahin hierbleiben?" Die Frage ist heikel, denn Luca und ich müssen am Montag wieder zur Uni. Ich darf nicht fehlen. Meine Noten müssen stimmen, sonst verliere ich mein Stipendium.

Und als wäre das nicht genug, muss ich auch noch irgendwo Zeit hernehmen, um einen Teilzeitjob zu finden, während ich Zeke großziehe – um all die zusätzlichen Kosten zu stemmen. Das wird meine ohnehin knappe Studienzeit weiter zusammenschrumpfen lassen.

„Überfordert" trifft es kaum, und trotzdem ist da

ein Funken Hoffnung. Ich wollte nie im Wohnheim bleiben.

Auch wenn Nikki anbietet, einen Teil der Wohnkosten zu übernehmen – was ich nicht annehmen werde –, bin ich dankbar für die Chance, aus dem Wohnheim rauszukommen, weg von Quinn.

Aber ich werde Nikki und Dante nichts schulden.

Nicht jetzt. Nicht jemals.

Dante und Nikki wechseln einen kurzen Blick. Dann beugt Nikki sich vor und flüstert ihm etwas zu. Ich klammere mich an die Hoffnung, dass sie auf meiner Seite ist. Ich habe Zeit mit ihr verbracht, wir waren zusammen essen – vielleicht schafft sie es, ihrem Mann Vernunft einzureden.

Nikki lehnt sich wieder zurück, und Dante fixiert mich mit einem düsteren Blick.

„Wir gehen davon aus, dass du niemandem ein Wort über unser Familiengeheimnis sagst", sagt er kalt. „Denn sonst bringst du deine Familie in Gefahr – einschließlich deines Sohnes Zeke. Du willst doch nicht, dass alle, die dir etwas bedeuten, dafür bezahlen, oder?"

„Natürlich nicht", erwidert Nikki sofort. „Sie ist

klug. Sie weiß, dass die Familie an erster Stelle steht.“ Dann wendet sie sich wieder mir zu. „Wenn wir jetzt eine Unterkunft außerhalb des Wohnheims haben – wird Zeke dann bei Ihnen wohnen, oder bleibt er bei Ihren Eltern?“

Dante schaut Nikki scharf an. „Vielleicht sollte sie das zuerst mit Luca besprechen.“

„Bitte“, sage ich leise und blicke über meine Schulter in die Richtung, in der Luca verschwunden ist. Ich will mit ihm reden. Ich will ihm alles erklären.

Wird er mir verzeihen?

Und falls nicht – was heißt das dann für die Hochzeit?

Lassen seine Eltern mich und meine Familie beseitigen, wenn wir am Ende doch nicht heiraten?

„Nach dem Abendessen“, sagt Dante, als die Speisen aufgetragen werden.

Mein Blick wandert zu dem leeren Stuhl neben mir.

Will Luca das Essen auslassen?

Ich könnte es ihm nicht einmal verdenken. Wenn ich die Wahl hätte, würde ich mich auch lieber irgendwo verkriechen.

Wobei … an seiner Stelle wäre ich vermutlich

längst ins Auto gestiegen und einfach verschwunden. Eigentlich wollte Luca mich zurück zum Campus fahren, aber jetzt weiß ich nicht genug, was uns überhaupt noch erwartet.

Nova stößt mich leicht an, während sie nach einem Brötchen greift. „Keine Sorge. Luca wird schon wieder okay sein."

Ihm wird es gut gehen. Ich weiß nur nicht, ob er mir jemals verzeiht.

Das Abendessen steht die ganze Zeit unter Spannung, und als ich endlich aufstehen kann, ohne unhöflich zu wirken oder von seinem Vater zurechtgewiesen zu werden, fällt mir ein Stein vom Herzen.

„Soll ich Luca für dich suchen?", fragt Nova, als auch sie sich vom Tisch erhebt.

„Das wäre wirklich nett", sage ich. Ich will nicht planlos durch dieses Haus streifen. Das letzte Mal, als ich das getan habe, hat es mich genau hierhergebracht – in diese Situation, in der ich plötzlich gezwungen bin, Luca zu heiraten.

Es wäre leichter zu ertragen, wenn wir schon seit Jahren zusammen wären.

Aber wir haben gerade erst angefangen, eine zarte Freundschaft in etwas Heißeres, Intimeres zu verwandeln.

Jetzt fürchte ich, dass sich diese ganze Intensität zwar auf mich richtet – nur nicht als Zuneigung, nicht als romantische Geste, sondern als blanke Wut.

Ich höre sie, noch bevor sie um die Ecke kommen.

Als Luca erscheint, sind seine Augen hart wie Stahl. Er sieht aus, als würde er kochen vor Zorn, während er seine Tasche trägt – und meine gleich mit.

„Lass uns gehen", sagt er und geht zur Hintertür, wo unsere Mäntel und Schuhe auf uns warten.

Ich mache mir nicht die Mühe, mit seiner Familie Höflichkeiten auszutauschen. Was bringt das schon? Ich schlüpfe in meine High Heels, die ich dummerweise mitgebracht habe, ziehe meinen Mantel an und knöpfe ihn zu.

„Tschüss", ruft er über die Schulter.

Nikki kommt eilig in den Flur und umarmt ihren Sohn. Sie umarmt mich auch, aber etwas gezwungener. „Bis zum nächsten Wochenende, Luca", sagt sie.

„Ja“, murmelt Luca, reißt die Tür auf und schreitet hinaus.

Ich halte mich dicht hinter ihm, doch nach zwei Schritten merke ich schon, dass ich nicht mithalten kann – seine langen Beine, meine High Heels: keine Chance.

Er macht keine Anstalten, mir seinen Arm zu geben oder mir irgendwie Halt zu bieten. Der Boden ist noch weich von der frischen Schneeschmelze, und plötzlich steckt mein Absatz fest. Ich gerate ins Wanken.

Im nächsten Moment stolpere ich – direkt in ihn hinein – und wir gehen beide zu Boden.

Er flucht, als er ohne jede Vorwarnung mit dem Gesicht im Gras landet.

„Es tut mir leid“, stoße ich hastig hervor, auch wenn ich sofort weiß, dass das kaum etwas besser macht. Ich liege halb auf ihm und rutsche schnell zurück, während er sich auf die Knie stemmt und dann hochkommt.

Ich bin nur stellenweise mit Dreck und Gras verschmiert. Luca hat es deutlich schlimmer erwischt. Trotzdem streckt er mir die Hand hin und zieht mich wieder auf die Beine.

Als ich endlich wieder sicher stehe, klopft er sich den Schmutz von Mantel und Jeans ab. Glück gehabt – kein Schlamm, nur Grasflecken an den Knien und am Saum seines Mantels.

„Pass auf", sagt er kurz und greift nach meinem Arm, um mich die letzten Schritte zum Auto zu führen.

Ich habe das sehr deutliche Gefühl, dass er das nur tut, damit ich ihn nicht ein zweites Mal umrenne.

Vor dem Haus angekommen, entriegelt er den Wagen, wirft unsere Taschen auf den Rücksitz und steigt dann auf der Fahrerseite ein.

Ich schlüpfe auf den Beifahrersitz, schließe die Tür und warte darauf, dass er mich anschreit.

Aber er sagt nichts.

Zumindest noch nicht.

Die Stille ist noch schlimmer.

Die Luft ist voller Spannung. Draußen ist es kühl, aber im Auto fühlt es sich an, als würde die Luft brennen. Ich lege meinen Sicherheitsgurt an. Luca schaltet das Radio aus und fährt zu den schmiedeeisernen Toren.

Wir warten darauf, dass der Wachmann uns die Ausfahrt gestattet.

Das Tor öffnet sich langsam. Sofort tritt Luca auf das Gaspedal und rast aus der Einfahrt.

Ich schweige. Ich weiß nicht, was ich sagen soll, um den Schaden wiedergutzumachen.

Ich kann jeden seiner Atemzüge hören. Sie sind lang, deutlich und voller Seufzer, als würde er innerlich mit sich selbst kämpfen.

Nach einigen Minuten fasse ich endlich den Mut, etwas zu sagen. „Kann ich das erklären?" Meine Stimme zittert, als ich mich auf meinem Sitz bewege.

Seine Hände schließen sich fester um das Lenkrad. Sein Kiefer arbeitet, und er sieht mich nicht einmal an.

„Erklär mir, warum du mich belogen hast. Nur zu." Sein Ton ist schroff, und seine Wut bricht langsam durch.

Ich verdiene den Zorn, den er über mir ausschütten will. Ich spüre, wie er sich in ihm aufstaut, bereit, jeden Moment loszubrechen.

„Als ich in der Highschool war, wurde ich schwanger."

Sein Blick flackert. „Dein Freund oder ..." Er bringt das Wort nicht über die Lippen.

„Ja. Er war Senior im Footballteam", sage ich – als würde das irgendwie erklären, warum ich Sport hasse, und Sportler meide.

„Du hast mit ihm geschlafen und bist schwanger geworden. Alles klar."

Es ist viel komplizierter als das, aber er hat recht, genau das ist passiert. Ich seufze leise und lehne meinen Kopf zurück, um zur Decke des Autos zu schauen.

„Du kannst mich hassen, so sehr du willst, Luca. Du musst mich nicht heiraten. Aber ich muss wissen, dass Zeke in Sicherheit ist."

Frustriert fährt er sich mit der Hand durch die Haare und schlägt dann mit der Faust auf das Lenkrad.

„Verdammt!"

Ich werfe ihm einen Blick zu, schweige und sehe zu, wie er meinetwegen zusammenbricht.

„Es tut mir leid", flüstere ich.

„Du kannst dich nicht einfach entschuldigen und denken, dass damit alles in Ordnung ist." Er wirft mir einen vernichtenden Blick zu und konzentriert sich dann wieder auf die Straße. Luca rutscht auf seinem Sitz hin und her und kratzt sich am Kinn. „Scheiße."

„Vielleicht kann ich Zeke mitnehmen und für eine Weile die Stadt verlassen. Ich werde niemandem sagen, warum ich gehe. Das Geheimnis deiner Familie bleibt gewahrt."

Er lacht dunkel, und mir stellen sich die Härchen auf den Armen auf, als würde die Luft vor

Spannung vibrieren. „Mein Vater wird dich niemals einfach weglaufen und verschwinden lassen“, warnt Luca. „Er hat überall seine Leute.“

„Und du wirst einer von ihnen sein“, flüstere ich, den Blick auf meine Hände gerichtet, die reglos in meinem Schoß liegen.

An meinem Finger steckt kein Verlobungsring. Seine Mutter hat davon gesprochen, uns Eheringe zu schenken, wenn wir die Hochzeit tatsächlich durchziehen.

„Erinnere mich nicht daran, was aus mir werden wird.“ Lucas’ Stimme ist rau und voller Hass. „Ich wollte nie für Dante arbeiten.“ Er schlägt erneut mit der Hand auf das Lenkrad, seine Wut kocht über.

„Es tut mir leid.“

„Da bist du wieder und entschuldigst dich.“ Er sieht mich nicht einmal an, aber vielleicht sollte ich dafür dankbar sein. Es ist besser, dass er sich auf die Straße konzentriert, damit wir heil zum Campus zurückkommen.

Wieder herrscht Stille im Auto.

Rückblickend ergibt es plötzlich Sinn, warum er so vehement dagegen war, dass ich zu Novas Geburtstagsparty gehe.

„Das ist nicht allein meine Schuld“, flüstere ich und finde meine Kraft wieder, während ich ihn finster anstarre. „Wenn du mir gesagt hättest, dass dein Vater zur Mafia gehört, wäre ich nicht gekommen."

„Ich habe versucht, dich zu warnen!", brüllt er, und ein kalter Schauer läuft mir über den Rücken.

Plötzlich ist mir nicht mehr heiß, sondern eiskalt. Ich greife nach der Lüftungsdüse und stelle die Temperatur auf meiner Seite des Autos ein, um mich aufzuwärmen.

„Nun, du hättest dich mehr anstrengen sollen", murmele ich, laut genug, dass er mich hören kann.

„Du hättest mir von Zeke erzählen sollen!"

Ich sehe ihn an, als könnte ich in seinem Blick eine Antwort finden. „Wann, Luca? Wann wäre denn der richtige Moment gewesen, dir zu sagen, dass ich einen zweijährigen Sohn habe? Dass ich Mutter bin. Dass mein Leben nach dem College längst feststeht – und dass ich mich jeden Tag irgendwie durchkämpfe, während mein Kind, das mich eigentlich brauchen sollte, bei meinen Eltern aufwächst."

„Jeder Zeitpunkt wäre besser gewesen als heute", zischt er. „Wir haben zusammen gelernt – da hättest du Zeke erwähnen können. Oder im Unterricht: Du hättest mir ein Foto von ihm auf deinem Handy zeigen können. Verdammt, ich habe sogar meine Nummer in dein Handy getippt, und nicht mal ein Bild von ihm war als Hintergrund zu sehen. Es wirkt, als hättest du ihn absichtlich versteckt."

„Das ist nicht fair." Ich schüttle den Kopf, doch ein Teil von mir fragt sich, ob er nicht recht hat.

Ich habe Zeke vor allen verborgen.

Kensley, meine beste Freundin in Evergreen, weiß nicht einmal, dass es meinen Sohn gibt.

Meine beschissene Mitbewohnerin Quinn – ihr hätte ich es natürlich nicht erzählt.

Er ist ein Geheimnis, das ich für mich behalte, nicht um ihn zu schützen, sondern um mich selbst zu schützen.

Weil es einfacher war, zu glauben, ich könnte ein normales College-Leben führen, als mich der Realität zu stellen, dass ich eine Teenager-Mutter bin.

Das Schlimmste daran war, ihn zurückzulassen.

„Ich wollte gar nicht hierherkommen", sage ich und starre aus dem Seitenfenster.

„Warum zum Teufel bist du dann zu Novas Geburtstag gekommen? Ich habe dir gesagt, du sollst *nicht* kommen."

Er ist wütend auf mich. Ich bin mir nicht sicher, ob er mir jemals verzeihen wird.

„Ich habe nicht von der Party gesprochen. Ich meinte die EU“, sage ich.

Er schweigt. Es ist das erste Mal seit langer Zeit, dass ich das Gefühl habe, er lässt mich reden, oder vielleicht hat er einfach beschlossen, dass es ihm egal ist, was ich sage, und er wird für immer wütend auf mich bleiben.

„Für dieses Stipendium, Luca, musste ich auf dem Campus wohnen. Ich wollte pendeln, damit ich tagsüber zur Uni gehen und dann nach Hause kommen konnte, um so viel Zeit wie möglich mit Zeke zu verbringen.“

Er bewegt sich wieder, sagt aber nichts.

Ich weiß, dass er mir zuhört, auch wenn er so tut, als würde ihn kein Wort erreichen. Seine Muskeln spannen sich an, zucken leicht, während ich rede – als würde die Anspannung durch ihn hindurchlaufen und einfach nicht abflauen.

„Meine Eltern haben entschieden, dass ich hierherkomme, um eine Ausbildung zu machen.“ Ohne das Stipendium hätten sie sich die Studiengebühren nie leisten können. Für mich gab es nur zwei Möglichkeiten: Vollzeit studieren und auf dem Campus wohnen – oder zu Hause bleiben, arbeiten gehen und den College-Abschluss vergessen.

„Gib deinen Eltern nicht die Schuld daran.“ Luca wirft mir einen finsteren Blick zu, bevor er seine Aufmerksamkeit wieder auf die Straße richtet.

Draußen wird es langsam dunkel, und die Fahrt zurück zum Campus führt über wenig befahrene Straßen.

„Ich übernehme die volle Verantwortung dafür, dass ich euch nichts von Zeke gesagt habe“, sage ich sofort, damit klar ist, dass ich ihnen nicht die Schuld geben will. Ich habe nur versucht zu erklären, warum Zeke nicht bei mir ist und warum ich im Wohnheim lebe.

Er schnaubt leise und ignoriert mich erneut.

Stille erfüllt das Auto. Er greift nach dem Radio und trifft damit endgültig die Entscheidung: Das Gespräch ist beendet.

Als wir in den Innenhof einbiegen und vor dem Wohnheim halten, schaut er mich kaum an. Er beugt sich nach hinten, zieht meine Tasche vom Rücksitz und reicht sie mir.

Ich steige aus, nehme sie ihm ab, und unsere Finger streifen sich kurz. Ich sehe zu ihm hoch, doch er erwidert meinen Blick nicht.

Wahrscheinlich wird es morgen kein Date geben – nicht, wenn er mich nicht einmal ansieht, geschweige denn mit mir spricht. „Viel Glück beim

Training“, sage ich dennoch. Ich erinnere mich, dass er seinen Eltern erzählt hat, morgen sei Hockeytraining.

„Wir sehen uns in der Schule“, sagt er, und ich habe das Gefühl, wir hätten uns gerade nach einem heftigen Streit getrennt. Nur dass wir gar nicht zusammen waren.

Technisch gesehen sind wir nichts, und doch sind wir verlobt.

ZWEI

ASHTON

Was für ein kolossaler Mist. Was eigentlich ein Treffen zu Novas Geburtstag sein sollte, endete damit, dass ich den Auftrag bekam, meinen besten Freund und Teamkollegen zusammen mit seiner *falschen* Freundin zu erschießen.

Ich lege mich auf das Sofa, strecke mich aus und trinke ein Bier.

Ich sehne mich nach etwas, das mich von den Ereignissen dieses Wochenendes ablenkt. Zum Glück konnte ich mich vor ihrem kleinen Familienessen aus dem Staub machen.

Ich wollte nichts mit der Dynamik des Ricci-Abendessens zu tun haben. Man muss kein Genie sein, um zu erkennen, dass Luca und Harper die Hölle auf Erden bevorstand.

Ich mag Luca eigentlich. Als Freund ist er ein verdammt guter Kumpel – loyal, verlässlich. Als Mitbewohner lässt er seinen Kram nicht überall liegen, und als Teamkollege weiß ich genau, dass ich mich auf dem Eis auf ihn verlassen kann.

Aber dass sein Vater mir den Befehl gab, meinen Freund zu töten, falls Luca Harper nicht umbringt ... das war Drama in einer vollkommen anderen Liga.

Ich hätte es wahrscheinlich sogar durchgezogen, weil mein alter Herr, Aureilo, und Dante befreundet sind. Begeistert bin ich von dem, was man von mir verlangt, trotzdem nicht.

Luca müsste bald zurück sein – vorausgesetzt, sein Vater hat ihn nicht umgebracht. Und das ist nicht mal übertrieben.

Ich zappe durch die Kanäle unserer Streaming-App und trinke ein Bier.

Es ist Samstagabend, es wird spät, aber ich sollte auf einer Party sein und nicht die Ereignisse des Abends in meinem Kopf wiederholen.

Was für ein Mist.

Die Haustür quietscht beim Öffnen, und ich schaue über meine Schulter.

Wie es aussieht, lebt Luca Ricci noch.

„Ich schätze, ich muss deinen Platz auf dem Eis nicht einnehmen."

„Dunkler Sarkasmus – wie nett", knurrt Luca. „Aber ich bin nicht in der Stimmung dafür." Lucas' Stimme ist rau vor Ärger und voller Wut.

Normalerweise ist er der Ruhepol. Außer, wenn es um Harper McKenna geht.

Ich setze mich auf dem Sofa auf, schwinge meine Beine über die Lehne und mustere ihn mit gespieltem Interesse. „Na? Läuft deine kleine Verlobung nicht ganz nach Plan?" Ich grinse bewusst, weil ich genau weiß, dass ihn das wütend machen wird. Ich kann förmlich spüren, wie die Wut aus ihm herauskocht.

„Das habe ich dir zu verdanken", knurrt Luca mich an, und schleudert seine Reisetasche auf den Boden. Danach lässt er Mantel und Schuhe gleich danebenfallen.

Normalerweise ist er ordentlicher. Ich nehme einen weiteren Schluck aus meiner Bierflasche und beobachte ihn aufmerksam. „Das Abendessen ist also ... gut gelaufen, nehme ich an."

Er beantwortet das mit dem Mittelfinger und stürmt in die Küche, wo er den Lichtschalter an der Wand betätigt. Er reißt den Kühlschrank immer wieder auf und knallt ihn zu, bevor er anschließend mit Töpfen und Pfannen klappert.

Das bereitet mir Kopfschmerzen.

„Was zum Teufel ist dein Problem?“, brülle ich in seine Richtung und erhebe mich vom Sofa.

Verdammt. Gerade hatte ich es mir bequem gemacht.

„Du bist mein Problem“, zischt Luca und lässt den Metalltopf auf den Herd fallen. „Und sie ist mein Problem.“

Anscheinend hat er eine Liste mit allen, die ihm Unrecht getan haben.

Es wundert mich nicht, dass ich auf dieser Liste stehe, besonders nach dem, was letzte Nacht passiert ist.

„Dass du sie nicht heiratest?“, vermute ich, ein wenig erleichtert. Ich würde es hassen, wenn er sein Leben für ein Mädchen wegwirft, das er kaum kennt. Ich muss lächeln, während ich an meinem Bier nippe und beobachte, wie er seine Frustration an unserem Kochgeschirr auslässt.

„Das würde dir gefallen, was?“, knurrt Luca und kommt auf mich zu. „Du hast sie das ganze Semester lang beobachtet und um ihre Aufmerksamkeit gebuhlt.“

Als ich Harper zum ersten Mal traf, war ich zwar ein wenig in sie verliebt, aber mir wurde klar, dass Luca ihr *völlig* verfallen war. Und seine Eifersucht war weder für unsere Freundschaft noch fürs Team besonders zuträglich.

Mein Vater hat mir beigebracht, das Team immer an die erste Stelle zu setzen. Eigentlich meinte er damit die Mafia. Für mich läuft das ohnehin aufs Gleiche hinaus: beides ist Blut, beides ist Familie. Und trotzdem habe ich ihm gestern Abend eine Waffe vorgehalten.

Kein Wunder, dass er sauer ist.

„Glaub mir, ich bin nicht derjenige, der sie heiraten will", sage ich.

Er lacht düster.

„Komisch", erwidert er. „Das klang anders, als du sie kennengelernt hast." Er erinnert mich an meine großen Worte – daran, wie ich geschworen habe, ich hätte das Mädchen getroffen, das ich einmal heiraten würde.

„Tja, ich lag daneben. Sie hat eindeutig ein Auge auf dich geworfen. Mit dir konkurriere ich garantiert nicht", sage ich. Wenn er Streit sucht, werde ich ihm den nicht geben.

Er wirft ein halbes Dutzend Zutaten in die

Pfanne, hauptsächlich Gemüse und etwas Hähnchen, und beobachtet den Herd.

„Was ist denn in dich gefahren?“, frage ich.

„Im Ernst?“ Er fährt herum, die Augen groß. „Du warst bereit, die Befehle meines Vaters auszuführen, ohne auch nur eine Sekunde an unsere Brüderlichkeit zu denken.“

„Nimm's nicht persönlich“, sage ich und hebe beschwichtigend die Hände. „Dein Vater und meiner sind Freunde. Ich werde einmal das Geschäft übernehmen. Es ist ... ein Befehl.“

„Mich umzubringen, ist für dich also nur ein verdammter Befehl?“ Luca brüllt es heraus, die Augen aufgerissen, und einen Moment lang sieht er so aus, als würde er mir gleich die Pfanne an den Kopf werfen. Wenigstens ist das Essen noch nicht kochend heiß – bei der Pfanne bin ich mir da weniger sicher. Ich mache instinktiv einen Schritt zurück.

In seinem Blick blitzt etwas von der Kälte seines Vaters auf.

„Du wirst ein guter Don“, sage ich, nur um die Spannung zu entschärfen.

„Ich will verdammt noch mal kein Don sein!“ Luca schnappt sich das nächstgelegene Messer vom Tresen und wirft es nach mir.

Ich ducke mich im letzten Moment. Das Messer zischt an mir vorbei und schlägt in die Wand. Es hätte mein Auge erwischen können. Oder meine Stirn. Zielsicher ist er jedenfalls.

„Ich glaube nicht, dass wir unsere Kaution zurückbekommen“, scherze ich, um die Situation aufzulockern.

Bevor ich seine Antwort hören kann, gehe ich rückwärts aus der Küche, ohne auf das zweite Messer zu warten.

„Arschloch“, murmele ich.

„Das habe ich gehört!“, ruft Luca hinter mir her.

„Gut, das war auch für dich bestimmt.“ Ich lasse mich auf das Sofa fallen und versuche, mich zu entspannen, aber das scheint fast unmöglich, als mein Telefon klingelt. Ich kenne die Nummer nicht, also leite ich den Anruf an die Voicemail weiter.

Eine Sekunde später vibriert es und eine SMS von derselben unbekannten Nummer kommt herein.

Es ist Dante. Geh verdammt noch mal ans Telefon.

Warum zum Teufel ruft Lucas Vater mich an – und schreibt mir auch noch? Ich werfe einen Blick Richtung Küche, wo Luca noch immer beschäftigt ist, und entscheide, den Rückruf lieber in meinem Schlafzimmer anzunehmen.

Das Handy klingelt wieder. Dieses Mal gehe ich ran, sobald ich mein Zimmer betrete und die Tür hinter mir ins Schloss fallen lasse. „Ja, Sir“, sage ich. „Was kann ich für Sie tun?“

DREI

HARPER

Auf dem Weg zu „Econ 101" laufe ich Kensley über den Weg. Wir haben dieses Semester zwar keinen Kurs zusammen, aber fast jeden Tag essen wir gemeinsam zu Mittag.

„Du antwortest nicht auf meine SMS", sagt sie, und in ihren Augen liegt dieses neckische Funkeln.

Ich wühle in meiner Tasche, ziehe mein Handy heraus und runzle die Stirn. „Du hast mir gar nichts geschickt." Ich halte es ihr hin, damit sie sieht, dass keine Nachricht von ihr da ist.

Sie nimmt mir das Handy einfach aus der Hand und bleibt vor dem Gebäude stehen. Sie muss nach Osten, wir müssen in verschiedene Richtungen. „Komisch. Vielleicht solltest du es mal neu starten."

Eigentlich hat sie recht – ich kann mich nicht erinnern, wann ich es zuletzt ausgeschaltet habe. „Mache ich“, sage ich, drücke es aus und stecke es zurück in die Tasche.

„Essen wir später zusammen? Gleiche Zeit?“, fragt sie, als hätte ich sie gemieden. Was ich nicht getan habe.

Nur ... ich habe ihr dieses Wochenende auch nicht geschrieben. Ich war zu sehr damit beschäftigt, die Folgen von Novas Geburtstagsparty zu bewältigen.

Den Sonntag habe ich wie betäubt verbracht, hin- und hergerissen zwischen Erschöpfung und Panik. Als ich meine Eltern anrief, fehlte mir sogar die Kraft, ihnen von meinem *falschen* Freund zu erzählen – geschweige denn von einem Verlobten.

Wie soll ich Kensley sagen, dass ich verlobt bin?

Sie wird es mir niemals glauben. Sie kennt mich schon lange genug, um zu wissen, dass Luca und ich nicht ständig miteinander beschäftigt sind.

Eine Hochzeit wäre absolut verrückt.

„Klar“, sage ich und zwinge ein Lächeln auf meine Lippen. „Natürlich, später zum Mittagessen.“ Ich hätte ihr so viel zu erzählen – und gleichzeitig weiß ich nicht, wie, ohne sie mit hineinzuziehen.

Das Letzte, was ich will, ist, auch ihr Leben in Gefahr zu bringen.

Ich gehe durch die schweren Holztüren und betrete den Hörsaal. Von Luca ist nichts zu sehen. Normalerweise kommt er erst, nachdem ich im Hörsaal bin, und setzt sich dann neben mich.

Irgendetwas sagt mir, dass er sich heute einen anderen Platz aussuchen wird.

Ich setze mich auf meinen üblichen Platz, klappe meinen Laptop auf, hole meine Notizen hervor und gehe den Unterricht durch. Das meiste davon ergibt für mich wenig Sinn, bis Luca mir hilft, die Informationen zu ordnen.

Er ist ein guter Lehrer.

Und ein wirklich guter Freund.

Aber er erscheint nicht zum Unterricht. Ich nehme mein Handy, schalte es wieder ein und schicke Luca eine SMS.

Wo bist du?

Es wird angezeigt, dass er meine Nachricht gelesen hat, aber er antwortet nicht.

Er kommt auch nicht zum Unterricht. Weicht er mir aus oder stimmt etwas nicht?

Nach dem Unterricht laufe ich allein zu meiner nächsten Vorlesung über den Campus. Ich hasse es, mir einzugestehen, wie leer es sich ohne Luca anfühlt. Dass er mich sonst begleitet hat, hat mir immer geholfen, die Zeit totzuschlagen – und er war dabei tatsächlich ein verdammt guter Begleiter.

Immerhin geht die Vorlesung schnell vorbei. Und im Gegensatz zu Wirtschaft, wo ich komplett untergehe, ist Englisch für mich ein Selbstläufer. Als ich fertig bin, treffe ich Kensley zum Mittagessen, ziehe dabei mein Handy aus der Tasche – und starre kurz drauf.

Noch immer keine Nachricht von Luca. Und auch von Kensley nichts. Seltsam.

„Ich hab uns einen Tisch gesichert", sagt sie und winkt mir zu. Vor ihr liegt bereits ein Sandwich. Ich stelle meinen Rucksack ab und reihe mich ein, um mir ebenfalls eins zu holen.

Ashton taucht hinter mir auf und beschleunigt, damit sich niemand anders den Platz direkt neben mir schnappt. „Hey, Fremde", sagt er grinsend.

Ich mustere ihn, weil ich nicht ganz verstehe, was er hier will.

„Ich hol mir nur was zu essen", sagt er schnell – offenbar merkt er mein Misstrauen.

„Luca war heute nicht im Unterricht. Ist alles okay?", frage ich, während ich mein Sandwich bestelle und warte, bis die Frau hinter der Theke es zubereitet.

„Keine Ahnung. Neulich hat er ein Messer nach mir geworfen. Und am Sonntag hat er beim Training kein Wort mit mir geredet“, sagt Ashton. „Ist zwischen euch beiden alles in Ordnung?“

Ich habe noch nie erlebt, dass er sich nach Luca und mir erkundigt hat. Nach dem, was sich am Samstag bei den Riccis abgespielt hat, zögere ich, viel zu erzählen. Aber er weiß, was los ist, und da ich es Kensley nicht sagen kann, ist es vielleicht die nächstbeste Option, mich ihm anzuvertrauen?

„Ich glaube nicht“, sage ich. Ich schnappe mir eine Tüte Chips und warte, bis Ashton sein Sandwich geholt hat, bevor wir beide zur Kasse gehen.

„Hast du Zweifel an deiner Entscheidung?“, fragt Ashton.

Ich öffne den Mund, schließe ihn aber wieder. Ich bin mir nicht sicher, was er damit meint, aber ich vertraue ihm nicht ganz. Nicht nach dem, was am Wochenende vorgefallen ist. „Man könnte sagen, dass Luca und ich nicht miteinander reden.“

Ashton und ich bezahlen unsere Mahlzeiten, und er begleitet mich zu dem Tisch, den Kensley für uns reserviert hat.

„Warum redet ihr nicht miteinander?“, fragt Ashton und wartet auf meine Antwort.

Er versucht ganz eindeutig, mir Informationen zu entlocken. Ich verstehe nur nicht, warum.

Ist es bloß Neugier – oder steckt etwas deutlich Unangenehmeres dahinter?

Ich setze mich an unseren Tisch, und Ashton entscheidet kurzerhand, sich dazuzusetzen, als wäre das selbstverständlich. „Ich bin Ashton“, sagt er, stellt sein Tablett ab und hält mir die Hand hin, ganz formell.

Kensley kaut gerade an ihrem Sandwich. Sie legt es irritiert beiseite, wischt sich die Hände an der Serviette ab und nimmt seine Hand. „Kensley“, stellt sie sich vor. „Entschuldige, du hast mich gerade echt überrascht. Ich habe keine neuen Freunde erwartet. Aber alles gut.“

Ihre Augen werden groß, während sie versucht, einzuordnen, was hier gerade passiert.

„Kensley und ich haben uns in der ersten Woche auf dem Campus kennengelernt“, erkläre ich. „Ashton kenne ich durch Luca. Die beiden wohnen zusammen.“

„Du hast mich zuerst kennengelernt“, sagt Ashton mit einem Grinsen.

Das stimmt so nicht. Luca habe ich zuerst getroffen. Ashton hat mich nur technisch gesehen als Erster nach einem Date gefragt – und das muss er nun wirklich nicht ausgerechnet hier ausbreiten. Das würde mir am Ende nur Ärger mit Luca einbringen.

„Flirtest du gerade mit mir?“, frage ich und versuche herauszufinden, was er eigentlich will.

Ashton rutscht unruhig auf seinem Stuhl hin und her. „Nein“, sagt er schnell und richtet seine Aufmerksamkeit demonstrativ auf Kensley, als hätte ich ihn gerade beleidigt.

„Und? Wie war dein Wochenende?“, fragt Kensley. „Du hast mich gar nicht angerufen, um mir zu erzählen, wie dein Date mit Luca gelaufen ist.“

„Hat nicht stattgefunden“, sage ich und fixiere mein Essen, als wäre es das Spannendste auf diesem Planeten. Ich nehme demonstrativ einen Bissen und hoffe, sie lässt es dabei bewenden.

Natürlich nicht.

„Hat das Hockeytraining dazwischengefunkt?“, hakt sie nach.

„Nein, ich habe es vermasselt“, sage ich und werfe Ashton einen kurzen Blick zu.

Luca und ich haben seit Samstagabend, als er mich zurück zur Schule gebracht hat, nicht mehr miteinander gesprochen. „Luca ignoriert mich“, sage ich.

Kensley runzelt die Stirn. „Was hast du denn

gemacht?“, fragt sie, beugt sich vor und ist völlig fasziniert von meinem fehlenden Liebesleben.

Ashton beobachtet mich, und sein Blick sagt mehr als tausend Worte. Er wartet darauf, dass ich zusammenbreche und die Wahrheit über die Familie Ricci verrate.

Das werde ich nicht.

Außerdem ist es mir egal, dass sie zur Mafia gehören. Das ist nichts Neues. Die größere Geschichte ist, dass sie einen kleinen Jungen entführt haben, und ich habe den ganzen Sonntag damit verbracht, herauszufinden, wer das Kind ist, aber ich bin nicht fündig geworden – bis ich die Nachrichten im Fernsehen gesehen habe.

In den Nachrichten lief ein Bericht über eine Explosion, die das Haus eines bekannten Geschäftsmannes und seiner Familie zerstört hatte. Man ging davon aus, dass auch sein Sohn und seine Eltern dabei ums Leben gekommen seien. Überall wurden Bilder gezeigt – auch eins von dem kleinen Jungen.

Nur dass er offensichtlich nicht tot war. Ich hatte einen Namen, ja. Aber was dann? Wenn ich den falschen Schritt mache, bringe ich mich selbst um.

Mein Plan war, mit Luca zu sprechen, sobald ich ihn sehe. Ihn zu bitten, seinem Vater Fragen zu stellen, wenn er ihn am nächsten Wochenende besucht. Vielleicht könnten wir gemeinsam einen Weg finden, den Jungen in Sicherheit zu bringen – und ihn freizubekommen.

„Harper?" Kensley schnippt mir vor dem Gesicht herum, weil ich zu lange nicht antworte. „Was hast du gemacht, dass Luca so sauer ist?"

„Ich ... hab' ihm etwas verschwiegen", flüstere ich.

Kensleys Blick springt von mir zu Ashton.

„Ashton kann bestimmt mit Luca reden", sagt sie sofort. „Du hast doch gesagt, ihr seid Zimmergenossen." Sie meint es gut – aber sie hat keine Ahnung, wie tief das alles geht. Und dass Reden hier nicht reicht.

Sie kennt nicht einmal das ganze Bild. Zum Beispiel, dass wir bald heiraten sollen.

Ich kann Kensley nicht anlügen, also bleibt mir nur, die Hochzeit einfach nicht zu erwähnen.

„Er wird schon darüber hinwegkommen, was auch immer es war", entscheidet Kensley munter. „Und wenn nicht: An der EU gibt's noch andere Jungs." Sie zwinkert. „Klar, dein Mitbewohner ist bestimmt toll, aber wenn er nicht der nachsichtige Typ ist, kann Ashton dir bestimmt helfen, jemand anderen kennenzulernen. Ich bin mir sicher, dass er viele Eishockeyspieler kennt."

„Ich werde mich nicht mit einem anderen Sportler verabreden", falle ich ihr ins Wort und hebe die Hand. „Ich werde mich mit niemandem verabreden."

„Okay, okay. Dann eben Enthaltsamkeit. Ich kann dir ein Spielzeugkaninchen besorgen", sagt Kensley – und ich bin mir nicht sicher, ob sie scherzt oder das ernst meint.

„Nein, danke. Ich komme klar."

„Oh, hast du die SMS jemals bekommen?", fragt Kensley mich erneut.

Ich zeige ihr mein Handy. „Nada." Es gibt keine verpassten SMS oder sogar zuvor gelesene Nachrichten von ihr.

„Das ist seltsam", sagt Kensley. Sie zeigt mir ihr Handy, und alle Textnachrichten sind am Samstagmorgen eingegangen und *als gelesen* markiert.

„Ich hatte mein Handy nicht dabei, als du sie geschickt hast", sage ich und bemerke die Zeitstempel und die Lesebestätigungen auf ihrem Handy. Sie kamen alle, als ich mit Nikki zum Mittagessen unterwegs war und mein Handy versehentlich zu Hause vergessen hatte.

Hat Luca meine Nachrichten gelesen?

Oder war es Dante?

Die Nachrichten enthalten nichts, was Verdacht erregen oder verraten würde, dass Luca und ich noch kein richtiges Date hatten.

Aber allein die Vorstellung, dass jemand in meinem Handy war, liegt mir wie ein Stein im Magen.

„Es sieht so aus, als hätte jemand meine Nachrichten gelesen und gelöscht“, sage ich und fixiere Ashton. In meiner Stimme liegt mehr Bitte, als ich zugeben will. „Weißt du irgendwas darüber?“ Er war mit Luca zu Hause – er muss etwas wissen.

„Nein.“ Ashton zuckt nur lässig mit den Schultern.

Warum habe ich überhaupt gedacht, er würde mir helfen?

Wir beenden unser Mittagessen, und als wir nach draußen gehen, schnappt Kensley sich ihren Rucksack und schaut mich über die Schulter an. „Du kommst heute Abend vorbei. Nach dem Essen können wir ein paar Spiele spielen.“ Es klingt weniger nach einer Frage als nach einem Plan – und ehrlich: Ich habe sie das ganze Wochenende hängen lassen.

„Klingt nach einem Date“, sage ich.

Ashton steht direkt neben mir, beugt sich näher und flüstert: „Lass das Luca bloß nicht hören, sonst wird er eifersüchtig."

Ich schenke ihm einen giftigen Blick. „Hast du nichts Besseres zu tun?"

„Sei nicht so gemein!", tadelt Kensley und presst die Lippen zusammen. Dann schaut sie Ashton an. „Du kannst gern mitmachen, wenn du willst. Ich will unbedingt D&D spielen, wenn Harper den Dungeon Master macht – und zu zweit macht das keinen Spaß."

Kensley sieht mich an, als würde sie mich anflehen. „Wir brauchen wirklich mindestens drei, besser vier Leute, damit es Spaß macht", erinnere ich sie.

„Mich wirst du bei so einem Spiel nie erwischen", murrt Ashton. „Ich hab 'nen Ruf zu verlieren. Aber ihr Mädels könnt heute Abend rüberkommen, dann finden wir was anderes."

Ich schaue zu ihm hoch, unsicher, worauf er hinauswill. Ashton flirtet ständig – und wenn er gleich irgendein schräges Sexspiel vorschlägt, trete ich ihm ohne Vorwarnung in die Eier.

„Wir haben Catan, Dominion und noch einen Haufen anderer Spiele, die nichts mit Party-Kram zu tun haben“, murmelt er. „Ich hasse diese beschissenen Kartenspiele.“

„Wahrscheinlich, weil du darin schlecht bist“, stichelt Kensley.

Ich muss lachen – und genieße es, wie sie ihm einen reindrückt.

„Ich muss jetzt zum Unterricht“, sagt Kensley. „Aber schick mir die Adresse per SMS, dann treffen wir uns heute Abend einfach alle. Passt schon.“

Allein bei dem Gedanken, ausgerechnet bei Ashton abzuhängen, zieht sich mir der Magen zusammen. „Kommt Luca auch?“

Er will mich nicht sehen. Zumindest kann ich das nur vermuten, da er meine Nachrichten nicht beantwortet und nicht zum Unterricht erscheint.

Er geht mir aus dem Weg.

Vielleicht wäre es gut, ihn zu treffen, mit ihm zu reden und die Dinge zu klären. Wenn schon nicht um meinetwillen, dann wenigstens um Zekes willen.

Ashton zuckt mit den Schultern. „Ich bin nicht sein Babysitter. Kommt ihr jetzt oder nicht?“

„Hast du heute Abend kein Training?“

„Wir treffen uns in einer Stunde in der Turnhalle, aber nach dem Abendessen haben wir Zeit. Kommt gegen sieben Uhr vorbei.“

„Wir kommen“, sagt Kensley und eilt zum Unterricht.

Ich werfe Ashton einen Seitenblick zu und presse die Lippen aufeinander, während wir losgehen. Eigentlich will ich nur zurück ins Wohnheim, um zu lernen. Wohin er will, weiß ich nicht – aber er bleibt an meiner Seite, als hätte er beschlossen, dass das jetzt so läuft.

„Was?“, fragt er, als er merkt, dass ich etwas zu sagen habe.

„Willst du mir wirklich nicht sagen, wie es Luca geht?“

Ashton atmet tief aus und schaut sich um. Wir sind allein auf dem Bürgersteig, niemand ist in Hörweite, falls ihm das Sorgen macht. „Ich weiß nicht, was es zu erzählen gibt. Er ist stinksauer.“

„Auf mich“, sage ich, ohne wirklich zu fragen.

„Auf dich, auf das Universum. Wie sich herausstellt, bin ich im Moment auch nicht gerade sein größter Fan. Als er am Samstag nach Hause kam, hat er ein Messer nach mir geworfen.“

„Heilige Scheiße.“ Mir stockt der Atem, als ich stehen bleibe und ihn anschaue. „Geht es dir gut?“

Ashton strahlt. „Mir geht es gut. Ich weiß, wie man sich duckt. Ihm geht es aber eindeutig nicht gut. Du und er müsst die Dinge klären. Hast du es deinen Eltern schon gesagt?"

Seine Frage trifft mich vollkommen unvorbereitet, und ich gehe weiter in Richtung Wohnheim.

Ashton macht zwei schnelle Schritte, um mich einzuholen.

„Warum fragst du nach meinen Eltern?" Ein kalter Schauer läuft mir über den Rücken. Draußen ist es kühl, eine leichte Brise streift meine Haut – und trotzdem fühlt es sich unter meiner Jacke an, als würde die Kälte von innen hochkriechen.

„Weil jeder weiß, dass du deine Eltern am Wochenende mitbringst, um sie seinen Eltern vorzustellen", sagt er, als wäre das das Normalste der Welt, und stößt mich leicht mit dem Ellbogen an. „Ihr müsst schließlich eine Hochzeit planen."

„Verpiss dich." Ich beschleunige meine Schritte, die Wohnheime sind schon in der Ferne zu sehen.

Warum läuft er immer noch mit mir? Seine Wohnung liegt in der entgegengesetzten Richtung, und es gibt keinen Grund für ihn, hier draußen zu parken, vorausgesetzt, er hat ein Auto. Ich habe ihn noch nie fahren sehen.

„Ich versuche dir zu helfen", sagt Ashton. Er ist

größer als ich, seine langen Beine halten mühelos mit meinem Tempo mit.

Es ist nervig, nur durchschnittlich groß zu sein. Eigentlich hat mich das nie gestört, aber gerade fühlt es sich so an, als würde er neben mir spazieren, während ich rennen muss, um Abstand zu gewinnen. „Ich brauche deine Hilfe nicht."

„Na gut", sagt Ashton und bleibt stehen.

Gibt er endlich auf?

„Wir sehen uns heute Abend", ruft er mir hinterher, während ich weiter zu den Wohnheimen eile.

„Klar, gut, wie auch immer!", rufe ich zurück.

Und trotzdem: Bei meinen Eltern hat er nicht ganz unrecht. Ich muss mich bei ihnen melden – und zwar nicht nur für ein harmloses, freundliches Telefonat.

Aber wie soll ich ihnen eine Verlobung beichten, wenn sie noch nicht einmal wissen, dass es Luca überhaupt gibt?

Sie werden wütend sein. Und enttäuscht.

Vielleicht warte ich mit der Ankündigung der bevorstehenden Hochzeit und halte mich so lange wie möglich an die grundlegenden Informationen. Wenn ich ihnen klar machen kann, dass Luca ein toller Kerl ist, vorausgesetzt, er ist damit einverstanden, können wir ein schönes Familienessen mit unseren beiden Familien veranstalten.

Wem mache ich hier etwas vor?

Ein schönes Familienessen würde die Mafia nicht einbeziehen.

Kensley und ich machen uns auf den Weg zu Luca und Ashton, um dort einen Spieleabend zu verbringen. Kensley hat eine Tasche über der Schulter, randvoll mit Brettspielen.

Ich fühle mich völlig unvorbereitet, weil ich nichts dabeihabe. Nicht so, als würde ich im Wohnheim einen Stapel Spiele horten – Kensley dagegen scheint gefühlt ein komplettes Spielelager unter ihrem Bett zu haben.

Ich klopfe an die Haustür und warte darauf, dass Ashton uns reinlässt.

Meine Hände zittern, also stopfe ich sie wieder in die Jackentaschen, um sie warm zu halten.

Dann reißt Luca die Tür auf, mustert uns – und knallt sie uns ohne ein Wort direkt vor der Nase zu.

„Idiot!“, schreit Kensley empört.

Drinnen höre ich sofort Stimmen, ein

durcheinandergeworfenes Streiten. Offenbar geraten Ashton und Luca aneinander – wahrscheinlich wegen mir.

Ein paar Sekunden später fliegt die Tür erneut auf. Ashton steht da, tritt zur Seite und lässt uns rein. „Sorry“, sagt er. „Mein Mitbewohner ist diese Woche offenbar mit dem falschen Fuß aufgestanden.“

Luca blickt von mir zu Kensley, als hätte er erst jetzt begriffen, dass ich nicht allein bin. „Was soll das?“, fragt er angespannt.

„Spieleabend!“, verkündet Kensley fröhlich und hält ihre Tasche hoch. Ich schwöre, sie versucht, die Stimmung zu retten. Sie ist wirklich eine gute Freundin – und sie hat keine Ahnung, warum die Luft zwischen Luca und mir so brennt.

„Du hast sie eingeladen?“ Luca stöhnt und deutet auf mich.

Ashton winkt uns ins Wohnzimmer. Luca lässt Ashton dabei keine Sekunde aus den Augen – seine Missbilligung steht ihm ins Gesicht geschrieben. „Ich bring dich um“, knurrt er leise.

„Glaube ich kaum.“ Ashton grinst viel zu frech, und im nächsten Moment ist Luca bei ihm, packt ihn am Revers.

„Ich mache dich fertig, Ash“, zischt Luca.

Ashton wehrt sich nicht einmal richtig. Sie rangeln, noch ohne Fäuste – zumindest vorerst. Dann stößt Ashton Luca zu Boden, und Luca zieht ihn mit runter.

„Genug!“, rufe ich den beiden zu, die auf dem Boden liegen.

Luca murrt und lässt Ashton los, steht auf und tritt einen Schritt zurück. Er fährt sich mit der Hand durch die Haare, und ich kann die Verwirrung in seinem Blick sehen, als wäre er sich nicht sicher, warum er gerade seinen Freund angegriffen hat.

„Kensley, kannst du mit Ashton schon mal ein Spiel aufbauen?“, frage ich und greife Luca am Arm, um ihn den Flur entlang mitzuziehen.

„Lass mich“, murrt Luca und streift meine Hand ab, doch er geht trotzdem mit und steuert sein Schlafzimmer an.

Ich trete zuerst hinein. Er ist direkt hinter mir, und dann knallt die Tür zu, sodass die Wände wackeln.

VIER

LUCA

Was zum Teufel machen Kensley und Harper hier? Warum tauchen sie ausgerechnet heute Abend auf?

Die Gedanken in meinem Kopf überschlagen sich, und die Wut in mir ist kaum zu bändigen. Hat sie sich mit Ashton getroffen?

Seit wann?

Offensichtlich hat er sie eingeladen – und gleich noch ihre Freundin dazu.

„Was läuft da zwischen dir und ihm?" Ich muss mich zusammenreißen, um Harper nicht anzuschreien, obwohl es genau das ist, was ich will: schreien.

Sie anschreien.

Von ihr verlangen, dass sie mir sagt, warum sie mich angelogen hat.

Und sie dazu bringen, jedes einzelne Geheimnis auszuspucken. Wenn sie mir Zeke verschwiegen hat – was versteckt sie dann noch?

„Seit wann bist du mit Ashton zusammen?"

Sie schnaubt verächtlich und weicht zurück, bis ihr Rücken gegen die Tür stößt. Kein Ausweg. Kein Platz zum Fliehen. Selbst wenn sie es versuchen würde – wir würden sie finden. Nach allem, was sie gesehen hat, lässt die Mafia niemanden einfach verschwinden.

Sie ist ein Risiko.

Und Risiken werden beseitigt.

„Ich schlafe nicht mit deinem Freund", sagt Harper.

Ich trete näher, bohre meinen Blick in ihre dunklen Augen und versuche herauszufinden, ob sie mich wieder belügt.

Aber ich bin kein Verhörspezialist.

Ich habe nicht einmal gemerkt, dass sie mir die Wahrheit über Zeke vorenthalten hat. Wie zum Teufel soll ich für die Mafia arbeiten, wenn ich nicht einmal Wahrheit von Geheimnis unterscheiden kann?

Meine Hand streicht über ihre Wange, dann

fasse ich ihr Kinn und zwinge sie, mich anzusehen. „Beweis es mir“, zische ich.

Sie runzelt die Stirn, während sie überlegt, wie sie antworten soll. „Ich kann nicht. Das ist unmöglich.“

Die Hitze zwischen uns erfüllt den kleinen Raum, und mein Herz pocht wild in meiner Brust.

Ich werde Harper McKenna nicht küssen.

Ihre Lippen sind weich, voll – und für einen Moment verliere ich mich darin. Ein leiser Atemzug streift mich, und ich neige mich vor, überbrücke fast die Hälfte der Distanz zwischen uns ... bis mich etwas, wie ein gespannter Gummizug, zurückschnappen lässt. Realität.

„Du hast mich belogen. Wie soll ich dir jetzt noch glauben?“, presse ich hervor. Eine Hand streicht über ihre Wange, die andere hält sie gegen die Tür, als könnte ich so verhindern, dass sie mir wieder entgleitet.

„Vertrauen funktioniert nur, wenn es auf Gegenseitigkeit beruht, Luca.“ Ihre Stimme ist ruhig, warm. Sie hält meinem Blick stand – ohne zu zittern, ohne Angst.

Sie sollte Angst haben.

Ich bin Dantes Sohn.

Ihre Hände liegen an meiner Taille. Fest genug,

um mich zu spüren – sanft genug, um mich aus dem Konzept zu bringen. Ihre Finger streifen den Saum meines Hemdes, und das reicht, um in mir ein Feuer anzuzünden, das ich nicht will und doch nicht stoppen kann.

„Ich weiß, dass du mich hasst“, sagt Harper. „Damit kann ich leben. Aber wirst du meinen Sohn zum Tode verurteilen?“

Ich weiche zurück.

Ihr Sohn.

Zeke.

Plötzlich brauche ich Abstand. Raum. Luft.

Ich stolpere zurück bis zum Bett und lasse mich auf die Kante fallen, als meine Knie nachgeben und ich mich kaum noch aufrecht halten kann.

Harper beobachtet mich, kommt aber nicht näher. „Du hast mich auch belogen“, sagt sie leise, kontrolliert – und trotzdem trifft mich der Vorwurf wie ein Stich. „Das alles wäre nie passiert, wenn ich die Wahrheit über deine Familie gekannt hätte.“

„Du gibst mir die Schuld?“ Ich starre sie wütend an. „Du bist in den Keller geschlichen und hast den Jungen befreit. Du hast uns beide fast umgebracht!“

Ich kann nicht zugeben, dass sie sich selbst fast umgebracht hätte und ich derjenige gewesen wäre, der den Abzug betätigen musste.

Ich habe geschworen, niemals wie mein Vater zu werden.

Wenn sie stirbt, sterbe ich auch.

Aber das hier ist kein Romeo-und-Julia-Quatsch.

Im Moment mag ich sie nicht einmal. Und ich bin mir ziemlich sicher, dass Romeo Julia geliebt hat.

Wie tragisch ist das denn?

Ich bin gezwungen, ein Mädchen zu heiraten, das ich nicht liebe, um sie zu beschützen. Aber ich liebe sie nicht.

Ich lege den Kopf in den Nacken, starre an die Decke und seufze. Ich wünschte wirklich, wir hätten heute Abend ein Hockeyspiel. Ich könnte die Zeit auf dem Eis gut gebrauchen. Gewichtheben reicht nicht aus, um die überschüssige Energie abzubauen, die sie in mir aufbaut.

„Und was machen wir nächstes Wochenende – Abendessen?“, fragt Harper.

„Sag es ab. Du setzt keinen Fuß mehr in dieses Haus“, antworte ich hart. Sie würde nur noch mehr Chaos anrichten.

„Ich glaube nicht, dass deine Eltern einfach hinnehmen, dass unsere Verlobung vorbei ist“, sagt Harper. „Sie haben meinen Sohn, Zeke, bedroht.

Vielleicht ist es dir egal, was mit ihm passiert – mir ist es das nicht."

„Das ist nicht fair", knurre ich und schieße vom Bett hoch. Im nächsten Moment bin ich so nah bei ihr, dass nur Zentimeter zwischen unseren Gesichtern liegen, und ich spüre ihren Atem an meiner Wange.

Mein Körper zieht mich zu ihr, will näher, will sie – aber mein Kopf schreit, dass ich es besser wissen muss.

Wenn es irgendeinen anderen Ausweg aus diesem Schlamassel gäbe, würde ich ihn sofort nehmen.

Harper zu heiraten wäre vielleicht nicht das Schlimmste, wenn da nicht ihr Sohn wäre. Aber Zekes Leben in meine Hände zu legen – das ist ein Risiko, das sich nach einer Falle anfühlt.

Wenn ich Befehle bekomme, Menschen zu töten – wie soll ich dann verhindern, zu genau dem Mann zu werden, den ich am meisten verachte? Und genau das möchte ich ihrem Sohn nicht antun.

„Sag mir einfach, was ich tun soll, Luca." Ihre Stimme ist leise, und zwischen ihren Brauen haben sich Sorgenfalten gebildet. „Ich würde alles hinter mir lassen und Zeke mitnehmen, aber du hast selbst gesagt, dass es keinen Ort gibt, an dem deine Familie mich nicht finden würde."

Sie hat recht. Für uns beide gibt es keinen Fluchtweg, der nicht damit endet, dass wir verscharrt werden.

Widerwillig greife ich nach ihren Händen. Ihre Finger sind kalt, und ich spüre das feine Zittern, als ich meine Hand um ihre schließe und unsere Finger sich ineinander verhaken. „Dann spielen wir Theater", sage ich. „Für deine Eltern. Für meine."

„Würdest du das wirklich für mich tun?", fragt Harper.

„Ich habe dir gesagt, dass ich dich beschütze", antworte ich. „Und das schließt deinen Sohn mit ein."

Sie wartet vor ihrem Zimmer, den Rucksack lässig über eine Schulter gehängt, die Reisetasche fest in der Hand.

„Ist Quinn heute nicht da?", frage ich, als mir auffällt, dass ihre Mitbewohnerin nicht im Raum ist. Erleichterung rauscht durch mich hindurch. Nachdem Quinn mich an der Haustür beinahe umgerannt, mir ihre Lippen aufgedrückt und mich damit direkt in Schwierigkeiten mit Harper gebracht hat, habe ich absolut keine Lust, dieser verdammten Sukkubus noch einmal zu begegnen.

„Ich habe sie seit zwei Tagen nicht gesehen“, sagt Harper. „Vorhin war sie kurz hier, hat ein paar Sachen aufs Bett geworfen, aber ich schätze, sie hat wieder einen neuen Lover gefunden. Vielleicht schläft sie endlich mal bei ihm!“

Klingt nach einer guten Nachricht. Für sie. Und hoffentlich auch für uns beide.

„Bist du bereit?“

„Ja. Ich habe alles eingepackt – sogar Wechselklamotten.“ Sie hebt die Reisetasche ein Stück an, als Beweis.

„Was? Das ist doch völlig übertrieben, Harper. Es ist heute nur ein Abendessen.“

„Du verbringst das Wochenende bei deinen Eltern“, erwidert sie. „Und weil du mich hinfährst, dachte ich, ich komme einfach mit.“

Auf keinen Fall.

„Ich bringe dich nach dem Abendessen wieder zurück zum Campus“, sage ich entschieden.

„Das sind zwei Stunden extra, hin und zurück“, gibt Harper zu bedenken. „Wenn du wirklich nicht willst, dass ich über Nacht bleibe, nehme ich eben den Bus.“

„Ich weiß nicht, wie lange das Abendessen dauert", erwidere ich, „und es kommt überhaupt nicht infrage, dass du um Mitternacht allein mit dem Bus fährst. Ich bring dich." Meine Stimme lässt keinen Widerspruch zu.

Die Verbindung zwischen Breckenridge und Evergreen gilt zwar als relativ sicher, aber ich traue Harper nicht zu, nach zehn Uhr abends allein unterwegs zu sein. In dieser Stadt laufen genug zwielichtige Gestalten herum – und eine Frau allein? Nein. Auf keinen Fall.

„Schon gut." Sie stellt die Reisetasche neben ihr Bett ab. „Dann brauche ich wohl auch meine Bücher nicht, wenn ich dieses Wochenende nicht bei dir bleibe." Doch sie hält inne, als wollte sie sich selbst überreden. „Obwohl ... nur für den Fall."

„Für den Fall wovon?", frage ich. Sie weigert sich, die Bücher zurückzulassen. Hat sie wieder Probleme in Wirtschaft? Eine Woche ohne gemeinsames Lernen, und schon wirkt sie angespannt. Oder ist es der heutige Abend, der sie nervös macht?

„Du wirst die Bücher nicht brauchen, Harper. Lass sie hier."

Sie seufzt und wirft den Rucksack aufs Bett. „Ich muss dieses Wochenende wirklich lernen. Nächste

Woche schreiben wir einen Test, und ich bin sonst komplett verloren."

„In welchem Kurs?", frage ich.

Sie schenkt mir einen giftigen Blick. „Wirtschaft. Hörst du überhaupt noch zu? Der Professor hat gesagt, der Test bezieht sich auf die Vorlesungen der letzten Woche."

In dem Kurs habe ich ehrlich gesagt nie richtig angefangen, aufzupassen. Die Stimmung zwischen uns hat sich in den letzten Tagen zwar ein bisschen entspannt. Und obwohl ich Anfang der Woche Wirtschaft geschwänzt habe, bin ich nach unserem Gespräch in meinem Schlafzimmer später wieder aufgetaucht.

Dabei müsste ich nicht mal hingehen. Ich könnte kurz ins Buch schauen – oder mich einfach an das erinnern, was ich schon in der Highschool gelernt habe. Die Konzepte sind dieselben. Nichts daran ist neu.

Für eine solide Note reicht das locker.

Und weil ich in letzter Zeit kaum Zeit allein mit Harper hatte, gab es auch keine Lernsessions. Ich war nicht gerade scharf darauf, ihr zu helfen. Ich halte sie schließlich am Leben. Muss das nicht reichen?

Aber bei ihrem besorgten Blick – und weil sie

inzwischen auch zu meinem Problem geworden ist – muss ich dafür sorgen, dass sie ihre Noten hält und ihr Stipendium nicht verliert.

„Ich kann dieses Wochenende nicht lernen. Höchstens Sonntagabend, wenn ich wieder auf dem Campus bin“, sage ich. „Ich weiß nicht mal, wann ich überhaupt zurückkomme.“ Und ehrlich: Ich will gar nicht das ganze Wochenende dortbleiben. Erst recht nicht, um irgendetwas über das Geschäft meines Vaters zu lernen.

Er ist ein Mörder.

Was soll man daran bitte „lernen“?

Wir gehen zum Auto und steigen ein. Harper schnallt sich an und wirft mir einen Blick zu. „Wie war dein Spiel gestern Abend?“

„Gut.“ Das ist tatsächlich das Einzige, das mir ein echtes Lächeln entlockt. „Fast wünschte ich, es wäre erst heute Abend gewesen – dann müssten wir dieses Wochenende nicht hinfahren“, gebe ich zu.

Die meisten Spiele sind freitags oder samstags, und während der Saison bedeutet das für mich oft ein paar Stunden Abstand von meinem Vater. Hätten wir am Donnerstag gespielt, müsste ich von Freitagabend bis Sonntag bei ihm aufkreuzen.

Wenn wir wenigstens am Freitag spielen, fällt ein

Tag weg. Und dank der Samstagsspiele kann ich manche Wochenenden komplett vermeiden.

Nur dieses Mal habe ich eben Pech.

„Ich hab gehört, ihr habt gewonnen“, sagt Harper.

Ich schaue sie überrascht an, dass sie das überhaupt weiß. Sie behauptet ständig, Hockey zu hassen – dabei habe ich sie schon einmal bei einem meiner Spiele erwischt. Ein Teil von mir hofft immer noch, dass sie wiederkommt.

„Ja, haben wir“, sage ich. „Wie gesagt: war gut.“ Ich kann mir das Grinsen nicht verkneifen.

Ich habe zwei Tore geschossen – nach dem Reinfall letzte Woche war das verdammt genial.

„Und keine Zeit in der Strafbox?“, fragt sie mit diesem Seitenblick.

Ein schiefes Lächeln zieht an meinem Mundwinkel. „Das hab’ ich nicht behauptet.“

Harper lacht. Und zum ersten Mal seit einer Woche fühlt es sich an, als könnten wir diesen Abend vielleicht doch überstehen.

„Wann kommst du mich mal spielen sehen?“ Ich werfe ihr einen kurzen Blick zu, in der stillen Hoffnung, dass sie nächste Woche auftaucht. Wieder ein Freitagsspiel – was nervig ist, weil ich danach

Samstag und Sonntag erneut im Camp verbringen muss. Aber ich weiß, worauf ich mich einlasse.

„Eishockey ist langweilig, Luca.“

Ich sollte mich beleidigt fühlen. „Nicht mal, wenn sich Männer auf dem Eis prügeln?“ Meine Augen bleiben auf der Straße, obwohl ich ihr viel lieber meine volle Aufmerksamkeit schenken würde. Allein, dass sie überhaupt nach Hockey fragt, macht mich neugierig – und da ist dieses kleine Kribbeln, das ich nicht einordnen will.

Ist das ihre Art, nach allem, was passiert ist, einen Waffenstillstand anzubieten?

„Ich mag es nicht, mir Sorgen zu machen, dass du dich verletzt“, sagt sie.

Mein Blick streift ihren nur kurz, dann zwinge ich mich wieder nach vorn. „Du musst dir um mich keine Sorgen machen, Harper. Ich weiß, was ich tue. Ich spiele seit Jahren.“

„Ich weiß“, murmelt sie und starrt aus dem Fenster. „Ich will nur nicht zusehen müssen, wenn dir was passiert.“

„Vor wir uns kannten – fandest du es da spannend, wenn Jungs sich auf dem Eis geprügelt haben?“, frage ich und versuche, ihren Ton zu lesen. „Viele Mädels stehen total drauf.“ Die Zahl der *Puck-*

Bunnies, die uns von Spiel zu Spiel hinterherlaufen, ist absurd.

„Sorry", sagt sie trocken. „Ich gehöre nicht zu den Mädchen, die bei Männerkämpfen sabbern. Und Boxen oder MMA kann ich auch nicht ab."

Kann ich nachvollziehen. Ich bin froh, dass sie sich nicht an den Schmerzen anderer berauscht.

Eine Weile sagt keiner von uns etwas. Dann rutscht sie auf ihrem Sitz hin und her, trommelt nervös mit den Fingern auf ihrem Schoß. „Du solltest wissen, Luca: Ich habe meinen Eltern nichts von der Verlobung erzählt."

Das wird es ziemlich unangenehm machen, wenn meine Eltern das Thema – wie unvermeidlich – ansprechen. „Warum nicht?"

Harper seufzt, wirkt plötzlich noch unruhiger. „Weil es absolut ausgeschlossen gewesen wäre, dass sie heute Abend mitkommen, wenn ich ihnen gesagt hätte, dass ich verlobt bin."

„Nicht mal, wenn du erwähnt hättest, dass er der tollste Mann ist, den du je getroffen hast?"

Sie lacht kurz und grinst. „Und er ist auch noch bescheiden."

„Im Ernst, Harper." Meine Stimme wird härter, als wir nur noch ein paar Minuten vom Gelände entfernt sind und ausgerechnet jetzt dieses Gespräch führen. „Was hast du deinen Eltern über uns erzählt?“

Meine Hände schließen sich fester um das Lenkrad. Die Schultern spannen sich an, und ich spüre, wie mein Nacken nachgibt – als würde mein Körper mich zwingen wollen, lockerer zu lassen. Aber ich kann nicht.

„Ich habe erwähnt, dass wir uns auf dem Campus kennengelernt haben“, sagt Harper. Dass du mir in Wirtschaft geholfen hast und mir Nachhilfe gibst. Sie wissen, dass du ein Jahr älter bist, und ich habe erzählt, dass wir letztes Wochenende bei deinen Eltern zum Abendessen waren – und sie meine Eltern gern kennenlernen möchten.“

„Okay“, sage ich. „Das stimmt alles.“ Und ehrlich: Es erleichtert vieles, wenn wir nicht noch einen Berg zusätzlicher Lügen erfinden müssen, die wir dann ständig im Kopf behalten.

„Hast du sonst noch etwas gesagt?“ Ich weiß, sie hat die Verlobung verschwiegen – aber ich will wissen, wie ernst ihre Eltern das zwischen uns überhaupt nehmen.

„Ich habe ihnen gesagt, dass ich dich wirklich

mag", antwortet sie. „Und dass sie nett zu dir sein sollen."

„Das sind gute Dinge", sage ich und atme einmal langsam aus. Dann sehe ich sie kurz an. „Kommt Zeke heute Abend auch?"

„Ja. Mein Sohn isst mit uns", sagt Harper. „Ich habe vorsichtig angedeutet, dass wir vielleicht einen Babysitter suchen könnten, aber sie wollten es nicht. Sie meinten, Zeke gehört dazu. Er ist schließlich mein Sohn."

„Das wird schon", sage ich und nehme ihre Hand, um ihr zu zeigen, dass er bei uns sicher ist.

„Wirklich?" Sie sieht mich an, und ich spüre die Last auf ihren Schultern. „Ehrlich, Luca … ich hatte gehofft, wir könnten dieses Treffen verschieben. Dass du erst sie und Zeke in Ruhe kennenlernst."

Das wäre vermutlich die sicherere Variante gewesen – und hätte den Abend heute vermutlich auch einfacher gemacht. Aber meine Eltern haben darauf bestanden, dass alle zusammen essen. „Dante würde das niemals durchgehen lassen", sage ich. „Er will das Chaos mit eigenen Augen sehen."

„Ernsthaft?" Harper runzelt die Stirn. „Ich dachte einfach, er hätte Angst, ich plaudere irgendwas aus – über die Mafia oder über den Jungen, der im Keller festgehalten wird …"

Sie liegt nicht falsch. Ich bin mir sicher, dass genau das meinem Vater als Erstes durch den Kopf ging: dass er sie nicht kontrollieren kann, wenn sie nicht unter seinem Dach ist. Deshalb wollte er ursprünglich, dass wir bis zur Hochzeit bei ihm bleiben.

Das änderte sich, als er begriff, dass Harper verdammt gut darin ist, Dinge für sich zu behalten. Sie hatte Zeke sogar vor mir verheimlicht – vor allem an der Evergreen University.

„Du darfst den Jungen im Keller nicht erwähnen“, sage ich.

„Ich weiß, aber ...“

„Nein.“ Ich schneide ihr sofort das Wort ab. „Du wirst das Kind nicht erwähnen. Ich kümmere mich darum, während ich für Dante arbeite.“

„Wirklich?“ In ihrer Stimme liegt so viel Hoffnung, dass sie beinahe bricht.

„Überlass mir das mit der Mafia“, sage ich. „Und bitte: bring dich nicht noch tiefer in Schwierigkeiten. Ich will mich heute Abend nicht die ganze Zeit um dich sorgen müssen. Es wird schon schwer genug, dieses Abendessen mit beiden Familien zu überstehen.“

„Ich verspreche, ich setze keinen Fuß mehr in diesen Kerkerkeller.“

Ich stoße ein kurzes Schnauben aus. „Gut."

Ich hasse es, welchen Preis sie zahlen musste, um diese Lektion zu lernen.

Einen Preis, den am Ende wir alle bezahlen werden.

FÜNF

LUCA

Draußen hängt eine schwere Wolkendecke, und kaum rollen wir auf das Gelände, platschen dicke Regentropfen auf die Windschutzscheibe.

Passt. Genau zu meiner Laune.

Vor dem Haus steht ein Wagen, den ich nicht kenne: ein kleiner, schwarzer Zweitürer, sichtbar in die Jahre gekommen. Der Lack ist stumpf, die Frontstoßstange hat auch schon bessere Zeiten gesehen.

„Ist das das Auto deiner Eltern?", frage ich, und mir wird flau, weil das bedeutet, dass sie bereits da sind.

Ich greife nach dem Schirm auf dem Rücksitz, steige aus und gehe um den Wagen herum, um

Harper herauszuhelfen und sie vor dem Regen abzuschirmen.

Sie hebt eine Augenbraue, als ich meinen Arm um ihre Taille lege. Ich beuge mich zu ihr hinunter, meine Lippen streifen ihr Ohr. „Fake-Beziehung, schon vergessen?“, murmele ich. „Wir müssen heute Abend überzeugend sein.“

„Ja“, flüstert sie.

Meinen Eltern dürfte es vermutlich egal sein, ob wir wirklich ein Paar sind oder nicht – aber für ihre Eltern spielen wir heute Abend ganz eindeutig eine Rolle.

Ich begleite sie zur Haustür. Noch bevor ich klopfen kann, geht sie auf, und einer von Dantes Männern steht da. Kein Lächeln, nicht mal ansatzweise.

„Kommen Sie rein“, sagt Vito. „Alle sind im Wohnzimmer.“

Ich führe Harper hinein. Wir ziehen Mäntel und Schuhe aus, und ich nehme wieder ihre Hand, lenke sie durch den Flur zu dem offenen Raum links neben dem Esszimmer.

„Mama!“, quietscht Zeke, sobald er sie sieht, und streckt ihr die Arme entgegen.

Harper lässt meine Hand los, eilt zu ihm, hebt

ihn hoch, küsst ihn und drückt ihn fest an sich, während sie ihn auf die Hüfte setzt.

„Wir haben gerade über euch beide gesprochen", sagt Dante.

Nicht gerade eine warme Begrüßung. Aber von meinem Vater erwarte ich auch nichts anderes.

Meine Mutter Nikki erhebt sich vom Sofa, kommt auf mich zu und drückt mich fest an sich. Erst als sie mich wieder loslässt, wendet sie sich Harper zu – und umarmt sie deutlich vorsichtiger, beinahe behutsam, während Zeke auf Harpers Arm sitzt.

Harpers Eltern halten beide ein Bier in der Hand, und ich habe das Gefühl, dass wir heute Abend etwas Stärkeres brauchen werden, um das hier zu überstehen. Ihre Mutter steht in der Nähe von Harper, immer mit einem Auge auf Zeke. Ihr Vater sitzt neben meinem alten Herrn auf dem Sofa an der Wand – tief versunken in ein Gespräch, das nach Zahlen und Investitionen klingt.

„Hi, ich bin Luca", sage ich und gehe zuerst auf ihre Mutter zu, weil sie näher bei mir steht. Ich strecke die Hand aus, wie man es eben macht. Ihr Blick verengt sich kurz, dann zwingt sie sich zu einem höflichen Lächeln.

Sie hat Harpers Augen – dieses dunkle, schwer

zu deutende Leuchten. Und ich kann beim besten Willen nicht sagen, ob sie mich bereits hasst. Aber es fühlt sich so an, als hätte sie sich längst ein Urteil gebildet. Vielleicht sogar, bevor ich überhaupt durch diese Tür gekommen bin.

Ich werfe Dante einen Blick zu und hoffe, dass er kein Wort über die Verlobung verloren hat.

Vielleicht schaffen wir dieses Abendessen, ohne dass das Thema überhaupt fällt.

„Ich bin Catrina“, sagt Harpers Mutter und deutet mit einer kleinen Bewegung auf ihren Mann. „Und das ist Jack. Er steckt gerade in einer ... sagen wir mal ... leidenschaftlichen Geschäftsdiskussion über Aktien, Anleihen und Gold.“ Sie seufzt theatralisch. „Ohne den Kleinen hier würde ich wahrscheinlich vor Langeweile einschlafen.“ Dabei streicht sie Zeke über das weiche, braune Haar.

Zeke streckt sofort einen Arm nach Catrina aus, bis Harper es schafft, seine Aufmerksamkeit wieder einzufangen.

Es ist schwer, nicht auf diese Verbindung zwischen Harper und Zeke zu starren.

Harper ist völlig in seiner kleinen Welt. Sie gurrt, spricht leise mit ihm, überschüttet ihn mit Küssen. „Möchtest du jemanden kennenlernen, der mir sehr wichtig ist?“, flüstert sie in dieser süßen, warmen Stimme, die man kaum ignorieren kann.

Zeke scheint das alles herzlich wenig zu kümmern. Er zappelt, als würde er am liebsten losrennen wie ein Wirbelwind. Meine Eltern würden das sicher großartig finden – noch ein McKenna, der hier irgendetwas entdeckt, das er besser nicht entdecken sollte.

Nur: Geheimnisse könnte er ohnehin nicht ausplaudern. Er spricht kaum, eher ein wirres Gebrabbel.

Ab und zu erkenne ich ein Wort, das er formen will – „Mama“ zum Beispiel –, aber meistens klingt es für mich nur nach unverständlichem Kauderwelsch.

Harper kommt näher und hält mir Zeke entgegen. „Luca, das ist mein Sohn Zeke. Zeke, sagst du Luca hallo?“ Sie nimmt seine kleine Hand, die sich um ihren Daumen klammert, und bewegt sie sanft auf und ab, als würde er winken.

Zeke mustert mich neugierig, seine großen Augen hängen regelrecht an mir, als wäre ich etwas Spannendes, das er noch nicht einordnen kann.

„Hey, Kleiner“, sage ich, ohne wirklich zu wissen, was man in so einem Moment tut.

Sofort vergräbt Zeke das Gesicht an Harpers Hals.

Habe ich gerade irgendwas falsch gemacht?

„Du musst nicht schüchtern sein", beruhigt Harper ihn und streicht ihm über den Rücken. „Luca ist ein ganz besonderer Freund."

Zeke hebt kurz den Kopf, trifft meinen Blick – und versteckt sich im nächsten Augenblick wieder.

Der Junge mag mich jetzt schon nicht.

Na super.

Ich zwinge mich zu einem Lächeln, dann gehe ich quer durch den Raum, um mich ihrem Vater ordentlich vorzustellen. „Hallo, ich bin Luca", sage ich und halte ihm die Hand hin.

„Jack", antwortet er, mit einem Blick so starr, als wäre Freundlichkeit ein Luxus, den er nicht verschwenden will. Kein Lächeln, kein Funken Wärme. Er kann mich offenbar nicht ausstehen – und wir kennen uns keine fünf Minuten. „Wie wäre es, wenn wir beide kurz rausgehen? Ein Spaziergang."

„Okay", sage ich und nicke, obwohl in mir alles Alarm schlägt.

Jack stellt sein Bier auf den Untersetzer am Beistelltisch und erhebt sich, streckt sich dabei einmal, als wäre das hier ein ganz normaler Programmpunkt.

Ich sehe zu Harper. Sie runzelt die Stirn, und an ihrem Gesicht erkenne ich, dass sie genauso wenig begeistert ist wie ich. „Hey", sagt sie und kommt auf uns zu, Zeke in den Armen, sanft hin und her wiegend.

Ich drücke ihr einen kurzen, keuschen Kuss auf die Lippen – nur genug, um unsere gespielte Beziehung zu verkaufen. Eigentlich müsste ich sie überzeugender küssen, aber sie hat ein Kleinkind auf dem Arm. Eine praktische Ausrede.

Denn in Wahrheit bin ich immer noch wütend. Und verletzt.

Sie hat mich wegen Zeke belogen.

Aber für heute Abend muss ich diesen Ärger herunterschlucken.

„Wir gehen nur ein bisschen spazieren", sage ich und deute auf ihren Vater.

Harper zieht die Stirn kraus und richtet sich sofort an Jack. „Dad, draußen regnet es. Du kannst Luca doch nicht zum Reden in den Regen schleppen. Setzt euch lieber hierhin und lernt euch ganz normal kennen."

Ich bin ehrlich überrascht, wie direkt sie mit ihm

spricht – aber natürlich: Er ist kein Mafioso. Vor ihm muss sie keine Angst haben.

„Natürlich“, sagt Jack und zwingt sich zu einem Lächeln, das seine Augen nicht erreicht. „Ich ... habe gar nicht gemerkt, dass es angefangen hat zu regnen.“

Ich gehe zur Couch und setze mich neben Jack.

Dante rückt ein Stück zur Seite und macht mir Platz.

Es wäre hilfreich, wenn er jetzt aufstehen und mit Mutter oder Catrina reden würde. Stattdessen bleibt er sitzen – so dicht, dass er jedes Wort mithören kann. Als müsste er überhaupt lauschen, wenn er direkt neben uns hängt.

„Meine Tochter hat uns diese Woche angerufen, um uns von ihrem neuen Freund zu erzählen“, beginnt Jack. Er nimmt sein Bier, hält die Flasche zwischen beiden Händen, während sein Blick zu Harper wandert. „Und ich kann nicht behaupten, dass ich mit all ihren Entscheidungen zufrieden bin.“

„Du meinst Zeke?“, frage ich.

Jack dreht sich zu mir. „Ich meine, dass meine fünfzehnjährige Tochter von ihrem achtzehnjährigen Highschool-Loser geschwängert wurde. Das Beste, was er je für Harper getan hat, war, seine väterlichen Rechte abzugeben."

„Sie müssen sich keine Sorgen machen", sage ich, bevor ich nachdenken kann. „Harper und ich sind erwachsen. Wir wissen, wie man sich schützt."

Hinter mir räuspert sich mein Vater, als müsste er sich zusammenreißen, nicht zu würgen. Vielleicht sollte er einfach aufstehen und irgendwem anders auf die Nerven gehen.

Tut er aber nicht. Dante bleibt sitzen.

Jack hebt die Hand, um mich zu stoppen. „Ich will nicht hören, dass du meine kleine Tochter fickst." Seine Stimme ist ruhig, aber hart. „Du musst verstehen: Sie ist zuerst Mutter. Zeke steht vor jedem Freund. Wenn du also glaubst, du bist hier nur für Spaß, wirst du rasch merken, wie falsch du liegst."

„Ich kann Ihnen versichern, Mr. McKenna, dass mir Ihre Tochter wirklich viel bedeutet", sage ich und zwinge mich, ruhig zu bleiben. „Ich bin dankbar, dass ich Sie, Ihre Frau und Zeke heute Abend kennenlernen darf." Ich bemühe mich, keinen falschen Ton zu treffen – ich kann es mir nicht leisten, es mir mit ihren Eltern gleich am ersten Abend zu verscherzen.

Ich kann mir ohnehin kaum vorstellen, dass sie

uns jemals ihren Segen geben. Jack wirkt jetzt schon, als hätte er sein Urteil gefällt – und ich habe die Verlobung noch nicht einmal erwähnt.

„Es wird Zeit brauchen, bis wir wissen, was für ein Mensch Sie wirklich sind", sagt Jack und schaut über mich hinweg zu Dante.

„Ich möchte Ihnen gegenüber nicht respektlos sein, Dante. Ich bin sicher, Sie haben einen großartigen Sohn großgezogen", fährt Jack fort und versucht, höflich zu bleiben. „Aber Sie müssen verstehen: Ich muss auf meine Tochter und meinen Enkel aufpassen."

Ich traue mich nicht, mich umzudrehen, um den Gesichtsausdruck meines Vaters zu sehen. „Ich weiß sehr gut, was es heißt, seine Familie zu beschützen", sagt Dante. Das Sofa gibt nach, und ich merke, wie er sich erhebt. „Vielleicht setzen wir dieses Gespräch im Esszimmer fort. Das Abendessen wird gleich serviert."

Ich stehe auf und gehe sofort zu Harper. Meine Hand legt sich an ihren unteren Rücken. Zeke ist noch immer auf ihrem Arm, beschäftigt damit, an einem Spielzeugtelefon herumzudrücken, als wäre die Welt vollkommen in Ordnung.

„Wir verlagern das Ganze ins Esszimmer", sage ich. Ich würde ihr anbieten, Zeke zu nehmen, aber ich bezweifle, dass er sich von mir halten lässt – für ihn bin ich schließlich ein Fremder.

„Oh, gut“, seufzt Harper erleichtert. „Ich könnte mich wirklich mal hinsetzen.“ Dann verzieht sie das Gesicht. „Nicht schon wieder.“

„Was ist los?“, frage ich, als ich ihren Ton höre.

Sie hebt Zeke ein Stück hoch – und ich sehe sofort, warum. Feuchtigkeit läuft seine Beine hinunter, tropft auf ihre Kleidung.

„Ich besorge dir was zum Anziehen“, sage ich sofort. „Geh du ins Bad und mach ihn sauber, okay?“

„Kannst du die Wickeltasche holen? Sie steht an der Tür“, bittet Harper.

Ich schnappe mir die Tasche und begleite sie aus dem Wohnzimmer Richtung Badezimmer. Ich möchte nicht, dass sie allein durchs Haus läuft und aus Versehen irgendwo hineinplatzt. Wobei – mit ihren Eltern hier dürfte heute ohnehin alles auffallend ruhig bleiben.

„Ich hol schnell meine Tasche aus dem Auto“, sage ich und eile den Flur entlang, sobald Harper sich eingerichtet hat. Ich schlüpfe in die Schuhe und renne hinaus in den Regen. Innerhalb von Sekunden bin ich klatschnass, als ich die Reisetasche vom Wagen hole.

Den Schirm hätte ich besser mitgenommen,

aber ich wollte keine Zeit verlieren. Zurück im Haus ziehe ich die Schuhe aus und hinterlasse beim Weitergehen eine nasse Spur im Flur. Sogar meine Socken sind komplett durchweicht.

Ich klopfe an die Badezimmertür. „Ich bin's nur", sage ich.

„Nicht abgeschlossen", antwortet Harper.

Ich drücke die Klinke runter und trete ein, die Tasche in der Hand.

Harper steht mit dem Rücken zu mir. Zeke liegt auf einer Wickelunterlage auf der Badematte, während sie gerade die Klebestreifen der frischen Windel schließt. „Alles sauber", sagt sie in dieser sanften, singenden Stimme, die sie nur für ihn hat.

Er zappelt unruhig, aber sie bekommt es hin, ihn zu beruhigen und ihm die nassen Sachen auszuziehen, um ihn umzuziehen.

Das haben wir wohl gemeinsam, denke ich kurz.

Nur dass meine Kleidung eindeutig dem Regen zu verdanken ist, Kleiner.

Harper hebt Zeke von der Unterlage hoch und dreht ihn zu mir. Ich rümpfe übertrieben die Nase und ziehe eine Grimasse – und er prustet los, klatscht begeistert in die Hände.

Süß.

„Kannst du ihn halten, während ich mich

umziehe?“, fragt Harper. Sie streckt die Arme aus und reicht ihn mir, als würde sie mir einen Football übergeben.

„Ich – äh, ja ..., wenn du willst“, stammle ich, weil ich nicht weiß, wie man das richtig sagt. Nicht, dass ich etwas dagegen hätte, Zeke zu halten. Ich will nur nicht, dass er Angst bekommt oder anfängt zu schreien.

Ich nehme ihn ihr ab – und sofort bricht es aus ihm heraus. Er fängt an zu weinen, zu schreien, als hätte ich ihn entführt.

Genau das, was ich befürchtet habe.

„Hey, ist schon gut, Kleiner. Deine Mama ist hier“, sage ich und drehe ihn zu Harper, damit er sie sehen kann. Das beruhigt ihn ein wenig; er hört auf zu schreien.

Trotzdem windet er sich in meinen Armen und will zurück zu ihr. „Mama. Mama“, ruft er immer wieder, als wäre das sein Rettungsanker.

„Ich weiß, Zeke“, sagt Harper ruhig. „Gib mir nur einen Moment.“

Harper zieht meinen Rucksack zu sich heran, öffnet ihn und wühlt zwischen den Klamotten. „Was willst du anziehen?“, fragt sie und mustert dabei meine tropfenden Sachen.

„Schon gut. Ich bin nur nass vom Regen“,

murmele ich.

Sie zieht mein T-Shirt und die Cargohose für morgen heraus. Ich bezweifle stark, dass die Hose ihr überhaupt passen würde. „Dreh dich um“, ordnet sie an und deutet mit dem Finger, als wäre das die einzig logische Lösung.

Ich drehe mich mit Zeke in den Armen um – und sofort geht das Weinen wieder los.

„Ach komm schon, Zeke“, versuche ich es, „so furchteinflößend sehe ich doch nicht aus.“ Ich drehe ihn zu mir, ziehe Grimassen, schnüffle übertrieben, strecke ihm die Zunge raus. Nichts. Er bleibt bei seinem Urteil.

Dann höre ich ein leises Plumpsen von Stoff auf den Boden.

„Er will eindeutig dich“, sage ich und drehe mich schließlich wieder um, weil ich sein Schluchzen und sein verzweifeltes „Mama“ nicht länger aushalte. Es zieht mir regelrecht das Herz zusammen.

Harper reißt die Augen auf, als sie merkt, dass ich sie anstarre – nur noch in BH und Slip.

„Oh mein Gott, Luca! Mach die Augen zu!“, faucht sie.

„Als hätte ich das noch nie gesehen“, grinse ich.

Trotzdem schließe ich die Augen, halte Zeke

aber weiter fest und drehe ihn zu ihr, was sein Weinen zumindest sofort beendet.

„Tja“, murrt Harper, „eine Gratis-Show gibt's nicht.“

Ein paar Sekunden später streift ihre Hand meine. „Du kannst sie wieder aufmachen“, sagt sie.

Ich reiche ihr Zeke, und er klammert sich begeistert an sie, als hätte er gerade sein Zuhause zurückbekommen. Ich verstehe nicht, wie sie überhaupt so viel Zeit ohne ihn aushält – das kann nicht leicht sein.

„Ich wasche deine Sachen während des Abendessens“, sage ich, sammle die nassen Klamotten ein, bringe Harper zurück ins Esszimmer, setze sie zu den anderen – und verschwinde dann schnell Richtung Waschküche.

Ich stopfe die Sachen in die Maschine, drücke das Programm an und kehre zurück, bevor jemand merkt, wie lange ich weg war.

Von Moreno, Nikki und Nova ist heute Abend nichts zu sehen. Wenn ich raten müsste, hat Dante ihnen vorgeschlagen, irgendwo essen zu gehen. Es ist nicht so, als hätte Moreno heute groß etwas zu tun, wenn Harpers Eltern zu Besuch sind.

„Ihr habt ein schönes Haus“, sagt Catrina, als sie

sich uns gegenüber an den Tisch setzt. Jack nimmt neben ihr Platz, Dante neben ihm, und Nikki sitzt ihm gegenüber.

Ich setze mich neben meine Mutter – in der Hoffnung, dass es Harper leichter fällt, wenn ich zwischen ihr und Nikki sitze.

Harper sitzt mit Zeke auf dem Schoß.

„Soll ich Zeke etwas Besonderes machen?", fragt Nikki, sobald alle sitzen.

„Es ist so viel da", sagt Harper und blickt über die Auswahl – Kartoffelpüree, Kürbis, gebratenes Hähnchen, Rinderbrust. „Er kommt schon zurecht."

Die Teller wandern herum, jeder bedient sich. Ich helfe Harper, weil sie Zeke auf dem Schoß hat und er nach allem greift, was in Reichweite kommt.

Ich weiß nicht, was sie am liebsten isst. Und ich habe keine Ahnung, ob Zeke Allergien hat. Sie hat nichts erwähnt, also hoffe ich, dass alles unproblematisch ist.

Ich lade ihren Teller mit genug Essen voll, um zwei Erwachsene satt zu bekommen.

„Das ist mehr als genug, Luca", lacht sie, als ich noch mehr Kartoffeln aufhäufe. „Willst du ein ganzes Eishockeyteam füttern?"

„Falls es ihm schmeckt, wollte ich lieber zu viel als zu wenig", sage ich.

„Habe ich gerade Hockey gehört?“ Jack wird auf einmal aufmerksam. „Spielst du?“

„Ja“, antworte ich und fülle dann auch meinen eigenen Teller, nachdem ich Harper versorgt habe. „Ich spiele bei den Narwhals. Und ich will irgendwann Profi werden.“

„Ist das nicht der Traum von jedem Hockeyspieler?“, sagt Dante – ohne den kleinsten Anflug von Bewunderung.

Überrascht mich nicht.

Er hat deutlich gemacht, dass er diesen Sport verachtet und noch mehr meine Karrierewünsche. Aber das spielt jetzt keine Rolle mehr.

„Bitte, fangt schon an“, sagt Nikki und deutet auf die Teller der anderen. Sie ist selbst noch dabei, sich Essen aufzulegen, will aber sicherstellen, dass die Gäste sich nicht gehemmt fühlen.

Catrina lächelt und sieht mich über den Tisch hinweg an. „Und was machst du nach dem College, falls es mit dem Profiteam nicht funktioniert?“

„Der Realist“, kommentiert Nikki mit einem leisen Lachen.

Dantes Blick liegt kühl auf mir, als würde er jedes Wort abwägen, bevor ich es ausspreche. „Ich werde ins Familienunternehmen einsteigen“, sage ich.

„Oh?“ Jack richtet sich sofort ein Stück auf. „Und womit beschäftigen Sie sich?“ Sein Blick wandert zu Dante, als er eine ganz normale Berufsbezeichnung erwartet.

Ich nutze den Moment, um mir schnell Essen in den Mund zu schieben. Wenn ich kaue, kann mich niemand zu einer Antwort zwingen. Außerdem bin ich halb am Verhungern – ich habe das Mittagessen ausgelassen, ein Riesenfehler.

„Wir betreuen eine Reihe befristeter Verträge und bieten Support-Dienstleistungen für Unternehmen an, die Unterstützung benötigen“, sagt Dante.

Verschlüsselte Dante-Sprache für: Unternehmen ausnehmen und Muskelkraft an diejenigen „verkaufen“, die sich kaufen lassen.

„Klingt ziemlich stressig“, sagt Jack, offensichtlich ohne die leiseste Ahnung, was wirklich dahintersteckt. Sein Blick schweift durch das Esszimmer. „Aber es scheint gut zu laufen. Sie haben ein wunderschönes Haus.“

„Danke“, sagt meine Mutter und greift sofort nach einem sicheren Thema. „Und wie sieht es bei Ihnen beiden aus?“

Es ist vermutlich besser, dass Moreno und seine Familie heute nicht hier sind. Zwei Familien unter einem Dach – das würde Fragen provozieren. Und Misstrauen können wir bei Catrina und Jack wirklich nicht gebrauchen.

„Ich bin zu Hause bei Zeke“, erzählt Catrina, „aber seit der Wiedereröffnung arbeite ich als Barista im Skigebiet. Seit die neue Geschäftsführung übernommen hat.“

„Und wie findest du den neuen Besitzer?“, hakt Dante nach.

„Er zahlt besser und nimmt unsere Vorschläge ernst“, sagt Catrina. „Die Veränderungen sind gut. Wenn Harper ihren Abschluss hat und ich Zeke nicht mehr ganztags betreuen muss, gehe ich wahrscheinlich wieder mehr arbeiten.“

„Und du, Jack?“, fragt Nikki weiter, um den Faden nicht abreißen zu lassen.

Ich bin dankbar, dass bisher niemand Harper und mich über unsere „Beziehung“ ausquetscht. Aber die Nacht ist noch lang – und ich traue dem Frieden nicht.

„Ich bin Manager im Blue Sky Resort“, sagt Jack. „Ich bin für den Hotelbereich verantwortlich und sorge dafür, dass die Gäste gut betreut werden.“

„Das klingt großartig“, sagt Nikki und legt demonstrativ eine Hand auf Dantes. „Wir wollten schon immer mal ein Wochenende dort verbringen, oder, Schatz?“

Dante murmelt etwas Unfreundliches über Skifahren, zwingt sich aber zu einem Lächeln, nur um Mutter nicht zu verärgern.

„Das würde euch gefallen“, sagt Jack und nimmt den Ball auf. „Wir haben Ski- und Snowboardkurse für Anfänger. „Das Spa ist großartig – meine Frau ist jedes Mal begeistert. Und falls du Golf spielst und außerhalb der Saison kommst, also im Sommer, haben wir ein richtig gutes Paket für den Golfplatz direkt die Straße runter.“

„Ich spiele nicht“, sagt Dante schneidend.

Jack nickt nur und widmet sich wieder seinem Essen.

Ich lehne mich zu Harper und flüstere ihr ins Ohr, damit es niemand hört. „Und? Wie läuft’s deiner Meinung nach?“

Harper hält einen kleinen Löffel Kartoffelpüree an Zekes Mund.

Er greift immer wieder danach, will es selbst machen, aber sie lässt es nicht zu. „Soll ich ihn füttern, damit du essen kannst?“

„Würdest du das machen?“

Ihre Augen werden groß. Sie dreht Zeke ein Stück zu mir, lässt ihn aber auf ihrem Schoß. „Er kleckert schrecklich, und deine Eltern haben Teppich im Esszimmer. Ich möchte nicht, dass sie mich umbringen, wenn er hier alles vollschmiert."

Wäre Dante kein Mafioso, würde ich sagen, sie übertreibt. Aber ich spüre, wie echt ihre Vorsicht ist. Also nehme ich den Löffel und füttere Zeke noch ein paar Mal, während Harper das Brathähnchen in winzige Stücke zerteilt.

„Gib ihm auch etwas Hähnchen", flüstert sie. „Sonst stopft sich dieses kleine Monster nur mit Kartoffeln voll." Dann küsst sie Zeke auf den Kopf und nimmt selbst ein paar Bissen.

Ihre Augen schließen sich für einen Moment, und ich kann sehen, wie hungrig sie ist, während sie das Abendessen genießt.

Das ist der einzige Vorteil, wenn man wohlhabende Mafia-Eltern hat: Ein professioneller Koch steht bereit, kann praktisch alles zaubern – und es schmeckt jedes Mal wie im Himmel.

Ich füttere Zeke weiter, schiebe das Kartoffelpüree beiseite und biete ihm stattdessen Hühnchen an. Er schnappt es sich beharrlich von meiner Gabel, legt es erst in seine Hände und stopft es sich dann selbst in den Mund.

Ich nehme meine Stoffserviette, breite sie über

seinem Schoß aus und ziehe sie zusätzlich über Harper, damit nicht alles vollgekleckert wird.

„Wie wär's, wenn ich dich füttere?“, sage ich zu Zeke, und probiere noch einen Bissen Hähnchen. „Mund auf, kleiner Tiger“, fordere ich ihn auf, während ich die Gabel an seine Lippen führe.

Zeke macht tatsächlich den Mund auf – und ballt dann die Hände zu Fäusten. „Brüll!“, ruft er und imitiert einen Tiger, auch wenn es eher wie ein kleiner Löwe klingt.

Ich verbessere ihn nicht. So bekomme ich nämlich die Chance, ihm noch einen Bissen zu füttern, ohne dass es eine riesige Sauerei gibt.

„Vermisst du es nicht, als Luca in dem Alter war?“, fragt meine Mutter und lächelt Dante über den Tisch hinweg an.

„Ich war nie so klein“, werfe ich ein – obwohl ich weiß, dass das nicht stimmt. Trotzdem kann ich es kaum glauben, wenn ich diesen kleinen „Tiger“ in Harpers Armen ansehe. Er ist ... verdammt süß. Und ich bezweifle, dass mein Vater mich in dem Alter so verwöhnt hat, wie Harper es tut.

„Du warst jedenfalls nicht lange so klein“, sagt meine Mutter. „Du hattest einen Wachstumsschub – ich schwöre – der fing an, als du achtzehn Monate alt warst. Danach bist du nur noch weitergewachsen."

„Können wir bitte aufhören, über mich zu reden?" Ich flehe sie praktisch an, still zu sein. Ich möchte nicht, dass sie mich vor Harper in Verlegenheit bringt. Als Nächstes holt sie noch Babyfotos hervor und vergleicht sie mit Zeke.

„Schon gut, schon gut", sagt sie und hebt beschwichtigend die Hände. „Du hast recht, Liebes." Dann lächelt sie – und ich sehe die Katastrophe kommen. „Wir sollten über den eigentlichen Grund sprechen, weshalb wir heute Abend alle hier sind: die bevorstehende Hochzeit."

Jacks Gabel rutscht ihm aus der Hand, klirrt gegen den Porzellanteller und fällt dann scheppernd zu Boden. „Wie bitte?" Seine Stimme klingt wie ein Donner, vollkommen überrumpelt.

Kein Wunder. Harper hat ihnen nichts davon erzählt.

Catrina reißt die Augen auf, greift nach ihrem Wasserglas und führt es reflexartig an die Lippen – als müsste sie sich erst einmal daran festhalten –, genauso schockiert wie ihr Mann über das Wort Hochzeit.

Dante bleibt vollkommen ruhig. Er würdigt Catrina und Jack nicht einmal eines Blickes. Seine

Augen ruhen nur auf Harper. „Mein Sohn und Ihre Tochter haben beschlossen zu heiraten“, sagt er, flach und emotionslos – und ausnahmsweise kann ich nicht lesen, was in ihm vorgeht.

Dabei war diese Hochzeit seine Idee.

Na ja. Genau genommen war es meine – um Harper zu retten, nachdem sie all das gesehen und getan hatte. Aber er ist eingestiegen.

Und es wäre nie so weit gekommen, wenn er nicht den Befehl gegeben hätte, sie hinzurichten.

„Harper?“ Catrina legt langsam ihre Gabel ab. Ihre Hände verschwinden in ihrem Schoß, als müsste sie sich festhalten, während sie die Worte sortiert. „Willst du mir das bitte erklären?“

Harper lächelt. Ich weiß, dass dieses strahlende Glück nur gespielt ist – und trotzdem erwischt es mich. Ich falle darauf herein, obwohl ich es besser weiß.

„Wir sind beide unglaublich glücklich miteinander und möchten sehen, wohin uns dieser nächste Abschnitt unseres Lebens gemeinsam führt“, sagt Harper.

Nicht gerade die überzeugendste Erklärung für eine Verlobung, die ihre Eltern nie kommen sahen.

Jack wendet sich an Dante. „Wusstest du davon?“

„Sie haben ihre Verlobung letztes Wochenende

bekannt gegeben", antwortet Dante. „Deshalb haben wir darauf bestanden, dass ihr heute Abend mit uns esst."

„Ihr seid ... verlobt?" Catrina klingt entsetzt – und verletzt. „Wir wussten nicht einmal, dass du überhaupt mit jemandem zusammen bist! Du redest jede Woche mit uns, du videochattest mit Zeke, und nicht ein einziges Mal hast du erwähnt, dass es Luca gibt?"

„Es ist dieses Semester einfach alles so schnell passiert", sagt Harper, und ihre Stimme bleibt erstaunlich ruhig. „Ich ... ich mag Luca wirklich."

„Und wenn er dich liebt", sagt Catrina scharf, „dann wartet er mit der Hochzeit. Es gibt keinen Grund, solch eine lebensverändernde Entscheidung zu überstürzen."

Harper sieht zu mir, und ihr Atem gerät leicht aus dem Takt. Ich erkenne die ersten Risse in ihrer Fassade – diese winzigen Zeichen von Panik. Am liebsten würde ich sie an mich ziehen, sie festhalten und ihr versprechen, dass wir da zusammen durchkommen.

Aber Zeke sitzt noch immer auf Harpers Schoß, und ich füttere ihn fast automatisch weiter – ein Stück Hähnchen nach dem anderen, ohne richtig nachzudenken. Er merkt nicht, was um ihn herum passiert. Oder er versteht es nicht.

Für ihn ist es einfach nur ein weiteres gutes Essen.

„Wir könnten natürlich warten", sage ich, und sofort spüre ich den zornigen Blick meines Vaters in meinem Nacken. „Aber wenn man jemanden liebt und sicher ist, dass er der Mensch ist, mit dem man sein Leben verbringen will – warum sollte man dann warten?"

„Weil ein Kind im Spiel ist!", fährt Catrina dazwischen. „Willst du mir ernsthaft erzählen, du wärst bereit, Vater zu werden?"

Mein Blick fällt auf Zeke. Ich weiß nichts über Zweijährige. Ich weiß nicht, was es wirklich bedeutet, ein Kind großzuziehen. Aber ich weiß, dass ich irgendwann Vater sein will. Ich schwöre mir nur, niemals wie *mein* Vater zu werden.

„Ich verlange nicht von ihm, Vater zu sein", sagt Harper schnell, bevor ich überhaupt antworten kann.

„Das solltest du aber", entgegnet Catrina scharf. „Denn wenn du Luca heiratest, zieht Zeke zu euch. Ich werde nicht weiter deinen Sohn großziehen, wenn du der Meinung bist, du bist bereit für eine Ehe."

„Mom“, flüstert Harper – und in dem Wort steckt plötzlich pure Angst, weil ihr klar wird, was das für ihr Studium bedeuten würde.

„Darüber haben wir bereits gesprochen“, schaltet sich meine Mutter ein und wirft Dante einen Blick zu. „Wir haben eine Unterkunft auf dem Campus organisiert, die Harpers Stipendiums Bedingungen erfüllt und nicht zu den Wohnheimen gehört. Ab Januar können Harper und Luca Zeke bei sich wohnen lassen.“

Jack runzelt die Stirn und schüttelt den Kopf. „Sie sind also wirklich einverstanden, dass die beiden heiraten? Meine Tochter ist achtzehn. Sie hat ihr ganzes Leben noch vor sich.“

„Deine Tochter ist Mutter“, sagt Dante kurz. „Ich ermögliche ihr, ihren Sohn großzuziehen und trotzdem aufs College zu gehen. Das wird ihren Charakter stärken.“

„Sagen Sie mir nicht, wie ich meine Tochter zu erziehen habe“, spottet Catrina und steht abrupt auf. „Es reicht. Wir gehen“, sagt sie zu Jack.

„Gern“, antwortet Jack, schiebt seinen Stuhl zurück und steht ebenfalls auf.

„Mama“, sagt Harper leise, beinahe flehend, „können wir uns bitte wieder hinsetzen und reden?“

„Auf keinen Fall.“ Catrina geht mit großen Schritten

auf die andere Seite des Tisches. Ich glaube, sie will Harper Zeke wegnehmen, aber ich bin mir nicht sicher, was genau passieren wird.

Dieses ganze Abendessen verlief genauso, wie ich es von einer epischen Katastrophe erwartet hätte.

„Wenn du denkst, dass du bereit bist, eine Ehefrau zu sein, dann bist du eindeutig auch bereit, eine Mutter zu sein.“ Catrina beugt sich vor und küsst Zeke auf die Wange. „Ich hole den Autositz, damit du ihn mit nach Hause nehmen kannst.“

„Ich … ich soll ihn zurück ins Wohnheim bringen?“, fragt Harper mit erstickter Stimme. „Mama, das geht nicht.“

„Vielleicht können die Eltern deines Freundes helfen. Wenn du heiratest, brauchst du unsere Unterstützung nicht mehr“, sagt Catrina.

„Aber genau die brauche ich“, flüstert Harper, und in dem Satz steckt pure Verzweiflung. „Deshalb haben wir es euch gesagt – und nicht einfach heimlich geheiratet.“

Jack blickt mich finster an. „Und wir sind dir sehr dankbar für deine Ehrlichkeit. Aber wir haben dich besser erzogen, Harper. Zumindest dachten wir das. Erst wirst du in der Highschool schwanger. Wir haben versucht, Verständnis zu zeigen. Wir dachten, dich aufs College zu schicken, würde dir und Zeke helfen. Und jetzt das? Das ist wie ein Schlag ins Gesicht für uns. Wenn du heiraten willst, dann ist es an der Zeit, dass du Verantwortung übernimmst und die Mutter deines Sohnes bist. Wir sind fertig damit, ihn großzuziehen."

Jack begleitet seine Frau den Flur entlang zurück zur Eingangstür.

Harper eilt ihnen hinterher, Zeke in ihren Armen. Ich bin ihr dicht auf den Fersen, ob sie wollen, dass ich ihnen folge, oder nicht.

„Mama, bitte, gib uns wenigstens etwas Zeit", fleht Harper ihre Mutter um Hilfe an, und ich stehe nur da und weiß nicht, wie ich die Situation retten kann.

Es ist nicht so, dass wir heiraten wollen, aber die vorgetäuschte Beziehung scheint sich gerade gegen uns gewendet zu haben.

Und Ehrlichkeit wird uns nicht retten.

Ich kann ihren Eltern nicht sagen, dass wir das tun, weil ich ihre Tochter beschütze.

„Ich liebe Harper", sage ich und versuche, die richtigen Worte zu finden, um die Situation so gut wie möglich zu retten. „Ich weiß, dass Sie mich noch nicht kennen. Ich bin mir sicher, dass das alles sehr plötzlich kommt, aber ich möchte Zeke ein Vater und Harper ein Ehemann sein, und ich schwöre, sie bis zu meinem Tod zu beschützen.“

Jack bleibt an der Haustür stehen. Einen Moment lang denke ich, ich könnte ihn überzeugen, aber dann merke ich, dass er seine Schuhe anzieht und Catrina mit ihren Schuhen und ihrem Mantel hilft.

„Ihr stürzt euch kopfüber in eine lebenslange Verpflichtung. Wenn ihr uns zum Abendessen eingeladen habt, um unseren Segen oder unsere Zustimmung zu erhalten, dann werdet ihr beides nicht bekommen“, sagt Jack.

Catrina knöpft ihren Mantel zu, und die Falten um ihre Lippen sind blass im Vergleich zu ihren tränenreichen Augen. Sie beugt sich vor und küsst Zeke auf die Wange. „Sei brav zu deiner Mama“, sagt Catrina zu ihrem Enkel.

„Hasse mich, so viel du willst, aber tu das deiner Tochter nicht an. Schließe sie nicht aus deinem Leben aus“, sage ich.

„Du musst dir keine Gedanken machen, dass wir hier irgendetwas ‚vorspielen‘, Luca“, sagt Jack hart und lässt keinen Zweifel an seiner Haltung. „Wir mögen dich nicht. Wir werden unsere Tochter nicht verstoßen – aber zur Hochzeit kommen wir nicht.

Wenn ihr beide euch entscheidet zu heiraten, dann seid ihr auf euch allein gestellt."

„Mom, bitte ...", Harpers Stimme bricht fast, und sie wirkt, als würde sie jeden Moment auseinanderfallen. „Ich hole Zeke, sobald ich im Januar in die neue Wohnung ziehe. Aber ich kann ihn nicht einfach ins Wohnheim mitnehmen. Kannst du mir helfen?"

Ich lege ihr eine Hand auf den Rücken, spüre, wie sehr sie zittert.

„Ist okay", sage ich leise. „Wir finden eine Lösung."

Catrina bleibt an der Tür stehen und streckt die Arme nach Zeke aus. „Bis ihr zusammenzieht", sagt sie kühl. „Es sei denn, ihr kommt doch noch zur Vernunft."

Harper sammelt Zekes Schuhe und seinen Mantel ein, zieht ihn an, packt ihn fest an sich und bringt ihn nach draußen zu ihrem Auto. Dort setzt sie ihn hinten in den Kindersitz und schnallt ihn an.

Ich halte den Schirm über Harper, damit sie nicht vollkommen durchnässt wird, während ich zusehe, wie sie sich von Zeke verabschiedet. Wenigstens weiß ich: Das hier ist kein Abschied für immer.

Als wir zurück ins Haus gehen, hält Harper den

Blick starr auf den Boden gerichtet. Sie wirkt wie leer. Ich ziehe sie an mich und schlinge die Arme um sie.

Sie vergräbt das Gesicht an meinem Hals, und ich spüre, wie ihr Körper von leisen Schluchzern bebte. Ich streichle ihr beruhigend über den Rücken, versuche sie zu halten – und spüre gleichzeitig den harten Blick meines Vaters auf mir.

„Luca“, sagt Dante schließlich, „ich muss mit dir reden.“

„Ich bin gleich zurück. Bleib hier“, sage ich ihr, während ich mich aus ihrer Umarmung löse und sie im Foyer zurücklasse.

Sie rührt sich nicht, als ich auf Dante zugehe. Er hält mich außer Hörweite, aber wir sind immer noch in Sichtweite von Harper. Ich kann nicht sagen, dass es mich überrascht, dass er ihr nicht vertraut.

Vertrauen muss man sich verdienen.

Das sind seine Worte, die mir durch den Kopf gehen, ein Satz, den er mir in meiner Jugend immer wieder gesagt hat.

„Es ist spät. Du solltest Harper zurück zum Campus bringen, und wir sehen uns nächstes Wochenende. Wann ist dein nächstes Spiel?“, fragt Dante.

„Donnerstagabend.“ Ich wünschte, es wäre

Freitag oder Samstag, damit ich keine Minute länger unter *seinem* Dach verbringen müsste.

Dantes Augen ziehen sich zu schmalen Schlitzen zusammen, dann nickt er knapp. „Gut. Dann kommst du am Freitag, sobald deine Vorlesungen vorbei sind."

„Ich habe am Sonntag Training", erinnere ich ihn.

„Du bist zurück, bevor dein Hockeyteam überhaupt merkt, dass du weg warst."

Irgendwie glaube ich das nicht. Ashton wird es definitiv merken, und Liam vermutlich auch. Und das setzt voraus, dass Ashton nicht ausgerechnet dann eine Party bei uns veranstaltet – was er ja bekanntermaßen liebt.

„Verabschiede dich von deiner Mutter, bevor du gehst", sagt Dante, als wäre das der letzte Punkt auf einer Liste.

„Ich hole nur noch Harpers Sachen aus der Wäsche", antworte ich. „Dann fahren wir."

Keine fünfzehn Minuten später sitzen wir wieder im Wagen und sind schon auf dem Rückweg zum Campus.

„Danke, dass du mich gefahren hast", sagt Harper leise und schaut kurz zu mir rüber. Sie legt ihre Hand auf meine am Lenkrad, und ich lasse es zu.

Seit wir losgefahren sind, hat sie kaum ein Wort gesagt.

Zu wenig. Viel zu wenig.

„Du hättest mich wirklich nicht erst den ganzen Weg nach Hause bringen und dann wieder zurückfahren müssen …", setzt sie an.

„Ich fahre nicht wieder zurück", sage ich und werfe ihr einen kurzen Blick zu. „Und du musst noch lernen. Hast du deine Unterlagen überhaupt dabei?"

„Du hast doch gesagt, ich soll sie nicht mitnehmen", erwidert Harper und zieht ihre Hand von meiner weg. Auf dem Sitz rutscht sie unruhig hin und her.

„Ich weiß nicht, ob du wütend auf mich bist", sage ich.

Ihr Bein wippt, als hätte sie einen Motor unter der Haut. Still sitzen scheint für sie gerade unmöglich. „Ich bin wütend auf mich selbst", sagt sie leise. „Und ich will nicht, dass du Ärger mit deinem Vater bekommst. Du kannst nicht einfach wegbleiben, nur weil er überall Leute hat …"

Ich lege meine Hand auf ihr Knie, um sie zu beruhigen. „Dante hat vorhin noch mit mir gesprochen", sage ich. „Er meinte, ich solle mir keine Gedanken machen, wenn ich dieses Wochenende bleibe – aber ich werde von Freitag bis Sonntag dort sein."

„Oh." Sie lässt den Atem langsam entweichen.

„Ist das jetzt Erleichterung", frage ich, „oder eher Sorge?"

„Warum nicht beides?" Ihre Stimme klingt ehrlich. „Ich bin froh, dass du heute Abend nicht zurückmusst. Aber die Vorstellung, dass du überhaupt dorthin gehst ... die gefällt mir überhaupt nicht."

„Ich weiß", sage ich. Das ist nicht das Leben, das ich mir ausgesucht hätte. Aber ich tue es für sie – und inzwischen auch für Zeke.

Zwischen uns breitet sich wieder Stille aus. Ich drücke kurz ihren Oberschenkel, dann nehme ich die Hand zurück ans Lenkrad. „Erinnerst du dich wenigstens an irgendwas aus dem Wirtschaftsquiz? Irgendein Konzept?"

„Angebots- und Nachfragekurven", sagt Harper sofort.

„Okay, das ist easy."

Harper lacht kurz auf. „Ich weiß. Deshalb ist es hängen geblieben. Das ist das einzige, das ich wirklich verstanden habe – und auch nur, weil wir das vor ein paar Wochen schon mal durchgekaut haben. Der Rest ..." Sie deutet mit dem Kopf Richtung Fenster. „... ist in dem Moment verschwunden, als es erklärt wurde."

„Dann machen wir's so", sage ich. „Sobald wir wieder auf dem Campus sind, kommst du zu mir. Wir lernen ein, zwei Stunden zusammen – und dann bringe ich dich für die Nacht zurück."

Harper sagt nichts.

„Ist das okay für dich?", frage ich.

Ihr Schweigen setzt mir zu.

„Ich habe überlegt, ob ich vielleicht bei dir übernachten könnte", sagt Harper schließlich. „Nur heute Nacht." Ich spüre ihren Blick auf mir, aufmerksam, abwartend.

Mein Körper sehnt sich nach ihrer Nähe, ihrer Wärme, nach dem Gefühl ihrer Haut auf meiner. Ich habe von ihr geträumt, und nur eine Nacht wäre viel zu wenig.

Und dann ist da Zeke.

Abgesehen davon, dass sie mich über ihn angelogen und ihn vor mir versteckt hat: Ich darf sie nicht zu nah an mich heranlassen. Nicht so nah, dass aus dem Spiel etwas Echtes wird. Nicht, solange ich für meinen Vater arbeiten muss.

Zeke verdient etwas Besseres.

Harper auch.

„Ich glaube nicht, dass das eine gute Idee ist“, sage ich – und es tut weh, das auszusprechen.

Sie atmet leise aus. „Du wirst mir nie verzeihen, oder?“ Ihre Worte sind kaum mehr als ein Flüstern.

Harper wird nie wirklich begreifen, aus welcher Welt ich komme, was ich als Kind der Mafia gesehen habe. Und genau das will ich Zeke ersparen.

Ich werde alles tun, um sie zu schützen – meine Familie, Harper und Zeke. Selbst wenn es bedeutet, dabei Herzen zu brechen.

SECHS

HARPER

„Wann ist dein nächstes Hockeyspiel?", frage ich Ashton.

„Warum? Willst du mich etwa anfeuern?"

Ich werfe ihm eine Pommes zu. Kensley sitzt mir gegenüber, und Ashton hat sich – wie so oft – genau zwischen uns gesetzt.

Es wirkt langsam so, als würde er jedes Mal ungebeten auftauchen, sobald ich mit Kensley Mittag essen gehe.

„Das war ehrlich gesagt nicht mein erster Gedanke", witzle ich und lache kurz.

„Harper feuert Luca an. Stimmt's?" Kensley zwinkert mir verschwörerisch zu.

Sie weiß immer noch nichts von der

bevorstehenden Hochzeit. Nichts von Zeke. Nichts von den neuen Wohnplänen, die gerade im Hintergrund laufen.

Ich habe ihr so viel verschwiegen, dass sie mich vermutlich hassen wird, wenn sie irgendwann merkt, wie sehr ich sie angelogen habe.

„Die zwei sind echt was Besonderes", sagt Ashton zwischen zwei Bissen von seinem Burger. „Ich schwöre, ihr macht es mir extra schwer."

„Wieso das?" Kensley legt den Kopf schief. „Hat Luca dich hierhergeschickt, um Informationen zu sammeln? Weil, wenn er Harper wieder aus dem Weg geht ..."

Ich liebe es, wie beschützerisch Kensley ist. „Luca und ich sind okay", sage ich schnell. Ich greife nach einer weiteren Pommes und beiße hinein – Essen ist gerade die beste Ablenkung, damit ich nicht über Luca reden muss.

„Okay", wiederholt Kensley und zieht eine Augenbraue hoch. „‚Okay' heißt meistens: alles brennt. Aber gut, wenn du nicht reden willst."

Genau.

Trotzdem lässt sie nicht locker. „Dann gehen wir zum Spiel", entscheidet sie. „Und bist du dieses Wochenende frei? Letzten Samstag hast du mich hängen lassen. Ich hatte auf einen Film-Marathon mit Weihnachtsromanzen gehofft – ist doch die perfekte Jahreszeit."

Innerlich stöhne ich auf, aber ich zwinge mich zu einem Lächeln. „Samstag habe ich Zeit", sage ich und gehe bewusst nicht darauf ein, was letztes Wochenende wirklich los war.

Ashton beobachtet mich viel zu aufmerksam, als würde er nur darauf warten, dass ich die Nerven verliere oder irgendetwas ausplaudere.

„Was?", frage ich und starre zurück.

„Mein Gott, Harper", platzt Kensley heraus. „Du und Luca wohnt doch nicht etwa wirklich zusammen, oder?"

„Zusammenwohnen?" Ich hebe eine Augenbraue, allein wegen des Wortes.

Ashton grinst breit und scheint das kleine Hin und Her zwischen uns regelrecht zu feiern. Er kaut zwar an seinem Burger, hängt aber komplett an unserem Gespräch. Ich wünschte, er wäre nicht hier – aber außer ihm zu sagen, er soll sich verpissen, wirkt es nicht so, als hätte er vor, bald zu verschwinden.

„Fang gar nicht erst an", warne ich ihn und zeige mit dem Finger auf ihn.

Offenbar reicht das schon, um ihn erst recht anzustacheln.

„Kensley hat recht“, sagt er, viel zu zufrieden. „Du wirkst total angespannt. Ich glaube, ein guter Fick würde Wunder wirken.“

„Ach ja? Und du bietest dich gerade an?“ Ich fixiere ihn.

Ashton legt den Burger ab und hebt beide Hände, als würde er kapitulieren. „Ich bin nicht lebensmüde. Ich würde dir sowas nie ernsthaft vorschlagen. Dein Freund würde mich umbringen.“

Kensley schaut zwischen ihm und mir hin und her. „Also ist Luca dein Freund“, sagt sie langsam. „Ich wusste, dass da was läuft. Aber als du mir das letzte Mal davon erzählt hast, habt ihr doch kaum miteinander geredet.“

„Uns geht’s gut“, murmele ich und wünsche mir, diese Kreuzverhör-Nummer würde endlich enden.

Dann richte ich den Blick wieder auf Ashton. „Ist das der Grund, warum du ständig mit uns zu Mittag isst?“

Er schüttelt verwirrt den Kopf, als hätte er die Frage nicht verstanden.

„Du bist Lucas’ bester Freund“, stelle ich fest. „Erzählst du ihm alles, was ich sage?“

„Ich schwöre, ich erzähle Luca gar nichts“, sagt Ashton. „Zu Hause benimmt er sich gerade wie ein Arsch. Wir gehen uns eher aus dem Weg.“

„Und auf dem Eis?“, hake ich nach.

„Beim Training ist er komplett im Game-Mode“, sagt Ashton und nimmt den letzten Bissen seines Burgers. „Da interessiert ihn nichts anderes.“ Dann schaut er mich an. „Und? Wie lief es dieses Wochenende mit Zeke?“

Meine Schultern ziehen sich sofort zusammen, als ich von Ashton zu Kensley schaue.

Musste er ausgerechnet Zeke erwähnen?

Will er mich provozieren – oder will er ernsthaft dafür sorgen, dass ich die einzige Freundin verliere, die ich auf dem Campus habe?

Kensleys Blick springt zwischen uns hin und her. „Wer ist Zeke? Hast du mich deswegen am Wochenende hängen lassen? Wegen irgendeinem Typen?“ Ihre Wangen laufen rot an, und ich spüre, wie sich ihre Wut aufbaut. „Und hast du nicht gerade gesagt, du bist mit Luca zusammen? Was soll das, Harper?“

Ich schiebe mein Tablett mit den Pommes von mir weg. Plötzlich habe ich keinen Appetit mehr.

Ashton grinst nur und klaut mir seelenruhig eine Pommes vom Teller.

Wie kindisch.

„Also? Wer ist Zeke?“, fragt Kensley noch einmal, diesmal deutlich schärfer.

„Er ist mein Sohn", sage ich und weiche ihrem Blick aus.

Kensley erstarrt kurz. Dann legt sie den Kopf schief und sieht mich an, als müsste sie die Worte erst übersetzen. „Du hast ... einen Sohn", wiederholt sie langsam, während es bei ihr ankommt. „Wo ist er denn jetzt?" Ihre Stimme ist plötzlich weich, fast beruhigend. Sie schreit mich nicht an.

Noch nicht.

„Bis zum nächsten Semester lebt er bei meinen Eltern", sage ich.

Es fühlt sich an, als würde ich ein Pflaster in einem Ruck abreißen und darunter liegt alles offen.

„Was ist denn nächstes Semester?", fragt Kensley.

„Die Hochzeit", sagt Ashton, lehnt sich zurück und grinst, als wäre das alles ein verdammter Witz.

„Du Mistkerl", zische ich ihm zu. Ich greife nach meinen Pommes und werfe ihm eine Handvoll entgegen.

Ashton macht nicht einmal den Versuch, auszuweichen. Die Pommes prasseln gegen seine Brust. Er streicht sie einfach weg, als hätte ich ihm gerade Staub von der Jacke geklopft.

„Warte mal." Kensley starrt mich an, als müsste sie jedes Wort einzeln sortieren. „Du heiratest? Ist es Luca? Und ... ist Luca der Vater?"

„Luca ist nicht der Vater“, sage ich so ruhig, wie ich kann. „Aber ja. Wir sind verlobt.“

„Gib mal deine Hand her.“ Sie greift über den Tisch, zieht meinen Arm zu sich und dreht meine Handfläche, als würde sie Beweise suchen. Enttäuschung steht ihr ins Gesicht geschrieben. „Kein Ring?“

Wie kann sie so ruhig bleiben? Ich hatte damit gerechnet, dass sie ausrastet, mich anschreit und mir sagt, ich würde den größten Fehler meines Lebens machen.

„Wir schwimmen halt nicht gerade im Geld“, sage ich halb scherzend und ziehe meine Hand wieder zurück auf meinen Schoß. „Seine Mutter hat angeboten, uns die Ringe zu schenken.“

„Das ist ... nett“, sagt Kensley langsam, als würde ihr Gehirn gerade versuchen, das gesamte Bild zusammenzusetzen. „Und deine Eltern? Und dein Sohn? Ich hab ungefähr tausend verdammte Fragen, Harper.“

Ashton sagt nichts. Er sitzt einfach da, beobachtet und hört zu. Ich weiß nicht, was Luca ihm erzählt hat – falls er überhaupt etwas erzählt hat – über das letzte Wochenende, das Abendessen und unsere Familien.

„Meine Eltern sind nicht begeistert“, sage ich.

„Und seit der Verlobung drücken sie mir Zeke wieder stärker auf."

„Er ist dein Sohn", entgegnet Kensley. Dann hält sie inne. „Moment. Wie alt ist er?"

„Zwei." Ich seufze, hole mein Handy aus der Tasche, scrolle durch meine Fotos und zeige ihr eins: Zeke mit einem breiten Grinsen, wie er nach meinem Handy greift. Er ist so nah an der Linse, dass sein Gesicht fast das ganze Bild ausfüllt.

„Oh mein Gott, er ist ja zuckersüß", lacht Kensley. „Da tut mir direkt die Gebärmutter weh."

Ashton schnaubt, streckt die Hand aus und beugt sich vor, um das Foto ebenfalls zu sehen. „Er ist echt süß", sagt er – und klingt dabei tatsächlich überrascht.

„Danke …?", lache ich und stecke das Handy wieder weg. „Er kann aber auch ganz schön anstrengend sein." Ich atme einmal durch. „Meine Mutter ist nach seiner Geburt zu Hause geblieben, während ich die Highschool beendet und meinen Abschluss gemacht habe. Sie hat sich bereit erklärt, mir bei Zeke zu helfen, während ich aufs College gehe. Es ist eine lange Geschichte, aber ich versuche, ihn an den Wochenenden zu sehen, wenn ich nicht lernen muss. Und wenn es nicht klappt, mache ich Videoanrufe mit ihm, damit er mich nicht vergisst."

„Ich bin mir sicher, dass er genau weiß, wer du bist“, sagt Kensley und schenkt mir ein kleines, vorsichtiges Lächeln. „Ich wünschte wirklich, du hättest mir früher von deinem Sohn erzählt. Aber ich verstehe schon ... das muss ein riesiges Geheimnis für dich gewesen sein.“

Die Wahrheit ist: Ich wollte Zeke nie vor ihr verstecken. Das war die Entscheidung meiner Eltern gewesen. Sie wollten, dass ich es in der Highschool für mich behalte. Sobald sie von der Schwangerschaft erfahren hatten, wurde ich zu Hause unterrichtet – und als Zeke im Jahr darauf geboren wurde, durfte ich wieder zurück in die Schule.

Ich dachte immer, sie hätten mir einfach ein halbwegs normales Leben ermöglichen wollen.

Aber inzwischen glaube ich, dass es vor allem um etwas anderes ging: um meine Ausbildung. Sie wollten, dass ich mich konzentriere, gute Noten halte und irgendwie ein Stipendium fürs College bekomme. Denn bezahlen hätten sie es nicht können.

„Moment mal“, sagt Kensley und schaut mich scharf an. „Ist das der Grund, warum du und Luca euch gestritten habt? Wegen Zeke?“

„Ja“, antworte ich und werfe Ashton einen

kurzen Blick zu – in der Hoffnung, dass er das bestätigt, ohne dass Kensley auch nur in die Nähe der Mafia-Wahrheit kommt.

Ashton verschränkt die Arme. „Er war sauer, weil du ihn angelogen hast."

Er ist mehr als nur sauer, aber das werde ich weder Kensley noch Ashton sagen.

Denn wenn Luca mich wirklich für immer hasst, wird diese geplante Hochzeit niemals stattfinden. Und selbst wenn doch – es wäre für niemanden logisch.

„Und er hat mir vergeben", sage ich.

Nur … ich bin mir nicht sicher, ob er mir wirklich vollständig vergeben hat.

Ashtons Blick zuckt kurz, als wüsste er genau, dass ich nicht die ganze Wahrheit sage. Aber er kommentiert es nicht.

Luca ist im Unterricht höflich zu mir. Wir haben unsere Wirtschaft-Lerntreffen wieder aufgenommen, damit ich meine Noten für das Stipendium halten kann. Aber diese stillen, warmen Momente zwischen uns – die, in denen ich mich wirklich sicher gefühlt habe – sind weg.

Außer dann, wenn wir so tun müssen, als wäre alles normal.

Und wenn das der Preis ist, dann kann ich damit

leben. Denn ein gespieltes „Wir sind okay“ mit Luca ist immer noch besser als das, was Zeke passieren könnte.

Die Drohungen der Riccis hängen mir noch immer im Nacken. Nachts, wenn ich allein bin, ertappe ich mich dabei, wie ich mich dauernd umdrehe, in jede dunkle Ecke starre und mich frage, ob gleich jemand aus dem Schatten tritt, mich packt … mir wehtut.

Doch die eigentliche Angst hat nichts mit dem zu tun, was ich sehen kann. Sie kommt von dem, was außerhalb meiner Kontrolle liegt.

Zeke ist bei meiner Mutter – und solange er nicht bei mir ist, kann ich ihn nicht schützen.

Vielleicht ist es das Beste, ihn nächstes Semester mit auf den Campus zu holen. Dann kann ich wenigstens selbst auf ihn aufpassen und sicherstellen, dass er in Sicherheit ist.

Kensley und ich sind früh beim Heimspiel der Narwhals. Wir tragen beide Teamtrikots und sitzen direkt in der ersten Reihe.

Ich mache das für ihn.

Ich will, dass Luca sieht, wie viel er mir bedeutet

– und dazu gehört, dass ich bei seinen Spielen auftauche.

Zumindest ist Quinn heute Abend nirgends zu entdecken. Bald muss ich mich ohnehin nicht mehr mit ihr herumschlagen, und allein der Gedanke daran erleichtert mich. Ich freue mich darauf, mit den Jungs zusammenzuziehen. Ich weiß, es wird nicht einfach werden – aber Nova wird auch dort sein. Das hilft.

Die ganze Woche über habe ich mich außerdem über die Kita auf dem Campus informiert. Sie ist während der Vorlesungszeiten für Studierende geöffnet, was … ehrlich gesagt perfekt ist. Ich habe Zeke für das nächste Semester angemeldet, damit er betreut ist, während ich Unterricht habe und lerne.

„Los, Ashton!“, ruft Kensley, als er den Wolverines den Puck abnimmt.

Ich schaue sie von der Seite an, neugierig. „Ashton?“

„Er ist der beste Freund von deinem Freund“, sagt sie und springt auf, um zu jubeln, als er einen Gegenspieler gegen die Bande drückt.

Super. Jetzt lässt sie mich aussehen, als würde ich mich nicht genug anstrengen.

Luca entdeckt uns. In dem Moment, in dem sein Blick mich trifft, wendet er sich schon wieder dem

Eis zu, konzentriert sich auf den Puck, hetzt hinterher. Kaum entreißt er ihn den Wolverines, ist er ihn auch schon wieder los.

Es zieht sich. Kein Tor im ersten Drittel, nur ständiges Hin und Her – Kufen, Körper, Schläger, immer hinter dem Puck her.

Die Sirene heult das Ende des ersten Drittels aus. Während die Jungs vom Eis in Richtung Kabine verschwinden, steuert Luca noch das Plexiglas an und hebt die Hand zu mir.

„Du bist wirklich gekommen", sagt er, außer Atem. Schweiß glänzt auf seiner Stirn. Er wirft einen schnellen Blick zu seinen Teamkollegen, von denen ein paar ungeduldig auf ihn warten.

„Ich wollte dich unterstützen", sage ich. Und das meine ich so. Er hat es verdient. Es tut mir leid, dass sein Vater seine Entscheidung fürs Hockey so wenig respektiert. Wenn wir heiraten, soll Luca wissen, dass ich hinter ihm stehe – egal, was passiert.

„Ich bin froh, dass du da bist. Vielleicht bringst du mir ja Glück." Er grinst schief, dann schließt er zu den anderen auf und verschwindet vom Eis.

„Siehst du?" Kensley stupst mich an. „Bist du jetzt nicht froh, dass du dir ein Narwhals-Trikot gekauft hast? Jetzt hast du was, das du bei jedem Spiel anziehen kannst."

„Bei jedem Spiel“, wiederhole ich. Ich hatte nicht wirklich geplant, bei allen aufzutauchen – aber eigentlich klingt es schön. Vor allem, wenn Zeke irgendwann mitkommt. Ich müsste ihm nur diese süßen Baby-Kopfhörer besorgen, damit der Lärm ihn nicht erschlägt. Ich wette, er würde es lieben, Luca auf dem Eis zu sehen.

Dann geht's weiter. Die Spieler kommen zurück, und Luca wirkt plötzlich, als wäre er nicht aufzuhalten. Er schnappt sich den Puck, zieht durch und rast fast ohne Gegenwehr Richtung Tor.

Er schießt. Treffer.

Die Arena kocht, und Luca dreht sich genau in meine Richtung.

Ich springe auf, klatsche, juble – so, dass er es sieht. Dass er weiß: Ich bin da. Ich bin auf seiner Seite.

„Lauter“, ruft Kensley mir ins Ohr. „Er hört dich sonst nicht!“

Wahrscheinlich hat sie recht. Trotzdem fühlt es sich an, als würde ich schon lauter schreien als die halbe Halle.

Die Narwhals gewinnen gegen die Wolverines. Als das Spiel vorbei ist, kommt Luca kurz zu uns. „Wartet auf uns. In dreißig Minuten sind wir fertig."

„Okay, klar", sage ich.

Er verschwindet Richtung Kabine, und Kensley und ich bleiben noch sitzen und warten, während sich die Fans langsam zerstreuen.

Es dauert fast eine Stunde, bis Luca zurückkommt, aber er strahlt vor Begeisterung, und ich freue mich unglaublich für ihn. Er kommt aus der Umkleidekabine, schlendert an der Tribüne vorbei und macht sich auf den Weg zu unserem Gang.

„Du warst fantastisch!", sage ich sofort. In dem Moment legt er die Arme um mich und zieht mich an sich. Die Umarmung ist fest, vertraut – und doch bleibt da dieser winzige Stich Unsicherheit: Freut er sich wirklich, mich zu sehen? Oder spielt er es nur, weil wir in diese Hochzeit gedrängt werden?

Für mich ist es niemals gespielt.

„Danke. Ich bin wirklich froh, dass du heute Abend gekommen bist. Danke, dass du sie mitgebracht hast", sagt er zu Kensley.

„Das war alles Harpers Idee", sagt Kensley. „Aber ich hatte vielleicht etwas mit diesen hier zu tun." Sie zeigt auf unsere Narwhal-Trikots.

Luca zieht mich an sich, sein Atem vermischt sich mit meinem, bevor er zum entscheidenden Schritt ansetzt. Seine Lippen schmecken süß und duften einzigartig nach Sandelholz und Amber. Sein Haar ist noch feucht von der Dusche, und ein paar Tropfen landen auf meiner Haut.

Ich schmiege mich an ihn, lasse meine Zunge seinen Mund suchen und vergesse für einen Moment alles um uns herum – sogar, dass Kensley direkt neben uns steht. Die Welt scheint zu verschwinden.

Seine Finger krallen sich in mein Trikot, halten mich fest, als könnte er mich sonst verlieren. Ich könnte schwören, ich spüre sein Herz durch die Brust schlagen.

Dann räuspert sich Kensley. „Soll ich einfach nach Hause gehen?", fragt sie trocken.

Ich will den Kuss nicht abbrechen. Nicht jetzt. Nicht, wenn ich nicht weiß, wann Luca mich das nächste Mal so küssen wird – mich so berühren, als würde es ihm wirklich etwas bedeuten.

Und ich weiß nicht, ob es das tut. Vielleicht spielt er nur seine Rolle, so wie vor unseren Eltern.

Aber da sind Gefühle. Ich weiß, dass er mich noch mag. Trotzdem ist er in letzter Zeit auf

Abstand gegangen, und es tut weh, mich zu fragen, ob ich jemals wirklich an sein Herz herankomme.

„Nein“, murmelt Luca heiser, schwer atmend, als er sich schließlich von meinen Lippen löst und den Kuss beendet.

Ich wünschte, er hätte länger gedauert. Ich könnte die ganze Nacht nichts anderes tun, als ihn zu küssen.

„Die Jungs treffen sich nach dem Spiel bei uns zu Hause. Du bist herzlich eingeladen, Kensley“, sagt er und nimmt meine Hand, um unsere Finger ineinander zu verschränken.

Er hebt unsere verbundenen Hände an seine Lippen und küsst meine Handfläche. Schmetterlinge flattern in meinem Bauch, und ich stelle mich auf die Zehenspitzen, um noch einmal einen Kuss von seinen Lippen zu stehlen.

Denn bei Luca reicht ein Kuss nicht aus. Seit der Nacht vor Wochen, in der wir miteinander geschlafen haben, sehne ich mich nach ihm.

Aber diese paar Wochen kommen mir vor wie Monate, ja sogar Jahre, denn ich verspüre den Drang, wieder mit ihm ins Bett zu steigen.

Er lächelt und küsst mich auf die Wange. „Fahrt ihr mit mir mit, Mädels?“

„Wenn du Platz für uns beide hast“, sagt Kensley.

„Für die Liebe meines Lebens und ihre beste Freundin ist immer Platz."

Er spielt immer noch Theater, und verdammt, mein Herz fällt jedes Mal darauf herein.

Als wir sein Haus betreten, feiern die meisten seiner Teamkollegen den Sieg. Bier wird herumgereicht, und Ashton sitzt mit Nova auf der Couch.

„Sorg dafür, dass sie nichts trinkt!", sagt Luca und deutet auf Nova.

„Ach komm schon, ich bin jetzt genauso alt wie Harper. Du kannst mich nicht mehr herumkommandieren."

„Du bist noch nicht einmal 21. Hast du morgen nicht Schule?" Luca starrt sie finster an.

„Lehrertag, was auch immer das bedeutet. Ich habe frei. Papa weiß, dass ich bei dir übernachte."

„Wunderbar", sagt Luca mit kühler Stimme. „Ich hole uns was zu trinken. Ich bin gleich wieder da." Er drückt mir einen schnellen Kuss auf die Wange und ist im nächsten Moment schon auf dem Weg.

Wahrscheinlich ist er froh, mich für eine Weile los zu sein. Ich gehe davon aus, dass er länger als nur ein paar Minuten wegbleiben wird.

Kensley stupst mich an und beugt sich zu mir. „Weißt du, wer das Mädchen ist?", flüstert sie.

„Seine kleine Schwester", antworte ich. Und seit ich das weiß, ist die Eifersucht weg. Im Gegenteil – es macht sogar Spaß, mit Nova abzuhängen.

„Harper!" Novas Augen werden riesig. Sie springt vom Sofa hoch und stürzt praktisch auf mich zu, wirft sich in meine Arme und drückt mich so fest, als hätten wir uns ewig nicht gesehen.

Ich muss zugeben: Das fühlt sich gut an. Und das Beste daran ist, dass es ehrlich ist – nicht so halb gespielt wie Lucas' Zuneigung, bei der ich nie weiß, was echt ist und was nur Pflicht.

Ich stelle die beiden einander vor. „Kensley, das ist Nova. Nova wird ab nächstem Semester mit uns auf dem Campus sein", erkläre ich.

„Wie cool", sagt Kensley. „Weißt du schon, in welches Wohnheim du ziehst?"

„Keins", antwortet Nova. „Lucas' Mutter hat ihre Kontakte genutzt, und wir ziehen in ein Haus auf dem Campus – ganz auf der anderen Seite der Stadt."

„Was?" Kensley dreht sich sofort zu mir. „Du hast gar nicht gesagt, dass du Quinn los bist. Wie konntest du vergessen, mir das zu erzählen?"

Ich lache leise. „Ich habe dir gesagt, dass Zeke

bei mir wohnen wird. Mit Kind ist Wohnheim wohl eher ... schwierig."

„Stimmt." Kensley stoppt kurz und nickt, als würde sie sich selbst daran erinnern. Dann richtet sie den Blick wieder auf Nova. „Also ... du und Ashton ...?"

Moment. Ist Kensley etwa in Ashton verknallt?

Nova schaut zu Ashton, der lässig auf der Couch sitzt, und lächelt. Nicht nur höflich – anders. Ein Lächeln, das ich so noch nie bei ihr gesehen habe. „Nein", sagt sie schnell. „Wir sind nur Freunde. Aber ... ich meine, er ist Ashton Rinaldi." Die Art, wie sie das sagt, ist viel zu überzeugt, um beiläufig zu sein.

„Alles klar", meint Kensley grinsend. „Du magst ihn."

Novas Augen werden panisch groß. „Psst! Das darfst du hier nicht sagen. Das bringt Luca komplett auf die Palme –"

„Oh Gott, sorry!", flüstert Kensley sofort. „Ich sag nichts. Versprochen." Sie presst die Lippen zusammen und macht eine theatralische Bewegung, als würde sie einen Schlüssel wegwerfen.

„Danke", sagt Nova und atmet hörbar aus. Dann schaut sie wieder zu Ashton – und da ist eindeutig etwas in ihrem Gesicht.

Sehnsucht?

Oder … Verlangen?

Ist da zwischen den beiden schon etwas passiert?

Ashton hat nie ein Wort darüber verloren, aber nach allem, was ich von Luca gehört habe, schläft er sich quer über den Campus – besonders durch die Erstsemesterinnen und die Mädchen, die bei ihm wegen Hockey weich werden.

Und das Schlimmste: Er schläft nie zweimal mit derselben.

Das lässt bei mir alle Alarmglocken läuten, was Nova betrifft.

Wenn sie ihn wirklich mag, will ich nicht, dass er ihr das Herz bricht.

„Sei einfach vorsichtig mit ihm", sage ich leise.

Bei dem Lärm und den Stimmen um uns herum ist es fraglich, ob das überhaupt jemand außer ihr hören könnte – und selbst Nova muss sich anstrengen, um meine Worte zu verstehen.

„Du musst dir keine Sorgen um mich machen", sagt sie und lacht nervös. „Du und Luca, ihr seid euch so ähnlich. Wirst du jetzt mein nächster großer Beschützer?" Sie stupst mich an. „Dabei wollte ich dich gerade fragen, wie es dir geht … und dir sagen, dass ich dich dieses Wochenende vermisst habe."

„Mir geht's gut", sage ich. „Und ich habe dich auch vermisst." Das Abendessen wäre so viel leichter gewesen, wenn Nova und ihre Eltern dabei gewesen wären. Vielleicht hätten sie uns den Rückhalt geben können, den wir so dringend gebraucht hätten.

Ich ziehe Nova noch einmal in eine Umarmung und flüstere ihr ins Ohr: „Ich brauche jemanden an meiner Seite.“ Nova ist die Einzige, der ich blind vertraue.

Nicht, dass ich Kensley nicht vertrauen würde – sie ist meine beste Freundin. Aber ich kann ihr nicht erzählen, was bei Lucas Eltern vorgefallen ist.

Ich kann nicht über den vermissten Jungen sprechen, den ich im Keller gefunden habe. Nicht darüber, dass Lucas Familie zur Mafia gehört.

Nova weiß es. Und bei ihr muss ich keine Angst haben, dass sie mich verrät – oder dass ich am Ende dafür bezahle.

Zumindest habe ich keinen Grund zu glauben, dass sie mich hassen würde.

Nova löst sich wieder aus der Umarmung und lächelt ehrlich. Sie drückt meinen Arm. „Du hast mich, Schwesterchen. Ich bleibe. Ich gehe nirgendwohin.“

Kensley beobachtet uns mit neugieriger Spannung. Dann taucht Luca wieder auf, zwei Bier in der Hand, und hält mir eins hin.

„Du gibst Harper ein Bier, mir aber nicht?“, fährt Nova ihn an. „Wir sind gleich alt, du Trottel.“ Sie starrt ihn an, als stünde sie kurz davor, einen Streit anzuzetteln.

Ich reiche ihr mein Bier. „Nimm es.“

„Harper“, knurrt Luca mich an – und schiebt mich mit einem kurzen Stoß in Richtung Sofa. „Geh zu Ashton. Leiste ihm Gesellschaft. Er sieht aus, als würde er allein versauern.“

Nova nimmt die Bierflasche ohne Zögern, verzieht aber das Gesicht und wirft erst Ashton, dann mir einen bösen Blick zu – reine Show. „Im Ernst? Als würde ich ihn heute Abend nicht schon mehr als genug sehen.“

Nach den Blicken und dem Gespräch von vorhin habe ich allerdings den Eindruck, dass sie genauso talentiert darin ist, so zu tun, als wäre Ashton ihr egal, wie Luca darin, so zu tun, als wäre ich es ihm.

Luca starrt mich noch immer finster an. „Ich kann nicht fassen, dass du ihr dein Bier gegeben hast.“

„Tja“, sage ich, „du musst dir darüber nicht mehr lange den Kopf zerbrechen.“

„Wieso nicht?“ Er kommt näher, so nah, dass er in meinen persönlichen Raum tritt. Mit einer vertrauten Bewegung streicht er mir eine Haarsträhne aus dem Gesicht.

„Weil Nova und ich nächstes Semester hier einziehen“, sage ich. „Zusammen mit Zeke.“

Für einen Moment hält er inne. Ich sehe, wie es bei ihm klickt – wie sich das Bild in seinem Kopf zusammensetzt. Sein Leben wird sich verschieben.

„Dann feiern wir Siege eben woanders“, sagt Luca. Doch in seinem Blick liegt noch etwas anderes, etwas, das ich nicht ganz greifen kann.

Kensley mustert ihn und fragt dann wie aus dem Nichts: „Ist einer deiner Freunde Single?“

Luca lacht leise. „Klar – kommt drauf an. Suchst du nur was Lockeres oder willst du wirklich jemanden?“

„Ich muss zumindest nicht heiraten“, sagt Kensley und starrt Luca an, als wolle sie ihn absichtlich reizen. Warum, weiß ich nicht. Immerhin hat sie mich zu hundert Prozent unterstützt – trotz Verlobung und Zeke.

Luca nimmt einen Schluck Bier und lacht düster. „Ashton steht nur auf One-Night-Stands.“ Dann deutet er auf den anderen Mitbewohner, den ich im Haus kaum sehe. „Liam ist eher der Typ ‚Freunde mit gewissen Vorzügen‘, soweit ich weiß. Und dann gibt’s noch Chase – der ist seit Kurzem wieder

Single. Aber ich tippe eher auf Trostsex. Der hängt immer noch ziemlich an seiner Ex."

Kensley lässt den Blick über die Jungs wandern, auf die Luca gezeigt hat, und schaut dann wieder zu mir. „Ich glaube, du hast echt Glück gehabt – du hast dir einen von den Guten geschnappt." Sie klopft mir kurz auf den Arm. „Ich mische mich mal unters Volk."

„Klar", sage ich und lächle, während ich ihr nachsehe, wie sie in der Menge verschwindet. Ich verstehe nicht, wie sie das so mühelos kann. Ich hasse Menschenmengen. Das Haus fühlt sich gerade viel zu voll an, viel zu laut – aber mit Luca in meiner Nähe ist es zumindest erträglicher.

„Wie geht's dir?", fragt er leise und streift mit seinen Lippen mein Ohr.

„Gut."

Er sieht mich an, als würde er auf etwas Echtes warten – nicht auf eine automatische Antwort.

„Du weißt, Partys sind nicht wirklich mein Ding", gebe ich schließlich zu.

„Willst du nach oben? Nur wir zwei?", fragt Luca.

Ich nicke, ohne groß nachzudenken. Er nimmt meine Hand und führt mich die Treppe hinauf in sein Zimmer. Kaum sind wir drin, zieht er die Tür zu, und das Stimmengewirr draußen wirkt plötzlich weit weg, als hätte jemand die Lautstärke runtergedreht.

Man hört es noch – aber nur gedämpft.

Mein Puls wird ruhiger, gleichmäßiger. Ich habe nicht mal gemerkt, wie schnell mein Herz zuvor geschlagen hat. „Darf ich mich setzen?“, frage ich und deute auf sein Bett.

„Es ist auch dein Zimmer“, sagt er. „Bald jedenfalls.“

Mir entweicht ein leiser Atemzug, irgendwo zwischen Seufzen und Schock. Ich hatte gar nicht darüber nachgedacht, dass wir uns tatsächlich ein Schlafzimmer teilen würden.

„Was?“

„Ich … ich dachte nur, dass wir in der neuen Wohnung getrennte Zimmer haben“, sage ich.

Seine Augen blitzen auf, aber er lächelt nicht. Luca tritt näher, führt mich zum Bett, und ich setze mich neben ihn. Vielleicht ist es wirklich gut, mal kurz allein zu sein – nur wir beide.

Wir haben so viel, was zwischen uns steht. Und in letzter Zeit habe ich das Gefühl, ich sehe ihn kaum noch. Zumindest nicht so, dass wir wirklich zu zweit sind, ohne Publikum, ohne Rollen, ohne Schauspiel.

„Zeke bekommt sein eigenes Zimmer“, sagt Luca

ruhig. „Außer du willst lieber bei ihm schlafen – dann können wir auch getrennte Schlafzimmer nehmen. Unsere Ehe ist nur Fassade, und jeder, der bei uns wohnt, kennt die Wahrheit ohnehin."

„Ich dachte nur...", flüstere ich, „du würdest gar nicht mit mir in einem Bett schlafen wollen."

Das einzige Mal, dass er mir Zuneigung gezeigt hat, war, wenn jemand zugesehen hat – wenn er gezwungen war, eine Rolle zu spielen.

Luca greift nach meiner Hand und schließt sie zwischen seinen Handflächen ein. „Ich mag dich wirklich, Harper", sagt er leise. „Bitte glaub nicht, dass meine Gefühle nicht echt sind. Ich hätte das nicht vorgeschlagen – diese Heirat – wenn du mir egal wärst."

„Ich weiß", hauche ich. Und plötzlich wird mir klar, dass nicht nur ich daran zerbreche. Diese Last liegt auch auf seinen Schultern. Mein Herz tut weh, mein Magen zieht sich zusammen, und ich starre auf meinen Schoß, damit er den Schmerz in meinem Gesicht nicht sehen muss. „Es tut mir leid."

Tränen laufen mir über die Wangen. Ich ziehe meine Hand weg, wische sie hastig fort, als könnte ich sie so unsichtbar machen.

So hatte ich mir mein Leben nicht ausgemalt.

Zeke war eine Überraschung.

Alles danach war ohnehin schon eine Achterbahnfahrt gewesen – und gerade als ich das Gefühl hatte, endlich wieder festen Boden unter den Füßen zu haben, reißt es mich erneut aus der Spur.

Luca legt die Arme um meine Schultern und zieht mich an sich. Die Umarmung ist warm, fest, sicher. Sein Atem streift meinen Nacken, während er mich hält, als würde er mich auffangen.

„Mit jedem Tag, den wir zusammen sind, verliebe ich mich ein Stück mehr in dich", flüstere ich, die Worte brechen zwischen den Tränen hervor.

Er sagt nichts.

Und genau das lässt die Schleusen erst recht aufgehen. Die Tränen kommen schneller, als ich sie wegwischen kann – ein endloser Strom, den ich nicht mehr stoppen kann.

Aber Luca lässt mich nicht los. Kein Zögern, kein Abstand. Stattdessen zieht er mich auf seinen Schoß.

„Ich bin hier", sagt er leise und streift mit seiner Wange meine.

Seine Haut ist warm, seine Nähe zieht mich noch näher an ihn. Ich bewege mich kaum merklich, hebe den Kopf – und unsere Atemzüge mischen sich, als wäre zwischen uns plötzlich kein Raum mehr.

Ich möchte ihn küssen. Ich sehne mich danach,

seinen Körper an meinem zu spüren, jeden Zentimeter von ihm nackt, aber ich fürchte, dass er sich von mir zurückziehen wird, wie er es in den vergangenen zwei Wochen getan hat.

„Harper“, stöhnt er meinen Namen, obwohl sich unsere Lippen noch nicht einmal berührt haben. Aber allein dieser Klang reicht aus, um alle meine Sinne zu wecken.

Ich fahre mit meinen Fingern durch sein Haar und schließe langsam und mühelos die Lücke, während ich ihn in mich aufnehme. Sein Mund auf meinem ist wie Feuer, und ich kann nicht genug davon bekommen.

Seine Hände gleiten über meinen Körper; eine davon legt sich fest an meine Hüfte und hält mich eng an ihn gepresst, sicher auf seinem Schoß.

Seine Fingerspitzen tasten den Saum meines Shirts entlang, finden meine nackte Haut, als er den Stoff leicht anhebt, und spielen dann über den Bund meiner Jeans.

Meine Lippen verschmelzen mit seinen; heiße Küsse sind bei weitem nicht genug.

Ich will ihn.

Ich brauche ihn.

Eine Hand bleibt auf meiner Hüfte, die andere

streichelt meine Wange, öffnet meinen Mund und vertieft den Kuss.

Mein Verlangen wird nur von seinem übertroffen.

Verlangen und Zwang greifen ineinander, als er mich nach hinten auf die Matratze zieht, sich fallen lässt und mich über sich hält.

Er hält einen Arm um meine Hüfte geschlungen und lässt mich nicht aus seinem Griff entkommen.

Ich bewege mich nur leicht, um mich vollständig über seine Hüften zu setzen, und Luca stöhnt, als ich mich an ihm reibe.

„Wenn du heute Nacht nicht bis zum Äußersten gehen willst, dann müssen wir jetzt aufhören", knurrt Luca.

Er versucht, ein Gentleman zu sein.

Verdammt, ich begehre ihn seit der Nacht, in der ich in sein Bett gekrochen bin, und ich habe nicht aufgehört, ihn zu begehren, nicht ein einziges Mal.

Ich bewege mich nur leicht, um meine Hände an meine Taille zu legen und das Trikot auszuziehen.

„Lass das an", sagt Luca und lächelt mich an. „Ich mag es, dich in meinem Jersey zu sehen. Ich werde dich darin ficken, wenn du mich lässt."

Meine Muschi verkrampft sich bei seinen

Worten, und meine Lippen erobern seine. Ich öffne den Knopf meiner Jeans, ziehe hastig den Reißverschluss herunter und trete sie auf den Boden.

Nur mit meinem Höschen und dem Narwhals-Trikot bekleidet, reibe ich mich an seinen Hüften und spüre, wie das auf ihn wirkt.

„Du bringst mich um", stöhnt er.

Ich küsse ihn auf die Lippen und wandere dann seinen Hals hinunter. Langsam hebe ich sein T-Shirt hoch und hinterlasse ein sanftes Muster aus warmen Küssen und leichten Berührungen auf seiner Brust, während ich ihm beim Ausziehen helfe.

Er stöhnt leise unter meinen Berührungen, als würde jede Streicheleinheit direkt unter seine Haut gehen, während ich ihn bis auf die Boxershorts ausziehe.

Dann dreht er mich um, übernimmt das Tempo, und seine Hände gleiten von meinen Hüften unter mein Trikot. „Du hast immer noch viel zu viel an", murmelt er. Sein Blick fällt auf meinen BH – und mit einer geübten Bewegung löst er den Verschluss.

Er löst sich nur so lange von mir, dass ich den BH abstreifen kann, während er seine Boxershorts achtlos Richtung Tür schleudert. Dann rutscht er an mir hinab, hakt die Finger in den Bund meines Slips und zieht ihn langsam über meine Oberschenkel nach unten.

„Warst du ein braves Mädchen für mich?“, fragt Luca und blickt direkt in meine Seele.

Ich presse meine Lippen aufeinander, unsicher, was er damit meint.

„Hast du dich selbst berührt, seit ich dich zum Orgasmus gebracht habe?“, fragt Luca.

Meine Augen weiten sich und mir stockt der Atem.

„Das hast du, nicht wahr? Wenn du meine Frau bist, bin *ich* der Einzige, der dich zum Höhepunkt bringt.“

Ich wimmerte und legte den Kopf in den Nacken, als sein Atem meine Innenseiten der Oberschenkel kitzelte. Er neckte mich und genoss es sichtlich.

„Willst du, dass ich dich berühre?“

„Ja“, flüstere ich und vergrabe meine Finger in seinem Haar.

Er lacht leise, küsst meine Schenkel und nähert sich langsam meinem erhitzten Zentrum, aber er lässt sich verdammt viel Zeit.

„Du bringst mich um“, stöhne ich und werde unruhig.

„Dann bettle darum“, sagt er und bohrt seine

grauen Augen in meine. „Wirst du mich anflehen, dich mit meiner Zunge zu ficken?“

Sein Atem kitzelt meine Schamlippen, als seine Lippen näherkommen, und ich lehne mich zu ihm hinauf.

„Noch nicht“, befiehlt er. „Du hast mich noch nicht um das gebeten, was du willst.“

„Ich will deine Zunge auf mir spüren.“ Meine Stimme ist rau; sie verrät mich, denn ich ringe bereits nach Luft, mein Herz rast, und er hat mich kaum berührt.

„Braves Mädchen“, flüstert er, und sein Mund senkt sich auf meine Muschi. Seine Zunge neckt mich, streichelt und leckt, seine Hände halten meine Hüften fest und drücken mich an ihn, während ich bereits zu zittern beginne.

Meine Augen schließen sich und meine Lippen öffnen sich, ich spüre bereits, wie sich die Wärme in meinem Körper ausbreitet.

„Sieh mich an, Baby“, sagt Luca, und ich bemühe mich, seinem Blick zu begegnen.

„Ich mag es, wenn du auf mich hörst.“ Ein Grinsen breitet sich auf seinem Gesicht aus und sein Mund senkt sich erneut, bringt mich direkt an den Rand, bevor er sich zurückzieht.

„Arschloch“, murmele ich, und er lacht leise.

„Du bist so verdammt heiß, wenn du erregt und frustriert bist“, sagt Luca.

Ich strecke ihm den Mittelfinger entgegen, und er stürzt sich auf mich, drückt mich nieder und fesselt meine Hände mit seinem Griff.

„Du bist so unglaublich sexy“, sagt er, und ich spüre, wie mein Körper allein durch seine Worte schmilzt. „Mal sehen, wie bereit du für mich bist.“

Seine Finger necken meine Schamlippen, er schiebt einen Finger hinein, krümmt ihn, und ich bewege mich leicht, um den richtigen Punkt zu finden.

Mit schweren Augenlidern blicke ich zu ihm hoch, aber der Kampf ist echt, und ich lasse meine Augen zufallen.

„Hast du gerade geschnurrt?“, flüstert Luca mir ins Ohr, als ein leises Stöhnen über meine Lippen kommt. „Gott, das ist verdammt heiß.“

Sein Mund ist auf meinem, während er zwei weitere Finger in mich führt und mich streichelt.

Seine Berührung ist wie Feuer, das Funken durch mich hindurchschickt, während Hitze meinen ganzen Körper durchflutet, und als er einen dritten Finger in mich schiebt, verkrampfen sich meine Wände und ich spüre, wie die Welle meines ersten Orgasmus über mich hereinbricht.

Er streichelt mich weiter mit seinen Fingern, krümmt sie in mir, während seine Lippen meinen Mund erobern. Seine Zunge dringt zwischen meine Lippen, als ich mich aufbäumte, meinen Rücken ihm entgegenstreckte, um der Welle nachzujagen, bevor sie über mich hereinbrach.

Mein Herz schlägt gegen meine Brust, mein Körper zittert in seinem Griff, während ich stöhne und zittere und mich schließlich gehen lasse.

Es dauert ein paar Sekunden, bis ich wieder zu Atem komme, und Luca lässt mich los.

„Ich liebe es, zu sehen, wie du für mich kommst", sagt Luca und küsst meine Lippen, während ich mit einem schiefen Lächeln an seiner Unterlippe knabbere.

„Ich will dich schmecken", sage ich, gleite an seinem Körper hinunter und drehe uns so, dass er auf dem Rücken liegt. Ich gleite an seinem Körper hinunter, mein Atem neckt seine Eichel, bevor meine Zunge hervorstößt, um ihn zu berühren. Ich hinterlasse eine Spur von Küssen auf seiner ganzen Länge, lausche jedem Geräusch, das er macht, und präge mir alle ein.

Mit jedem Streicheln meiner Zunge beschleunigt sich sein Atem. Ich lasse meine Finger über seinen Schaft gleiten, meine Berührung ist sanft, aber bestimmt, während ich ihn weiter in meinen Mund nehme.

„Verdammt, Harper“, stöhnt er und vergräbt seine Finger in meinem Haar, um mich von sich wegzuziehen. „Nicht so“, murmelt er.

„Willst du nicht, dass ich dich kommen lasse?“, frage ich und starre ihn schwer atmend an, während er mich zurück auf das Bett zieht und mich auf den Rücken legt.

„Du bist ein so verdammt gutes Mädchen für mich, aber ich will, dass deine Muschi mich verschlingt“, flüstert er mir rau ins Ohr. „Ich möchte lieber spüren, wie du meinen Schwanz umschließt.“

Er drückt mich auf das Bett, und ich gebe nur ungern zu, dass ich es liebe, wenn er dominiert. Es ist neu für mich, jemand anderem die Kontrolle zu überlassen, und Luca erfüllt definitiv alle meine Erwartungen.

Er greift nach dem Nachttisch und holt ein Kondom hervor, zieht es über seinen Schwanz und positioniert sich an meinem Eingang.

„Du bist so sexy, Harper.“ Er starrt auf mich herab, eine Hand gleitet unter mein Jersey und streichelt meine Brust, während seine andere Hand auf seinem Schwanz ruht.

Er reibt die Eichel über meine Muschi und macht mich unruhig und ungeduldig.

Ich bewege meine Hüften, versuche, ihn näher zu mir zu bringen und ihn in mich hineinzuführen, aber er nimmt sich lieber Zeit und zieht jede Sekunde bis zur Ewigkeit hinaus.

Eine verdammt süße Qual.

„Ich will, dass du mich fickst, Luca", stöhne ich. „Bitte." Ich klinge verzweifelt, aber ich fühle mich noch bedürftiger als jemals zuvor in meinem Leben.

Ich bin offensichtlich nicht über Betteln erhaben.

Wenn es das ist, was nötig ist, damit er mir gibt, wonach ich mich sehne – seinen Schwanz –, dann soll es so sein.

„Braves Mädchen", flüstert er und bedeckt meine Lippen mit seinen. „Ich mag es, wenn du mich anflehst."

Aber er dringt weiterhin nicht mit seinem Schwanz in mich ein.

„Willst du mich ficken oder nur darüber reden?", keuche ich, schon jetzt atemlos vor Verlangen, und meine Frustration wächst.

Er lacht leise, während er seinen dicken Schwanz in mich führt.

„Sieh nur, wie gut du mich aufnimmst", flüstert

er rau in mein Ohr und zieht mit den Zähnen an meinem Ohrläppchen.

Er bewegt sich mit mir, seine Hüften stoßen bei jedem Stoß gegen meine, und ich klammere mich an seinen Rücken, gierig nach noch mehr Nähe zu ihm.

Ich nehme ihn tiefer in mich auf, schlinge meine Beine um ihn und lasse ihn nicht los, während ich mich seinen Bewegungen anpasse und mich an ihm reibe.

„Mach weiter so", knurrt er, und ich beobachte, wie Euphorie seinen Blick trübt. Er zwingt sich, den Blick auf mich zu halten, stützt sich mit den Armen neben mir ab, hält das Tempo – und bewegt sich gefährlich nah an der Kante.

„Verdammt, das fühlt sich so gut an", keucht er, und ich kann sehen, wie er kämpft, während sein Körper immer näherkommt.

Ich umklammere seinen Schwanz, drücke zu, als der Orgasmus durch mich hindurchrollt und Hitze meine Sinne überflutet.

„Komm mit mir", flüstere ich ihm ins Ohr, während meine Zunge die empfindliche Stelle an seinem Hals neckt, die ihn zu erregen scheint. „Ich bin so nah, Luca."

„Du bringst mich um", keucht er, und ich weiß, dass auch er kurz davor ist. Er stöhnt, und sein Atem und das Gefühl, ihn in mir zu spüren, reichen aus, um mich erneut in die Vergessenheit zu schicken.

Ich muss ihm nicht sagen, dass ich komme. Mein Rücken wölbt sich, meine Zehen krümmen sich, ein Stöhnen durchfährt mich, während meine Hände sich in seinen Rücken und seinen Hintern krallen, um ihn näher und fester an mich zu ziehen, damit ich ihn so tief wie möglich in mir spüren kann.

Dann spüre ich, wie Luca loslässt. Sein Körper zittert und verkrampft sich, er ringt nach Atem, als er schließlich über mir zusammenbricht.

Danach zieht er mich an sich, wirft das Kondom weg und macht das Licht aus. Die Musik dröhnt immer noch durch die Wände, weil die Party noch nicht zu Ende ist, aber das ist uns egal.

Es gibt nur uns beide, in unserer eigenen kleinen Welt.

Lucas' Arm hält mich fest, während ich mich an ihn schmiege.

Sein langsamer, gleichmäßiger Atem streichelt meinen Nacken, während wir zusammen im Bett liegen. „Scheiße", murmelt er an meinem Hals und gibt mir einen trägen Kuss auf meine nackte Haut.

„Was ist los?", frage ich und drehe mich leicht zu ihm um.

Er hält mich fest.

„Nova ist unten. Sie braucht ein Bett für heute Nacht. Normalerweise lasse ich sie hier schlafen und nehme selbst die Couch."

Er rollt sich auf den Rücken, und ich drehe mich um und lege ein Bein über seine Hüften. „Sie kann die Couch nehmen", sage ich.

„Ja, aber falls einer der Jungs hier übernachtet, will ich nicht, dass sie sie anfassen, oder ihr Unbehagen bereiten."

Er ist einen Moment lang still, und ich komme nicht umhin zu denken, dass er eingeschlafen ist.

„Ashton weiß, wie ich dazu stehe, wenn Nova bei Partys hierbleibt. Er ist ein guter Freund – ich bin sicher, dass er ihr sein Bett zum Schlafen anbietet."

SIEBEN

NOVA

Das Bier, das Harper mir in die Hand gedrückt hat, ist wirklich widerlich. Kein Wunder, dass sie es loswerden wollte. Es schmeckt … grauenhaft.

Nicht, dass ich wüsste, wie Urin schmeckt – aber wenn ich raten müsste, käme es dem ziemlich nahe.

Ich stelle die Flasche weg, schnappe mir stattdessen ein Wasser und lasse mich neben Ashton aufs Sofa fallen.

„Heute mal kein heißer One-Night-Stand?“, frage ich.

Ich weiß genau, welchen Ruf er hat.

Ashton hebt eine Augenbraue. „Siehst du hier viele heiße Mädchen?“

Ich lasse den Blick durch den Raum wandern –

und muss ihm widerwillig recht geben. Diese Party ist spontan entstanden. Nur, weil sie haushoch gewonnen haben.

Hätten sie verloren, würden die Jungs wahrscheinlich zu Hause hocken, sich gegenseitig bemitleiden und das Spiel zum hundertsten Mal auseinandernehmen.

„Na ja“, sage ich und nicke in eine Richtung, ohne es zu offensichtlich zu zeigen. „Da drüben ist doch die Rothaarige.“

Sie ist süß, auch wenn ihr Outfit ... sagen wir mal: unglücklich gewählt ist. Aber sie redet gerade mit Chase, einem anderen Narwhals-Spieler.

„Ja“, sagt Ashton trocken. „Chase hat da wohl das Erstzugriffsrecht.“

Ich zucke mit den Schultern. „Dann leiste ich dir eben Gesellschaft.“ Als wäre es mir völlig egal, der Abend-Kumpel zu sein.

Und das ist es auch. Zumindest ... offiziell.

Denn ehrlich gesagt ist das nicht das, was ich mir eigentlich in Bezug auf Ashton wünsche – aber ich muss aufpassen. In ein paar Wochen werde ich mit ihm zusammenleben. Das Letzte, was wir brauchen, ist Drama.

Ich habe mir ohnehin Mühe gegeben, diese Gedanken wegzuschieben. Vor allem die, die mir mein großer Bruder eingetrichtert hat. Ich kann es mir nicht leisten, dass Luca mir dazwischenfunkt und am Ende dafür sorgt, dass ich doch im Wohnheim lande.

Vielleicht ist es wirklich keine gute Idee, ausgerechnet Ashton Rinaldi hinterherzuträumen.

Aber verdammt … er ist Ashton Rinaldi. Und er sieht unfair gut aus. Und es fällt mir viel zu leicht, mir auszumalen, wie er ohne Klamotten aussehen würde.

Ich habe ihn schon ohne Hemd gesehen.

Er ist ein verdammt gutaussehender Kerl.

Ich bin mir ziemlich sicher, dass er das auch weiß. Wahrscheinlich schafft er es deshalb, sich durch Evergreen zu schlafen.

„Du starrst mich an. Habe ich einen Popel in der Nase?“ Er wischt sich über das Gesicht, und ich schubse ihn spielerisch.

„Das ist eklig, und du bist perfekt. Ich meine, du siehst perfekt aus. Dir geht es gut. Ich halte jetzt einfach den Mund.“

Mist.

Ich gebe den paar Schlucken pissigen Biers die Schuld für meine lose Zunge.

Ashton schenkt mir sein verschmitztes Grinsen, und seine Nase kräuselt sich leicht.

Verdammt, dieses Lächeln sieht man selten.

„Wenn ich es nicht besser wüsste, würde ich sagen, du bist in mich verliebt."

Verdammt.

„Träum weiter, Ashton", sage ich und leugne es.

Er darf es nicht wissen.

Ich meine, ich mag ihn. Ich will ihn, aber dass – was auch immer es zwischen uns ist, das sich langsam entwickelt hat – kann nicht passieren.

Luca würde Ashton umbringen.

„Du bist in einigen meiner Träume aufgetaucht", sagt Ashton und nimmt einen weiteren Schluck Bier.

Oh Scheiße. Hat er gerade gesagt, dass er von mir träumt?

Will er mich veräppeln? Das klingt nach etwas, das ein Freund von Luca tun würde.

Aber das ist Ashton, er ist nicht nur ein Freund oder Mitbewohner von Luca. Ich hänge schon seit Monaten mit Ashton herum. Verdammt, er hat mich sogar, ohne mit der Wimper zu zucken, eine bunte Maniküre machen lassen.

Nicht mal mein Bruder hatte je so selbstverständlich versucht, es mir recht zu machen.

„Deine Träume?", wiederhole ich mit stockendem Atem. Mir fehlen die richtigen Worte, denn es ist Ashton – dieser gefährliche, ständig präsente Schwarm, der sich immer weiter in meinen Kopf schiebt. Einer, dem ich nicht entkomme … und dem ich vielleicht auch gar nicht entkommen will.

Ashton räkelt sich und legt die Arme lässig auf die Rückenlehne des Sofas.

Ich kenne diese Pose aus Filmen: der Moment, in dem ein Typ seinen Arm um ein Mädchen legen will, ohne es direkt zuzugeben.

Ist er nervös? Oder spielt er nur mit mir?

Ich kann es nicht einschätzen – also nehme ich noch einen Schluck von diesem widerlichen Bier, einfach, um mir ein bisschen Mut anzutrinken.

Blöd nur: Es wirkt nicht wie ein Zaubertrank. Nur wie schlechtes Bier.

„Du willst nichts über meine Träume hören", sagt Ashton und zwinkert mir zu.

Mein Körper wird heiß und ich drehe mich auf dem Sofa zu ihm um.

„Flirtest du mit mir, Ashton?"

Seine Augen verengen sich und er lächelt träge. „Wäre das so schlimm, Nova?"

Die Art, wie er meinen Namen ausspricht, lässt mich bis ins Mark erschauern.

Ashton beugt sich näher zu mir, seine Lippen streifen mein Ohr. „Ich kann nicht aufhören, an dich zu denken. Du beherrschst alle meine Gedanken, meine Träume. Ich möchte dich küssen."

Ich öffne den Mund und starre ihn ungläubig an. Wenn das ein Spiel ist, dann ist es grausam.

„Willst du mich küssen?" Meine Stimme verrät mich, während mein Mund trocken wird. Verdammt, ich hätte nie gedacht, dass ein Mann mich mit einem einfachen Satz so heiß machen könnte.

Sein Daumen streift meine Wange, seine Hand liegt auf meinem Kinn und führt seine Lippen zu meinen. „Sag mir, ich soll aufhören, wenn du mich nicht willst, Nova."

Seine Stimme trifft mich jedes Mal wie ein leiser Stromschlag, wenn er meinen Namen sagt. Vielleicht, weil Ashton Rinaldi genau die Art von Gefahr ist, der ich viel zu gern zu nahekomme.

Er rückt näher, so nah, dass zwischen uns kaum noch Luft bleibt. Dann hält er inne – lässt mir die Wahl, als würde er abwarten, ob ich den Abstand überbrücke ... oder mich zurückziehe.

Seine sanfte Liebkosung meiner Wange zieht mich an, und ich finde seine Lippen auf meinen. Der Kuss ist zunächst sanft und süß, zärtlich und einladend.

Ich möchte nicht, dass er endet, und ziehe ihn an

mich, schmecke Bier und etwas anderes, das eindeutig nach Ashton schmeckt.

Er riecht unglaublich gut. Er hat nach dem Spiel geduscht, und der frische Duft haftet noch immer wie Kölnischwasser und vermischt sich mit einer holzigen Seife, die meine Sinne kitzelt.

Es ist so unverkennbar Ashton, dass ich diesen Duft am liebsten für immer in mir behalten würde.

Unsere Lippen verschmelzen, und seine Finger gleiten zu meinem Nacken, halten mich fest und ziehen mich näher zu sich heran.

Ich spüre, wie das Verlangen in mir erwacht, und klettere auf seinen Schoß, spreize meine Beine über ihm.

Sein Mund verschmilzt mit meinem, meine Hände streicheln seinen Rücken, halten ihn fest, wollen eins mit ihm sein.

Ashton zieht sich zurück, wir beide schnappen nach Luft. Er legt seine Stirn an meine und schaut mir tief in die Augen.

„Du solltest dich wieder auf das Sofa setzen, wenn du nicht willst, dass es weitergeht", sagt Ashton.

Mein Herz rast, während ich versuche, wieder zu Atem zu kommen.

„Ich will dich“, flüstere ich und spüre den Mut, ihm genau zu sagen, was ich empfinde.

Er stöhnt und bedeckt meine Lippen erneut mit seinen.

Dieses Mal ist der Kuss noch intensiver, seine Zunge dringt in meinen Mund ein, während er mich auf das Sofa legt und sich auf mich legt.

Sein Gewicht gibt mir ein Gefühl von Sicherheit und Geborgenheit, während er mich mit Küssen bedeckt.

„Wir können das hier unten nicht machen“, flüstere ich und schaue ihn lachend an.

Wir sind nicht allein in diesem Raum. Seine Mitbewohner und Teamkollegen beobachten uns. Die meisten scheinen jedoch mit anderen Dingen beschäftigt zu sein. Es ist nicht das erste Mal, dass sie zwei Menschen beim Knutschen beobachten.

Doch ein paar Blicke hängen an uns – Liam starrt offen herüber, und ich kann nicht verhindern, dass mich die Angst packt, dass er es Luca erzählen könnte.

Das könnte jeder von ihnen.

„Bring mich nach oben ins Bett“, sage ich und möchte, dass Ashton mir sein Zimmer zeigt.

Er hebt mich mühelos in seine Arme. „Das

musst du mir nicht zweimal sagen.“ Er schleppt mich zur Treppe.

Ich schlage ihm auf die Brust. „Lass mich sofort runter!“ Das Letzte, was ich will, ist, hinunterzufallen, weil er vor seinen Kumpels angeben will.

„Na schön“, murmelt Ashton und setzt mich wieder ab, die Hände noch an meiner Taille, während seine Finger meine Haut unter meiner Kleidung streicheln.

Seine Berührung ist überwältigend, und ich schlinge meine Arme um seinen Hals und küsse ihn erneut. „Geh voran“, murmele ich zwischen den Küssen.

Er nimmt meine Hand und führt mich die Treppe hinauf.

Ich habe schon einmal in Lucas’ Zimmer übernachtet, aber noch nie in Ashtons Schlafzimmer.

Leise schleichen wir am Zimmer meines Bruders vorbei und beeilen uns zu Ashtons Tür. Er schließt auf, knipst das Licht an und bedeutet mir mit einer kleinen Bewegung, zuerst hineinzugehen.

In einer Ecke steht ein Wäschekorb, aus dem ein paar Teile herausquellen – offensichtlich im

Vorbeigehen hineingeworfen und nur halb getroffen. Auf der Kommode liegt ein Stapel zusammengelegter Kleidung, der noch darauf wartet, weggeräumt zu werden, aber es wirkt längst nicht so chaotisch, wie ich es erwartet hätte.

Keine Essensreste, keine leeren Pizzakartons, kein Müll auf dem Boden.

Der Raum riecht nach ihm – nur sauberer, frischer, wie ein Mix aus Wald und Holz, Eichen und Nadelbäumen. In einer Ecke entdecke ich sogar eine Kerze.

„Also … das ist dein Zimmer", sage ich leise und lasse den Blick über alles gleiten.

„Nicht das, was du erwartet hast?" Er schließt die Tür und schließt sie ab, um uns ausreichend Privatsphäre zu geben.

„So wie Luca davon spricht, dass du unordentlich bist, habe ich eine Katastrophenzone erwartet", gestehe ich. „Es ist gar nicht so schlimm."

Ashton grinst und setzt sich auf die Kante der Matratze. „Luca übertreibt gerne."

Ich lache leise und gehe auf ihn zu, um seine Haut unter meinen Fingern zu spüren.

„Wenn wir das tun, darf Luca nichts davon erfahren", sage ich.

„Du willst, dass ich ein Geheimnis vor meinem besten Freund habe?“ Ashton legt seine Hände neben sich auf das Bett und lehnt sich zurück.

Ein echtes Grinsen huscht über sein Gesicht.

„Was?“, frage ich.

„Es wäre nicht das erste Geheimnis, das ich vor ihm habe.“

„Willst du das näher ausführen?“ Ich schwöre, er weiß genau, wie er mich auf die Folter spannen kann. Ich klettere auf seinen Schoß, setze mich wieder rittlings auf ihn und bin dieses Mal dankbar für die Privatsphäre.

„Nein, dann wäre es kein Geheimnis mehr“, sagt Ashton. Er beugt sich vor, sein Atem kitzelt meinen Nacken, hinterlässt eine Spur von Küssen, bevor er die superempfindliche Stelle findet, die mich dazu bringt, meine Hüften über seinen zu bewegen.

Seine Hände halten meine Taille fest, während er leise lacht. Seine Lippen verweilen an meinem Hals, dann hebt er den Kopf und sieht mir in die Augen. „Ich muss etwas wissen, und sei ehrlich zu mir, Nova.“

„Immer.“ Ich habe keinen Grund, ihn anzulügen oder etwas zu verheimlichen. Er weiß über meine Familie Bescheid, wer sie ist und was sie tut. Ich weiß, dass sein Vater die Mafia von Chicago leitet.

Wir sind gar nicht so unterschiedlich, wir beide.

Und es gibt keine großen Geheimnisse zwischen uns.

Ich kann damit leben, ein Geheimnis vor meinem Bruder zu haben.

„Bist du noch Jungfrau?", fragt Ashton.

„Ja, aber das ändert nichts daran, dass ich weiß, was ich will", sage ich.

Für einen kurzen Moment wird sein Blick hart. Er zögert – und ich hasse es, dass ausgerechnet meine Ehrlichkeit das auslöst.

„Ich hätte dir sagen sollen, dass ich es nicht bin", sage ich leise. „Offenbar stört dich das."

Ashton fasst mein Kinn, zwingt mich, ihn anzusehen. Sein Blick weicht keinen Millimeter. „Lüg mich nie an."

„Hab ich nicht", erwidere ich, „aber du siehst mich entweder als unantastbar ... oder als erbärmlich. Ich weiß nur nicht, was davon du gerade glaubst."

Ashton schiebt mich sanft nach hinten, bis ich auf dem Rücken liege, dann legt er sich neben mich auf die Matratze. Seine Hand bleibt an meiner Hüfte, hält mich dicht bei sich, als wolle er verhindern, dass ich mich zurückziehe.

„Du bist nicht erbärmlich“, sagt er tief, rau und vollkommen ernst.

„Also bin ich unantastbar“, murmele ich und versuche, mich wegzudrehen und aus dem Bett zu steigen, aber er hält mich fest und zieht mich näher an sich heran.

„Deine Gefühle sind zerbrechlich.“ Er streicht mir eine Haarsträhne hinter das Ohr, und ich lehne mich seiner Berührung entgegen.

„Ich werde nicht zerbrechen, Ashton. Ich kenne deinen Ruf. Du schläfst einmal mit einem Mädchen und dann machst du weiter.“

Seine Augen flackern und er runzelt die Stirn. „Ist das alles, was du willst? Eine Nacht?“

Ich bin nicht so dumm zu glauben, dass er mir mehr als das geben würde. „Ich nehme, was ich bekommen kann, mit dem heißesten Spieler der Narwhals.“ Ich grinse, und er zieht sich zurück.

„Was habe ich gesagt?“ Ich setze mich verwirrt im Bett auf. „Ich habe die Mädchen gesehen, mit denen du schläfst. Ich habe Dinge von Luca gehört. Du willst keine Beziehung. Ich sage dir, dass ich damit kein Problem habe.“

„Das sagst du jetzt, aber ich weiß, dass es nicht stimmt.“

Warum zweifelt er an meinen Worten? „Liegt es daran, dass ich noch nie Sex mit einem Mann hatte? Ich habe andere Dinge gemacht ...“, sage ich und verstumme. „Nur weil ich noch nie einen Schwanz in mir hatte, heißt das nicht, dass ich mich in den ersten Mann verlieben werde, der mich fickt.“

Er lacht düster.

„Was ist so lustig?“ Ich setze mich im Bett auf, rutsche an die Bettkante und Ashton ist direkt neben mir.

„Lass uns nicht streiten“, sagt er.

„Du bist derjenige, der mir sagt, dass du mich besser kennst als ich mich selbst.“ Ich stehe auf, weil ich etwas Abstand brauche. Es ist verrückt, wie sehr der einzige Mann, für den ich Gefühle habe, mich gleichzeitig antörnen und dazu bringen kann, ihn zu hassen.

Nur dass ich ihn eigentlich nicht hasse.

Ich bin nur wütend auf ihn, weil er Entscheidungen ohne mich trifft.

„Wenn du nicht mein Erster sein willst, finde ich unten jemand anderen, der bereit ist, mit mir Sex zu haben.“ Ich provoziere ihn. Wenn er nicht vernünftig sein will, dann wird er heute Nacht wohl unglücklich sein.

Dann sind wir schon zu zweit.

Ich starre ihn an, während ich auf seine Schlafzimmertür zusteuere.

„Chase hat sich gerade von seiner Freundin getrennt. Ich bin mir sicher, dass er sich über Rebound-Sex freuen würde“, sage ich.

„Du wirst nicht mit Chase Lancaster schlafen“, knurrt Ashton mich an.

„Wenn er kein Interesse hat, gibt es noch Liam, deinen anderen Mitbewohner“, sage ich. „Ich habe gehört, dass er auf Freunde mit gewissen Vorzügen steht, und ich könnte gerade wirklich einen Freund gebrauchen.“

Ashton wirft die Arme in die Luft.

„Verdammt noch mal, Nova, ich bin dein Freund!“ Er springt vom Bett und versperrt mir den Weg. Er packt mich am Arm und dreht mich zu sich herum. „Wenn du willst, dass ich dich ficke, sag es einfach.“

„Das habe ich doch gesagt!“, schreie ich ihn an, und schon ist sein Mund auf meinem, hart, schnell, wild.

Es ist rau und berauschend.

Er packt mein Narwhals-Trikot, zieht es mir in einer schnellen, entschlossenen Bewegung über den

Kopf und schleudert es quer durch den Raum, bevor er mich in seine Arme hebt.

Ich schlinge meine Beine um seine Taille, während er mich zum Bett trägt und auf die Matratze legt.

Seine Nähe raubt mir den Atem, und als er genau meinen wunden Punkt findet, entweicht mir ein leiser Laut.

Ashton kichert und zieht mir meine Hose aus. „Hebe deine Hüften", murmelt er an meinem Hals und hilft mir aus meinen Kleidern, während er meinen Körper mit Küssen bedeckt.

Nur mit Slip und BH bekleidet, rutsche ich auf der Matratze zurück, während Ashton sich schnell entkleidet und nackt vor mir steht.

„Mein Blick bleibt an seinem Schwanz hängen, ich bewundere den Anblick."

„Das erste Mal, dass du einen in natura siehst?", fragt er mit einem frechen Grinsen im Gesicht.

„Ich war schon einmal mit meinem Highschool-Freund intim", sage ich.

„Hast du dich letztes Jahr von ihm getrennt?", fragt Ashton, der sich offensichtlich daran erinnert, dass ich ihm davon erzählt habe.

„Ja."

Ashtons Küsse sind sanft und warm, er

konzentriert sich dabei auf meine Brüste. „Sag mir, was dir gefallen hat und was nicht."

„Oral", sage ich, während er den Verschluss von meinem BH öffnet und mich von allem befreit, was noch zwischen uns steht.

„Hast du es geliebt oder gehasst?", fragt Ashton. Sein Mund bewegt sich über meine Brust, seine Zunge streicht über meine Brustwarze, und ich beuge mich ihm entgegen.

Verdammt, er weiß, was er tut. Das kann man von meinem Ex aus der Highschool nicht behaupten.

„Ich mochte es nicht besonders", gestehe ich. „Es fühlte sich einfach nur feucht und seltsam an."

Ashtons Lippen gleiten über meinen Bauch zu meinem Bauchnabel. Mein Bauch flattert, als er sanfte Schmetterlingsküsse auf meine Haut drückt und seine Finger sich in mein Höschen haken und es meine Schenkel hinuntergleiten lassen.

„Würdest du es noch einmal versuchen? Oder ist das ein klares Nein?", fragt Ashton.

„Einmal", sage ich und ziehe eine Augenbraue hoch. „Aber du musst nicht – ich dachte, wir hätten Sex."

Er lächelt und hebt meine Hüften an, wobei er

meine Beine über seine Schultern legt. „Baby, das tun wir. Ich fange gerade erst an."

Mein Puls beschleunigt sich, als sein Atem meine Muschi kitzelt und streichelt. Die Vorfreude ist eine süße Qual, die ich noch nie zuvor empfunden habe.

Vielleicht liegt es auch an seiner Selbstsicherheit, die mich etwas beruhigt.

Ashton küsst und leckt meine Schamlippen, fickt mich mit seiner Zunge, während er langsam seine Liebkosungen entlang meiner Klitoris nach oben führt. Aber er berührt sie nicht. Er umkreist sie mit seiner Zunge, und zeichnet Muster, während er an der einen Stelle, die sich nach Kontakt sehnt, tippt und leckt, saugt und streift.

Meine Hände krallen sich in die Bettlaken, während er diesen süßen, perfekten Punkt liebkost und mich in Raserei versetzt.

Meine Beine beginnen zu zittern und mein Körper bebt, als Hitze durch mich hindurchströmt.

„Komm für mich, Baby", murmelt Ashton und macht in seinem Tempo weiter, bis ich über die Kante fliege, während Feuchtigkeit aus mir herausfließt und er jeden Tropfen aufleckt.

„Wie lautet dein Urteil?", fragt er, ohne sich im

Geringsten darum zu kümmern, wie ich antworten werde.

„So soll es sich also anfühlen?“, krächze ich, setze mich im Bett auf und versuche, wieder zu Atem zu kommen, während Ashton sich zu mir beugt und mich küsst.

„Du hattest noch nie einen Orgasmus?“, vermutet er.

Ich erröte und schaue nervös zur Seite.

Ashton hebt mein Kinn an, damit ich ihm in die Augen sehen kann. Seine Augen leuchten. „Versteck dich niemals vor mir“, sagt er mit solcher Überzeugung, dass mir der Atem stockt.

„Niemals“, flüstere ich.

„Und du bist absolut bezaubernd, wenn du kommst.“

„Jetzt bist du dran.“ Ich grinse und drücke ihn auf den Rücken, während ich mich auf ihn setze.

„Wir machen bei deinem ersten Mal keine Cowgirl-Stellung“, sagt Ashton.

Ich kneife die Augen zusammen und frage mich, warum zum Teufel nicht, aber das war nicht meine Absicht. „Ich möchte versuchen, dich mit meiner Zunge zum Höhepunkt zu bringen. Wirst du mich anleiten?“, frage ich.

Ich bin bei weitem nicht so geschickt wie Ashton

im Oralsex, aber ich möchte, dass er sich fantastisch fühlt.

Meine Küsse wandern tiefer über seine Brust und seinen Bauch hinunter.

Ashton stöhnt und legt seine Hände auf meine Schultern. „Ich würde gerne Ja sagen, aber wenn du deine Zunge um meinen Schwanz legst, glaube ich nicht, dass ich dich heute Nacht aufhalten kann. Konzentrieren wir uns einfach auf dich."

„Hör auf, solch ein Gentleman zu sein, das passt gar nicht zu dir", murre ich, und er lacht.

„Ein Gentleman würde dich zum Essen einladen, bevor er dich ins Bett bringt", sagt Ashton und runzelt dann die Stirn.

Ich starre ihn an. „Wenn du auch nur daran denkst, aufzuhören, mache ich dich fertig."

Er lächelt und beugt sich vor, seine Lippen streifen meine. „Das würde mir im Traum nicht einfallen." Er rollt uns auf dem Bett herum, legt mich auf den Rücken, seine Lippen an meinem Hals und seine Finger zwischen meinen Schenkeln, wo er meine Schamlippen auseinanderzieht.

Ich gleite mit meiner Hand über seinen Bauch und dann tiefer, streiche mit meinem Daumen über seine Eichel. „Du kannst mir nicht erzählen, dass du schon bereit bist", widerspreche ich ihm und drücke

Ashton auf den Rücken, weil ich die Kontrolle haben will.

„Du wirst mich nicht oral befriedigen, Nova", knurrt er.

„Das würde mir im Traum nicht einfallen", verspottete ich ihn mit seinen eigenen Worten.

Ashton knurrt mich an, aber ich weiß, dass es nur spielerisch gemeint ist – zumindest glaube ich das –, bis er uns herumwirbelt und mich wieder auf den Rücken drückt.

Sein Mund senkt sich auf meinen und bringt mich zum Schweigen, bevor ich Zeit habe, zu protestieren.

Mit seinen Händen drückt er meine Hände auf die Matratze und verschränken unsere Finger miteinander.

Diese Lippen. Seine Küsse.

Mein Inneres schmilzt dahin, und alle Gedanken daran, ihn zu dominieren, verschwinden.

Er reibt sich an meinen Hüften, und ich bin bereit, wiederzukommen.

Eine seiner Hände löst sich, während seine Finger über meine Hüfte gleiten – eine verführerische Spur, die sich wie heiße Glut auf meiner Haut anfühlt.

Der Raum ist stickig, während mein Körper allein durch seine Berührung wieder heiß wird.

Er küsst meinen Hals, seine Küsse und Lippen finden genau den Punkt, der mich jedes Mal erzittern lässt.

Wie zum Teufel schafft er das?

Ich wimmerte und zitterte, die Hitze strahlte durch mich hindurch, und ich fragte mich, ob ich ihn vielleicht verbrennen würde.

Ashtons Lippen saugen an meinem Hals, bevor sie zu meinen Brüsten gleiten, während er einen Finger in meine Scheide führt. „Entspann dich", flüstert er, während sein Mund wieder zu meinem zurückkehrt.

„Es ist schwer, sich zu entspannen", murmele ich mit halb geschlossenen Augen, während seine Finger in meiner Muschi tanzen und er einen zweiten Finger in mich führt, der mich dehnt.

„Du hast gesagt, *es ist schwer.*" Ashton grinst mich an.

Ich starre ihn an, und meine Stille wird mit einem Kuss beantwortet. Mein Mund öffnet sich, weil ich ihn schmecken will.

Unsere Zungen verschmelzen miteinander und kämpfen um die Kontrolle, aber dieses eine Mal lasse ich ihn führen, denn er weiß ganz genau, was er tut.

Mein Körper kribbelt von seinen Fingern und zuvor von seiner Zunge.

Ich weiß nicht, wie lange ich durchhalten werde, bevor die nächste Welle kommt.

„Ich will dich in mir spüren", flüstere ich zwischen heißen Küssen.

Ashton gleitet mit einem dritten Finger in mich hinein, dehnt mich, und der Schmerz fühlt sich unglaublich gut an.

Mein Rücken wölbt sich von der Matratze, meine Zehen krümmen sich, als ich spüre, dass es bald so weit ist. „Ashton, ich komme gleich ..."

Er behält denselben Rhythmus und dasselbe Tempo bei, seine Finger krümmen sich in meiner Muschi, als die erste Welle mich überrollt und mein Körper gegen die Matratze zittert.

Unsere Münder verschmelzen, meine Zunge drängt sich zwischen seine Lippen, sehnt sich nach mehr, braucht ihn jetzt mehr als alles andere.

Es ist, als würde ich ein Glühwürmchen in der Dunkelheit einer Sommernacht beobachten und ihm nachjagen, um es zu fangen.

„Komm für mich, Nova", flüstert Ashton, und sein Atem, seine Stimme, die Tatsache, dass ich tatsächlich hier bin, in *seinem* Bett, reicht aus, um mich über die Kante zu treiben.

Zitternd und keuchend gibt mein Körper nach, während ich seinen Namen in Ekstase stöhne.

Ich sacke auf die Matratze und versuche, Luft in meine Lungen zu bekommen, während mein Herz wild gegen meinen Brustkorb pocht.

„Du hast gesagt, du würdest mich ficken“, sage ich mit rauer Stimme und starre ihn an.

„Liebling, wir sind noch nicht fertig“, sagt Ashton, während er sich ein Kondom schnappt und es überzieht, bevor er sich auf mich legt.

Ich bin froh, dass er vorausgedacht hat, denn mein Gehirn ist so benebelt, dass ich die Verhütung vergessen hätte.

Verdammt, ich kann mich gerade kaum noch an meinen eigenen Namen erinnern.

Sein Schwanz ist in seiner Hand, er streichelt seinen Schaft und neckt die Falten meiner Muschi, während er mich anstarrt.

„Komm wieder zu Atem“, sagt Ashton und starrt auf mich herab. „Ich brauche dich für den nächsten Teil lebendig.“

Ich schnaube und schlage ihm auf den Arm.

„Was?“ Er tut beleidigt, aber ich bezweifle, dass

er es wirklich ist, denn er bewegt sich nicht von mir weg.

„Jetzt *darüber* zu scherzen, ist echt mies."

Ashton rollt mit den Augen. „Nimm's locker. Du bist kurz davor, deinen dritten Orgasmus in dieser Nacht zu haben." Er strahlt stolz; offensichtlich ist sein Ego bereits gestreichelt worden.

„Halt einfach die Klappe und fick mich endlich." Ich starre ihn wütend an.

„Oh, hör dir diese sexy Sprüche an", spottet Ashton. Seine Augen leuchten, er genießt es sichtlich, die Kontrolle zu haben.

Es stellt sich heraus, dass es mir eigentlich nichts ausmacht, dass er oben ist. Ich mag es irgendwie, aber ich bin noch nicht bereit, ihm das zu sagen.

Er neckt mich mit seiner Eichel, streichelt meine Schamlippen, dringt aber nicht in mich ein.

„Sag mir noch einmal, wie ich dich ficken soll, aber sag es so, als ob du es ernst meinst", befiehlt Ashton.

„Fick mich", sage ich und starre ihn an. „Oder ich hole einen der anderen Jungs von unten, damit er es macht."

Ein Hauch von Hitze legt sich auf sein Gesicht. „Das wirst du verdammt noch mal nicht", knurrt er mich an und schiebt seinen Schwanz in meine Muschi.

Meine Fingernägel krallen sich in seine Schulter, während ich spüre, wie er meine Wände dehnt, und verdammt noch mal, tut das weh, aber es fühlt sich auch unglaublich gut an.

Ashtons Mund ist auf meinem, während er sich ganz tief in mich hineinbewegt, und ich stöhne laut: „Fick mich."

Er hört auf, sich zu bewegen, hält einen Moment inne, aber dann starrt er nur nach unten und beobachtet mich.

Meine Lippen öffnen sich, ich starre mit trüben Augen nach oben. „Warum hast du aufgehört?" Es fühlt sich so unglaublich an, und davon beraubt zu werden, wäre eine Qual.

Er mustert mein Gesicht, bevor er mir einen Kuss auf die Lippen drückt. „Ich möchte dir nicht wehtun."

„Im Ernst? Du bist riesig und hast mir das *Ding* gerade mit voller Wucht hineingesteckt."

Ashton lacht und legt seine Stirn an meine. „Okay, ich kann ihn herausnehmen." Er bewegt seine Hüften zurück, weg von mir, und zieht seinen Schwanz aus meiner Muschi.

Ich fühle mich schon leer, mein Inneres sehnt sich nach mehr.

„Gott, manchmal bist du ein Arschloch." Ich greife nach seinem Hintern und ziehe ihn zu mir heran. „Komm zurück."

„Ich kann dich nie zufriedenstellen, oder?" Aston lächelt mich triumphierend an.

Er positioniert sich wieder an meinem Eingang, aber dieses Mal dringt er langsam ein, und es fühlt sich so unglaublich gut an. Seine Lippen streifen mein Ohr. „Drohe niemals, einen meiner Brüder zu ficken", knurrt er.

„Oder was?", fordere ich ihn heraus.

Anscheinend habe ich Ashtons Schwachstelle entdeckt, oder vielleicht ist es auch nur seine Schwäche. So oder so finde ich es total heiß, dass ich ihn mit ein paar einfachen Worten so leicht provozieren kann.

„Ich werde dich vor allen ficken", sagt Ashton und beißt mir in die Unterlippe.

Mein Inneres bebt.

Jeder Stoß gewinnt an Schwung, und ich fühle mich, als würde ich hoch über den Wolken schweben. Ich versuche, uns umzudrehen, um die Kontrolle zu übernehmen, aber Ashton ist zu stark, und er bewegt seine Hüften zu heftig und zu schnell, als dass ich die Oberhand gewinnen könnte.

„Ashton." Meine Stimme bricht, als ich mich enger an ihn klammere und einfach mehr von ihm will.

„Genau, du wirst heute Nacht zum dritten Mal für mich kommen."

Dieser Tonfall und seine Stimme bringen mich fast zum Höhepunkt, aber ich bin noch nicht ganz da. Ich bin mir nicht sicher, ob ich überhaupt in der Lage bin, ein drittes Mal in einer Nacht zu kommen.

Aber die Worte kommen nicht, als ich meine Lippen öffne. Stattdessen sind meine Atemzüge leise und voller Stöhnen, während sein Körper stößt und ich meine Hüften bewege, um mit ihm Schritt zu halten und mich seinem Tempo anzupassen.

Mein Rücken wölbt sich und meine Hände umklammern seine Arme. „Ich bin so nah", keuche ich und ringe nach Luft, während ich versuche, die Kontrolle zu behalten.

Ich schlinge ein Bein um ihn, ziehe ihn tiefer, fester an mich und versuche, ihn festzuhalten, während mein Inneres zittert.

„Komm mit mir", flüstert er mir ins Ohr.

Meine Augen schließen sich, die Empfindungen überwältigen mich, während ich um Luft ringe und mich auf nichts anderes konzentrieren kann als auf das unglaubliche Gefühl in meinem Körper.

Seine Finger tauchen zwischen unsere Körper, necken meine Klitoris, kreisen und streifen die immer noch empfindliche Perle, während er weiter stößt, und verdammt noch mal, ich werde in Millionen Stücke explodieren.

Mein Griff um seinen Unterarm wird fester, aber ich möchte ihm nicht wehtun. Ich fahre mit meinen Händen über seinen Rücken, hinunter zu seinem Hintern, krall mich an ihm fest, sehne mich nach ihm wie nach einer Droge, und ich brauche meinen nächsten Kick.

Mein Körper wölbt sich auf der Matratze, ich umklammere ihn fester, während ich zittere und stöhne und die bevorstehende Welle spüre.

„Ich komme gleich …“, keuche ich, und Ashton ist genau dort mit mir, passt seine Bewegungen an mich an, weiß, was ich brauche, während mein Körper nachgibt und sich um seinen Schwanz schlingt und ihn umklammert.

Mein Inneres pocht, während die Erschütterungen wie kleine Beben durch meinen Körper pulsieren, während ich mich zusammenkrampfe und loslasse.

Es dauert nur ein paar Sekunden, dann nimmt

Ashton Fahrt auf, seine bewussten Stöße, die perfekt auf mich abgestimmt waren, werden härter, schneller, schneller, bis ich sein Stöhnen höre und spüre, wie sein Körper sich anspannt und zittert, als er direkt nach mir kommt.

Er keucht schwer, Schweiß tropft von seiner Stirn, als er sich von mir rollt, das Kondom wegwirft und sich dann neben mich auf seine Matratze legt. Es ist nicht viel Platz für zwei, aber wir schaffen es.

Er kuschelt sich an mich, hält mich fest und legt seine Hand auf meine Hüfte.

Er zeichnet träge Muster auf meine Haut, und ich lehne mich in seine Umarmung zurück.

„Du solltest wissen", sein warmer Atem kitzelt meinen Nacken, „ich lasse niemals jemanden in meinem Zimmer übernachten."

Ein Lächeln breitet sich auf meinem Gesicht aus, während ich ein Gähnen unterdrücke. „Nun, ich gehe nicht weg. Wenn du also das Zimmer für dich allein haben willst, dann solltest du besser gehen."

Ashton küsst meine nackte Schulter. „Du bist mutig, mich aus *meinem* Zimmer zu werfen."

„Komm mir jetzt nicht mit der ‚*Mein Vater ist in der Mafia*'-Karte." Ich gähne und schließe die Augen. „Die habe ich auch."

„Das habe ich nicht gemeint."

„Bist du sicher?“ Ich gähne erneut.

„Schlaf“, sagt Ashton und beugt sich leicht vor, um mir einen Kuss auf die Wange zu geben. „Hör auf, mit mir zu streiten.“

„Hör auf, mich wachzuhalten“, murre ich. „Du hast mir drei Orgasmen beschert, und ich bin erschöpft.“

Er lacht leise. „Ja, Boss. Kann ich noch etwas für dich tun, meine Königin?“

Er verspottet mich.

„Weck nicht meinen Bruder auf, sonst tritt er dir in den Hintern“, drohe ich ihm.

Ich mache nur Spaß, aber er lacht nicht. Denn wir wissen beide, dass es eine schlechte Idee wäre, wenn Luca herausfände, was passiert ist.

ACHT

LUCA

Freitagabend fahre ich wie vereinbart zum Haus meiner Eltern. Wir essen gemeinsam zu Abend – alle, inklusive Moreno, Paige und Nova.

Ich bin ehrlich erleichtert, dass Nova da ist. Unter diesem Dach ist sie eine der wenigen Personen, denen ich wirklich vertraue, auf die ich mich verlassen kann.

Auch wenn sie nicht mehr lange hier wohnen wird. Ein Teil von mir findet das beruhigend, ein anderer Teil bedauert es. Ich bin froh, dass sie an die EU kommt. Weniger begeistert bin ich von dem Gedanken, dass sie bei uns einzieht – nicht, weil ich sie nicht dabeihaben will, sondern weil ich nicht riskieren will, dass irgendeiner der Jungs auf dumme Ideen kommt.

Nova ist tabu.

Ich habe klargemacht, dass niemand sie anfasst – damals war sie siebzehn und noch in der Highschool, da war es leichter, Grenzen zu ziehen. Jetzt ist sie achtzehn und beginnt in ein paar Wochen ihr Studium. Es wird verdammt schwer, sie von allen fernzuhalten.

Vielleicht kann Harper mir dabei helfen. Irgendwie. Zwischen Zeke, Lernen und allem anderen könnte sie es schaffen, die Jungs auf Abstand zu halten.

Oder vielleicht erledigt sich das von selbst, weil ein Baby im Haus steht. Wer will schon ständig daran erinnert werden, was passiert, wenn man nicht vorsichtig ist?

Nach dem Abendessen drängt Dante mich allein im Flur in eine Ecke. „Wir beginnen gleich morgen früh mit deinem Training“, sagt er.

Ich habe keine Ahnung, was er darunter versteht. Ein ganzes Wochenende mit Dante – und allem, was er mir aufbürdet – ist nicht gerade etwas, worauf ich mich freue.

Aber ich wusste, worauf ich mich einlasse. Also schlucke ich den Widerstand runter und nicke.

„In Ordnung", sage ich, fast überrascht, dass er nicht schon heute damit anfängt. Doch ich stelle keine Fragen. Bei Dante ist es besser, nicht klüger sein zu wollen als er.

„Und wo ist deine Verlobte?", fragt er dann – und ich bin mir ziemlich sicher, dass ihn die Antwort kein bisschen aus Interesse interessiert.

„Harper ist übers Wochenende auf dem Campus", sage ich und lasse den Teil weg, dass sie mit ihrer besten Freundin Kensley unterwegs ist.

„Sie verbringt das Wochenende nicht mit ihrem Sohn?", fragt Dante enttäuscht.

„Ihre Eltern sprechen momentan nicht mit ihr."

„Wie bedauerlich", sagt er, aber ich sehe keine Reue in seinem Gesicht für seine Verwicklung in dieses Chaos.

Ich lehne mich an die Wand, verschränke die Arme vor der Brust und halte seinem Blick stand. „Klar", zische ich. „Ausgerechnet du – der Mann, der darauf bestanden hat, dass wir ihren Eltern bei einem Abendessen hier von der Verlobung erzählen." Es macht mich wahnsinnig, wie sehr mein Vater die Fäden in der Hand hält.

Es fühlt sich an, als hätte ich keinerlei Kontrolle mehr. Und ja, ein Teil davon ist meine eigene Schuld – weil ich versucht habe, Harper zu retten.

Würde ich es wieder tun?

Ohne zu zögern.

„Apropos Verlobung“, fährt Dante fort. „Deine Mutter und ich haben darüber gesprochen. Wir bestehen darauf, dass ihr hier im Haus heiratet. Unter unserem Dach. Wir übernehmen sämtliche Kosten. Deine Mutter kümmert sich gern um die Planung – ihr studiert beide noch, und Harper wird mit ihrem Sohn genug um die Ohren haben.“

„Das meinst du nicht ernst“, sage ich und starre ihn an, als hätte er gerade etwas Unvorstellbares vorgeschlagen.

„Februar ist nicht zu früh“, sagt Dante ruhig. „Das Datum könnt ihr euch aussuchen.“

Wie großzügig von ihm, uns wenigstens das zu überlassen. „Fantastisch“, murmele ich.

Als das Gespräch beendet ist, gehe ich in Richtung Bibliothek. Dort finde ich Nova: zusammengerollt auf dem Sofa, im warmen Licht einer Lampe, ein Buch aufgeschlagen.

„Hast du genug Platz für zwei?“, frage ich.

Sie hebt kurz einen Finger, liest die Seite zu Ende und schiebt dann ein Lesezeichen hinein. Als sie spricht, ist ihre Stimme leise, fast gedämpft. „Hast du etwas von Rhys gehört?“

„Dein Bodyguard? Nein. Wieso?“

„Ich habe ihn seit meiner Geburtstagsparty nicht mehr gesehen“, sagt Nova. „Er geht nicht ans Telefon, egal wie oft ich anrufe. Findest du das nicht komisch?“

„Caden ist auch nicht mehr hier“, erinnere ich sie. Aber wir beide wissen, warum er nicht mehr unter dem Dach meines Vaters lebt.

Er wurde ermordet.

„Du meinst also, Rhys ist was passiert?“ Novas Augen werden groß. Im nächsten Moment schlägt sie sich die Hand vor den Mund, als würde ihr erst jetzt klar, wie laut diese Worte im falschen Raum klingen könnten – und dass wir entweder leiser sein oder dieses Gespräch besser woanders weiterführen sollten, wenn wir nicht belauscht werden wollen.

Beim letzten Mal, als wir uns in den Flurschrank zurückgezogen haben, wurden wir erwischt. Draußen sind wir wenigstens unauffälliger – nur zwei Geschwister, die zusammen herumhängen.

„Ich weiß es nicht, Nova“, sage ich. „Vielleicht hat er einen anderen Auftrag und ist einfach eine Weile vom Gelände weg. Hast du deinen Vater gefragt?“

„Ja.“ Sie zieht das Gesicht. „Er hat nur gesagt, ich soll aufhören, Fragen zu stellen – und dann hat er Nico als meinen Bodyguard abgestellt. Als ob das irgendwas bringen würde. Seit Mom und Dad mir ein Auto gegeben haben, brauche ich keinen von ihren Typen mehr, der mich durch die Stadt kutschiert. Manchmal kommt Nico trotzdem mit, aber freundlich ist er nicht gerade."

„Wenn du aufs College gehst, ist Nico ja nicht mehr dein Problem", sage ich.

Nova grinst, aber es ist ein schiefes Grinsen. „Und genau deshalb habe ich so auf den vorgezogenen Abschluss gedrängt." Dann wird ihr Blick weicher. „Rhys war ... richtig gut. Er hat für sich behalten, dass ich euch besucht habe. Aber er hat mich auch gewarnt, dass Dad Fragen stellt. Und jetzt, wo Nico mein Schatten ist, meldet der meinem Vater wahrscheinlich alles."

„Moreno weiß also, dass du Donnerstag und Freitag bei uns warst?", frage ich.

„Ja." Sie nickt. „Ich hab Dad gesagt, ich will das Narwhals-Spiel gegen die Wolverines sehen und es wird spät – deswegen würde ich lieber auf deiner Couch schlafen. Am Freitag hatte ich keine Schule, und solange du da warst, war's für ihn okay."

„Gibt's was Neues wegen des kleinen Jungen?", frage ich und werfe automatisch einen Blick in Richtung Keller.

Nova schüttelt den Kopf. „Er ist schon verlegt worden. Dad hat Mom und mich am Nachmittag zum Shoppen geschickt – total untypisch für ihn. Außer er hat irgendwas vor." Ihre Stimme wird noch leiser. „Hast du die Nachrichten gesehen? Sie haben berichtet, der Junge sei zusammen mit seiner Familie gestorben. Nach der Explosion, die das Haus zerstört hat, haben sie sein Foto bestimmt zwei Minuten lang in den Abendnachrichten gezeigt."

Ich fluche leise und reibe mir den Nacken. „Und die Ermittlungen? Gibt's da was Neues?"

Es ist doch offensichtlich, dass mein Vater da mit drinsteckt.

Nova steht auf, bringt das Buch zurück ins Regal und dreht sich wieder zu mir. „Nichts Konkretes. Aber wir wissen, dass der Kleine lebt. Rylan Matthews."

„Das ist alles so verdammt beschissen", murmele ich und beobachte, wie Nova in der Bibliothek unruhig auf und ab geht.

„Du musst ihn stoppen", sagt Nova und sieht mich an, als könnte ich mit einem einzigen Schritt alles ändern. In ihrem Blick liegt dieses flehentliche *Tu doch was*.

Und sie ist nicht die Einzige hier, die daran zerbricht. Harper ist von meinem Vater genauso frustriert – Nova auch. Und ich? Ich erst recht.

Nur: Ich kann ihn nicht stoppen. Nicht wirklich.

Nicht, wenn Dante eine ganze Armee im Rücken hat und ein falsches Wort reicht, damit jemand verschwindet.

„Und wie soll ich das bitte machen?“, frage ich, lehne mich tiefer ins Sofa und starre an die Decke, als könnte ich dort eine Antwort finden.

„Er lässt dich für ihn arbeiten“, sagt Nova. „Dann mach was daraus.“

Sie sagt es, als wäre es simpel. Als könnte ich Dante einfach die Waffe abnehmen, ihn ausschalten – und mit ihm würden all seine Taten gleich mit verschwinden.

Aber das ist nicht die Realität. Einen Mafiaboss stoppt man nicht wie einen Streit auf dem Campus.

Am nächsten Morgen sitze ich nach dem Frühstück mit meinem Kaffee da, gerade, als ich leise Schritte höre. Ich schaue auf – und sehe Ashton.

„Was zur Hölle machst du hier?“, fahre ich ihn an.

Dante kommt näher; er hat meine Stimme gehört. „Ich habe ihn eingeladen“, sagt mein Vater ruhig.

„Warum?“, frage ich und stelle die Tasse ab. Der Appetit ist mir ohnehin vergangen.

„Ashton macht ein Praktikum in meiner

Organisation“, erklärt Dante – und in seinem Ton liegt ein Anflug von Stolz, der mir sofort sauer aufstößt. Als wäre Ashton der Sohn, den er sich immer gewünscht hat, und nicht ich.

„Natürlich“, murmele ich und werfe Ashton einen Blick zu, während ich mich frage, seit wann das schon läuft.

„Er hilft dir heute Vormittag auf dem Schießstand“, fährt Dante fort. „Wir frischen deine Kenntnisse auf.“

Welche Kenntnisse? Ich habe so gut wie keine. Ich habe noch nie eine Waffe gehalten – nicht, seit ich gesehen habe, wozu mein Vater damit fähig ist.

„Können wir nicht einfach ins Fitnessstudio gehen? Gewichte heben, Nahkampf, irgendwas?“ presse ich hervor. Kämpfen kann ich. Ich bin verdammt gut darin. Hockey hat mir beigebracht, harte Treffer einzustecken – und genauso hart zurückzugeben.

„Nein“, sagt Dante. „Du wirst diese Angst überwinden – und du wirst verdammt noch mal lernen, auf ein Ziel zu schießen.“

Dann dreht er sich einfach um, als wäre das Gespräch damit erledigt, und marschiert davon. Ashton und ich bleiben im Flur zurück.

„Hast du Angst davor, eine Waffe anzufassen?“,

fragt Ashton grinsend. Ich antworte mit dem Mittelfinger.

„Kaum", knurre ich. „Ich habe nur nie einen Grund gesehen." Ich deute auf das Anwesen um uns herum. „Mein Vater hat genug Männer, die seine Befehle ausführen. Ich muss nicht einer von denen sein."

Ashton kommt einen Schritt näher, sein Blick wird ernster. „Sieht so aus, als müsstest du es doch", sagt er ruhig. „Wenn du jetzt für ihn arbeitest."

Ich schlucke die Antwort runter, die mir auf der Zunge liegt.

Wenn Ashton tatsächlich für Dante arbeitet, landet jedes Wort, jede Beschwerde garantiert wieder bei meinem Vater.

Mein bester Freund hat mich verraten – zumindest fühlt es sich genau so an. Und wenn wir das nächste Mal auf dem Eis stehen, werde ich mich dafür revanchieren.

Wir gehen zum Schießstand und legen unsere Ausrüstung an.

Ich würge das saure Gefühl hinunter, das mir in den Hals steigt.

Natürlich würde mein Vater verlangen, dass ich schießen lerne. Als Teenager hatte er mich schon immer wieder zum Schießstand schleppen wollen –

und ich hatte mich jedes Mal herausgeredet: Schule, Hausaufgaben, Training. Irgendwas.

Dante ist nicht dumm. Er wusste genau, dass ich keinen Bock hatte. Und er hat trotzdem nicht locker gelassen.

Wie es aussieht, hat er am Ende gewonnen.

Die Grundlagen kenne ich: beidhändiger Griff, Sicherheit, die Namen der Teile. Aber zwischen Theorie und Wirklichkeit liegen Welten. Ich habe zwar tausend Shooter-Games an der Konsole gespielt – aber seit Jahren keine echte Waffe mehr in der Hand gehabt. Und offen gesagt auch nie das Bedürfnis danach verspürt.

Ashton drückt mir eine Neun-Millimeter in die Hand und erklärt nebenbei, dass sie mehr Wucht hat und auf größere Distanz verlässlicher arbeitet.

Die Waffe liegt schwerer in meiner Hand, als ich erwartet hatte. Als ich über die Visierung schaue, merke ich sofort: kein roter Punkt, kein Laser, kein hilfreicher Trick – nur ich, das Ziel und meine zitternde Geduld.

Mir ist jetzt schon klar, dass das gleich peinlich wird. Ich habe noch nie einen Schießstand von innen gesehen.

Und trotzdem stehe ich hier.

Es könnte schlimmer sein.

Dante könnte derjenige sein, der mir das beibringt.

Stattdessen ist es Ashton – und er erklärt mir mit viel zu ruhiger Stimme die Grundlagen, die ich theoretisch längst kenne. Dann nimmt er selbst die Waffe hoch und schießt, als wäre es das Normalste der Welt. Nicht nur zielen – treffen. Präzise.

Mir wird flau im Magen, als ich sehe, wie sauber er arbeitet.

Jeder einzelne Schuss sitzt mittig, genau dort, wo man treffen müsste, wenn man es ernst meint.

Ich atme aus, nehme die Sicherung raus, richte die Visierung aufs Ziel und drücke ab.

Der Treffer landet am Rand des Papiers – immerhin. Der Rückstoß ist deutlich stärker, als ich gedacht hatte. Konsolenspiele bereiten dich auf vieles vor, aber nicht darauf.

„Noch mal“, sagt Ashton. Ich höre ihn kaum durch die Kopfhörer, aber ich verstehe den Befehl trotzdem.

Also schieße ich weiter. Es wird ein bisschen besser, Treffer rücken näher – aber es ist weit entfernt von seiner Präzision. Und genau das macht mich wahnsinnig.

Ich würde es nie laut zugeben, aber der Gedanke sitzt trotzdem fest: Ich bin neidisch auf ihn.

Wir verbringen ein paar Stunden auf dem Schießstand, essen zu Mittag und fahren dann zurück zum Gelände.

Da ich der Einzige von uns bin, der ein Auto besitzt, fahre ich.

„Wann hast du angefangen, für Dante zu arbeiten?", frage ich auf dem Rückweg.

„Vor ein paar Wochen. Er hat mich nach dem Abendessen angerufen und gefragt, ob ich ein bisschen Geld verdienen möchte. Er sagte mir, dass ich dafür auch College-Credits bekomme, was mehr ist, als ich mir erhoffen konnte."

Natürlich hat er das.

„Wirst du jedes Wochenende auf dem Gelände sein?", frage ich. Ich bin zwar nicht begeistert davon, dass Ashton für meinen Vater arbeitet, aber zumindest ist er ein Puffer zwischen Dante und mir.

„Ich bin mir nicht sicher", sagt Ashton.

„Du kennst deine Arbeitszeiten noch nicht?" Ich werfe ihm einen kurzen Blick zu.

„Er gibt mir Aufgaben und sagt mir, wann er meine Hilfe bei einem Auftrag braucht. Das ist keine große Sache. Leicht verdientes Geld und eine noch leichtere Note für mein Praktikum, das jeder absolvieren muss."

„Was für Aufgaben?", murre ich und frage mich, ob er etwas mit dem Verschwinden von Rhys zu tun hat oder in irgendeiner Weise mit dem kleinen Jungen Rylan in Verbindung steht.

Ashton atmete tief aus. „Das geht dich nichts an."

„Willst du mich verarschen?"

Stille erfüllt das Fahrzeug, und Ashton greift nach dem Radio, um es einzuschalten.

Ich schlage seine Hand weg.

„Im Ernst, willst du mir wirklich nichts sagen?" Ärger steigt in mir auf, ich lenke das Auto von der Straße ab und trete voll auf die Bremse. „Verpiss dich."

„Was?" Ashtons Augen weiten sich, als ich auf die Autotür zeige.

„Wir arbeiten zusammen, und wenn du mir nicht sagen kannst, was du vorhast, dann kann ich dir nicht vertrauen. Geh zu Fuß nach Hause."

Ashton steht mit offenem Mund da. „Es ist eiskalt draußen, und wir sind zwanzig Meilen von deinen Eltern entfernt. Hier gibt es nichts, wir sind mitten im Nirgendwo. Das meinst du doch nicht ernst."

„Ich meine es todernst. Steig aus meinem verdammten Auto aus."

Ashton schnaubt und öffnet die Tür. „Deine Entscheidung." Er steigt in die Kälte hinaus, und der Wind bläst mir entgegen, als er aussteigt. Einen Moment später schlägt er die Tür zu.

Ich trete aufs Gaspedal und fahre zurück auf die Straße.

Keine zehn Minuten später klingelt mein Telefon wiederholt.

Novas Name blinkt auf dem Armaturenbrett als eingehender Anruf auf.

Nachdem ich die ersten beiden Anrufe ignoriert habe, ruft sie weiter an.

Schließlich nehme ich ab.

„Ich bin gerade beschäftigt", sage ich.

„Du bist für mich gestorben, wenn du nicht umkehrst und Ashton abholst", schreit Nova mich durch das Telefon an.

„Na, hallo auch dir."

„Du bist ein Arschloch, weißt du das?" Nova ist in Fahrt.

„Ich erteile ihm nur eine Lektion."

„Warum?", fragt Nova. „Was hat er denn so Schlimmes getan, dass du beschlossen hast, ihn am Rand einer verlassenen Straße stehen zu lassen?"

Ich presse die Kiefer aufeinander. „Ich bin dir keine Erklärung schuldig."

„Nun, ich habe bereits Ashtons Version gehört. Wenn ich dorthin fahren und ihn abholen muss, bist du für mich gestorben."

Ich rutsche auf meinem Sitz hin und her und werfe einen Blick in den Rückspiegel. Seit ich Ashton am Straßenrand abgesetzt habe, ist mir kein Auto in der Gegenrichtung begegnet. „Ich hätte gedacht, dass du auf meiner Seite stehst, da wir eine Familie sind", sage ich.

„Ja, nun, du wirst jeden Tag mehr wie dein Vater."

Ich lege auf, aber Nova ruft sofort zurück.

„Siehst du!", schreit sie mich an. „Du beweist mir, dass ich Recht habe. Hör auf, so ein sturer Idiot zu sein, und hol Ashton ab."

„Na gut!", rufe ich und mache eine Kehrtwende auf der zweispurigen Straße. „Ich weiß nicht, warum dir Ashton so wichtig ist. Du beschwerst dich doch immer, dass er sich blöde Dokumentarfilme ansieht und das ganze Popcorn für sich beansprucht."

Sie schweigt.

Endlich habe ich sie sprachlos gemacht.

Das wurde auch Zeit!

„Hol ihn einfach ab."

„Das mache ich, ich habe schon gewendet. Ich bin in ein paar Minuten da."

Dieses Mal lege ich endgültig auf, und eine Minute später sehe ich Ashton in der Ferne auf mich zukommen.

Ich überlege, an ihm vorbeizufahren, nur um ein Arschloch zu sein, aber dann besinne ich mich besser. Ich habe bereits ein paar vereinzelte Schneeflocken gesehen; das Wetter könnte sich jeden Moment ändern.

Ich halte an, entriegele die Autotür und er steigt schweigend ein.

„Du hast meine Schwester angerufen, um mich zu verpetzen. Das ist echt mafiös von dir", sage ich und wende das Auto wieder in die Richtung, in die ich zuvor gefahren bin.

Ashton schnallt sich an, während ich Gas gebe, um die verlorene Zeit aufzuholen. Langsam beginnt es zu schneien, aber noch liegt kein Schnee auf dem Boden.

„Hättest du es lieber gesehen, wenn ich deinen Vater angerufen hätte?"

Ich verstehe.

Ich greife nach dem Radio und lasse die Musik die Stille übertönen, aber das trägt nichts dazu bei, die Spannung im Auto zu vertreiben, während wir zurück zum Gelände fahren.

Wir fahren am frühen Sonntagmorgen los, und als Friedensangebot fahre ich Ashton mit mir zurück zum Campus.

Die Spannung zwischen uns ist immer noch groß, aber wir haben den größten Teil des Samstagabends damit verbracht, so zu tun, als wäre alles in Ordnung.

Es scheint, als wollte keiner von uns Dante verärgern, der in einer üblen Stimmung war.

„Du musst dir keine Sorgen machen, dass ich dich ersetzen werde", sagt Ashton, als wir uns der Ausfahrt nähern.

„Wovon redest du?"

„Dieses Praktikum bei Ricci Enterprises ist nur für ein Semester."

Ich schnaube. Glaubt er ernsthaft, das würde so laufen? Als würde mein Vater ihn ein paar Monate für „Ricci Enterprises" schuften lassen und ihn dann einfach ziehen lassen.

Er ist naiver, als ich dachte.

„Du bist ein Idiot", murmele ich, während ich auf die Hauptstraße einbiege, die Richtung Campus führt.

Ashton zuckt kaum mit der Wimper. „Ich habe

vor, nach dem Abschluss ins Geschäft meines Vaters einzusteigen. Dante ist für mich nur ein Zwischenschritt."

Das muss ein Witz sein. „Und Dante weiß das auch?", frage ich scharf. „Der lässt niemanden einfach verschwinden – nicht nach allem, was man für ihn getan hat. Und erst recht nicht nach dem, was man gesehen hat."

„Aurelio und Dante sind seit Jahren befreundet", sagt Ashton gelassen. „Ich mache mir da keine Gedanken."

Ich rolle auf den Parkplatz vor unserem Gebäude und halte an.

„Das solltest du aber", presse ich hervor.

Ashton dreht den Kopf zu mir. „Warum kümmerst du dich so sehr um mich? Kümmere dich lieber um deine Freundin und ihr Kind."

Mir stockt der Atem. „War das gerade eine Drohung?"

Ich stelle den Motor ab. Ashton löst den Gurt und ist schon aus der Tür, bevor ich eine Antwort bekomme.

Ich steige ebenfalls aus, wütend darüber, dass er mir nicht einmal den Anstand gibt, es klarzustellen.

„Wenn du Harper oder Zeke auch nur anrührst, bringe ich dich um", sage ich leise, aber hart.

Ashton greift nach seiner Tasche im Kofferraum und hebt abwehrend die Hände. „Entspann dich. Ich gehe deiner Freundin nicht zu nahe."

„Und ihrem Sohn auch nicht", fauche ich und spüre, wie sich mein Kiefer verkrampft.

Ich schnappe mir meine eigene Tasche und knalle den Kofferraum zu.

„Mit Kindern habe ich nichts am Hut", sagt Ashton, auf einmal ungewohnt ernst. „Und dein Vater auch nicht. Solange du keinen Mist baust, läuft das hier problemlos."

„Noch solch einen Spruch", gebe ich zurück. „Du klingst jedes Mal mehr wie Dante, sobald du in diesem Haus warst."

„Danke." Ashton schenkt mir ein Lächeln. „Dein Vater wäre so stolz auf dich." Er geht den Weg zur Haustür hinauf.

Bastard.

Ich stürze mich auf Ashton, bevor er ins Haus kommt, reiße ihn herum, sodass er mir gegenübersteht, und versetze ihm einen Schlag nach dem anderen ins Gesicht.

Der Schmerz in meinen Knöcheln fühlt sich gut an.

Er hebt den Arm, blockt einen weiteren Schlag

ab und versetzt mir einen Aufwärtshaken an den Kiefer.

Ich taumle für einen Moment rückwärts.

Verdammt, das tut weh.

Liam kommt nach draußen gerannt, offenbar hat er den Tumult gehört.

Er packt mich von hinten, reißt mich von Ashton weg und beendet den Kampf.

Es ist nicht der erste Kampf, den er beenden muss, aber noch nie war es außerhalb der Eisbahn.

„Was zum Teufel ist, los mit euch beiden?", schreit Liam uns an. Er schiebt uns ins Haus wie eine Den-Mutter, die von ihren Jungen enttäuscht ist.

„Er hat angefangen!", zeigt Ashton auf mich.

„Ja, er hat meine Verlobte und ihren Sohn bedroht", knurre ich und bin bereit für eine weitere Runde, falls Liam mich loslässt.

NEUN

HARPER

Als Luca endlich zum Unterricht auftaucht, kann ich den Blick kaum von ihm lösen.

Aber es ist nicht dieses vertraute Starren, bei dem er meinen Blick erwidert und mir heiß wird, weil er eben ... Luca ist.

Okay – vielleicht ist mir trotzdem heiß. Nur anders. Diese Hitze hat nichts mit Lust zu tun, sondern mit einer Mischung aus Wut und Sorge, die in mir brennt.

„Was zum Teufel ist beim Training passiert?", frage ich.

Sein Kinn ist blau, die Lippe aufgeplatzt.

„Das war kein Training", sagt er.

Mehr bekomme ich nicht heraus, weil der

Professor sofort mit der Vorlesung beginnt – und Luca so tut, als würde er tatsächlich zuhören.

Das ist neu. Er hat ein Notizbuch vor sich, und seine Hand bewegt sich über die Seiten.

Schreibt er ... wirklich mit?

Ein kurzer Blick auf sein Papier sagt mir: Nein. Er kritzelt. Linien, Formen, irgendwas Unzusammenhängendes – als wäre sein Kopf ganz woanders, und er merkt nicht einmal, was sein Bleistift da macht. Oder vielleicht merkt er es sehr wohl, aber es bedeutet ihm schlicht nichts.

Der Stift gleitet weiter, gleichmäßig, fast stur. Und ich weiß, dass er spürt, wie ich ihn ansehe, weil seine Schultern sich anspannen.

Trotzdem sagt er nichts. Er blendet mich einfach aus.

„Notizbücher zu, Laptops weg – alles weg außer einem Stift. Wir schreiben einen Überraschungstest", kündigt der Professor in den letzten zwanzig Minuten der Stunde an.

Verdammt.

Ich habe das ganze Wochenende nicht mit Luca lernen können. Ich hatte gehofft, wir könnten uns Sonntagabend noch treffen – nach dem Besuch bei seinem Vater und nach dem Training.

Aber als ich ihm geschrieben habe, kam nur eine

knappe Antwort: Er sei zu müde für irgendetwas. Fürs Lernen. Fürs Reden. Für mich.

Mit den dunklen Schatten unter seinen Augen und dem Bluterguss auf der Wange zieht sich mir alles zusammen. Die Sorge sitzt mir wie ein Gewicht auf der Brust.

Wenn er sich diese Verletzungen nicht beim Training geholt hat – ist es dann passiert, als er bei seinen Eltern war?

War es … die Mafia? War es sein Vater?

Der Tutor verteilt die Tests Reihe für Reihe. Als Luca sein Blatt bekommt, gebe ich ihm eines weiter, halte ihn dabei einen Moment zu lange fest und starre ihn an. Ich will ihn fragen. Jetzt. Sofort. Ich will wissen, was passiert ist. Aber nicht hier. Nicht im Unterricht, nicht mit hundert Ohren um uns herum.

Sein Blick streift meinen, und er presst ein Lächeln auf sein Gesicht.

Ich schaffe es nicht, zurückzulächeln.

Nicht, wenn mir der Magen vor Angst krampft.

Angst um ihn.

Angst um Zeke.

Was mit mir passiert, ist mir egal – aber Zeke kommt zuerst. Immer.

Ein Teil von mir denkt plötzlich: Wäre es

sicherer, einfach zu verschwinden? Mit Zeke. Irgendwohin, wo uns niemand findet. Luca war dagegen gewesen, weil er behauptet hat, sein Vater könne uns überall aufspüren. Aber das kann doch nicht stimmen. Es darf nicht stimmen.

Nach der Vorlesung werde ich ihn fragen. Ich muss. Denn wenn Luca schon so zugerichtet ist – was hält sie dann davon ab, irgendwann auch Zeke so etwas anzutun? Vielleicht nicht heute, wo er zwei ist. Aber später. Wenn er älter ist. Wenn er im Weg steht.

„Augen auf den Test. Das ist keine Gruppenarbeit", fährt der Professor uns an, und ich reiße den Blick von Luca los und starre auf das Blatt vor mir.

Ich bin mir bei fast allem unsicher. Selbst bei den Multiple-Choice-Fragen wirken zwei Antworten plausibel. Und bei den offenen Fragen? Da bin ich vermutlich komplett verloren.

Als ich schließlich aufblicke, um abzugeben – wir dürfen gehen, sobald wir fertig sind –, sehe ich, dass Luca schon fertig ist. Ich habe nicht einmal bemerkt, dass er aufgestanden ist. Er ist bereits den Gang hinunter und hat seinen Test abgegeben.

Ich lege meine Arbeit auf den Tisch des

Professors, schlinge meinen Rucksack über die Schulter und verlasse den Hörsaal.

Ich lege meinen Test auf den Tisch des Professors, schlinge mir den Rucksack über die Schulter und trete hinaus aus dem Hörsaal.

Draußen wartet Luca. Er lehnt an der Wand, die Arme vor der Brust verschränkt, als hätte er sich dort festgefroren.

„Du hast ... auf mich gewartet“, flüstere ich, ehrlich überrascht. Ich hatte fest damit gerechnet, dass er längst weg ist.

„Wann bringe ich dich denn nicht zu deiner nächsten Vorlesung?“, entgegnet er und stößt sich von der Wand ab, um neben mir herzugehen.

Während wir nach draußen treten, knöpfe ich meinen Mantel zu. Die Kälte schneidet uns entgegen, der Wind zerrt an unseren Sachen.

„Wirst du mir sagen, wie du zu den ...“ Ich deute vage auf mein Gesicht – auf seine Lippe, den blauen Fleck –, weil mir die Worte fehlen.

„Ashton“, sagt Luca knapp.

„Was?“ Ich bleibe fast stehen. „Wie ist das passiert?“

Er starrt auf den Gehweg, den Kopf gesenkt, als wäre der Beton interessanter als meine Augen. „Ich will nicht darüber reden.“

„Ashton hat dich so zugerichtet und du willst nicht darüber reden?“ Meine Stimme wird schärfer, als ich es beabsichtige.

Luca sieht kurz zu mir – nur einen Herzschlag lang – und schaut dann wieder weg. „Ich hab den ersten Schlag gemacht.“

Verdammt.

Damit hatte ich nicht gerechnet. „Okay“, sage ich langsam und ziehe den Rucksack von der einen Schulter auf die andere.

„Gib her“, sagt Luca und nimmt ihn mir einfach ab. Mit meinen Büchern und meinem Laptop trägt er ihn, als wäre er nichts, und geht weiter über den Campus.

„Danke“, murmele ich.

„Ich habe kurz überlegt, heute zu schwänzen“, sagt er, ohne mich anzusehen. „Aber ich wollte mit dir reden.“

„Über den Streit?“, frage ich –, obwohl er mir bisher kaum mehr als ein Wort hingeworfen hat.

Ich weiß immer noch nicht, was zwischen Ashton und Luca wirklich passiert ist. Vielleicht kann ich Ashton später in der Mittagspause fragen, falls er wieder ungebeten auftaucht – das scheint in letzter Zeit sein Lieblingssport zu sein.

Oder steckt dahinter etwas anderes? Vielleicht … Kensley?

„Nicht wegen der Schlägerei“, sagt Luca. „Wegen etwas, das Dante am Wochenende zu mir gesagt hat.“

„Oh.“ Ich stoße die Luft aus, und mein Atem steht kurz als weißer Schleier zwischen uns.

„Die Hochzeit“, sagt er.

Ich bleibe wie angewurzelt stehen.

Vor uns ragt das Gebäude auf, und wir haben Zeit – wir waren früh mit dem Test fertig. „Was hat dein Vater über unsere Hochzeit gesagt?“, frage ich, obwohl mir allein bei dem Wort übel wird. Trotzdem muss ich es wissen. Das ist also der Grund, warum er heute überhaupt gekommen ist, nachdem er mich gestern Abend so offensichtlich gemieden hat.

„Er will, dass wir im Februar heiraten.“

„Diesen Februar?“ Meine Stimme kippt ungewollt nach oben. Ich wollte nicht so schrill klingen – aber der Schock trifft mich voll.

Luca nickt knapp. „Wegen der Uni und wegen deines Sohnes ist er bereit, Nikki alles planen zu lassen. Und die Feier soll bei ihnen zu Hause stattfinden.“

„Natürlich“, murmele ich. „Wo er die volle

Kontrolle hat.“ Ich presse die Lippen aufeinander. „Und was hast du ihm gesagt?“

Luca zögert, sieht mich an, als müsste er sich dafür entschuldigen. „Nicht viel. Er ist verdammt einschüchternd.“

Ich schnaube und weiche einen Schritt zurück. „Ja. Und er wird auch noch mein Schwiegervater.“ Der Gedanke legt mir eine weitere Schicht Übelkeit in den Magen, als hätte ich gerade verdorbene Milch geschluckt.

„Immerhin hat er gesagt, wir dürften das Datum selbst wählen“, fügt Luca hinzu.

Im Ernst?

„Wie großzügig“, spotte ich, drehe mich um und gehe auf das nächste Gebäude zu.

„Du bist wütend“, stellt Luca fest. Kein Zweifel, keine Frage – einfach nur ein Fakt.

„Ich bin nicht glücklich!“, fahre ich ihn an, und er bleibt trotzdem mühelos neben mir, selbst als ich schneller werde.

„Bist du sauer auf mich oder auf Dante?“, fragt er.

Die Frage ist fair.

Luca steckt da genauso drin wie ich – vielleicht sogar noch tiefer, weil er versucht hat, mich am Leben zu halten. Ich werde ihm das nie wirklich zurückzahlen können. Aber vielleicht kann ich ihm wenigstens helfen, nicht daran zu zerbrechen.

„Ich bin frustriert“, sage ich und starre ihn an. „Ich weiß, dass es nicht deine Schuld ist. Ich gebe deinem Vater die Schuld. Und trotzdem ... wünschte ich, du könntest ihm einfach sagen, er soll sich verpissen und uns in Ruhe lassen.“

Ein schwaches, bitteres Lächeln zuckt über Lucas’ Mund. „Er ist ein Mafioso, Schatz. Wenn ich ihm das so sagen könnte, würde ich sein Imperium führen.“

Niemand widerspricht Dante Ricci.

Als wir uns dem Fitzroy-Gebäude nähern, verlangsame ich. Luca reicht mir meinen Rucksack zurück und hängt ihn mir beinahe vorsichtig über die Schulter – seine Hände sind sanft, aber bestimmt.

„Ich will mich nicht mit dir streiten“, sagt er leise.

Ich nicke. „Ich weiß. Und ich weiß auch, dass nichts davon das ist, was wir wollen.“ Ich trete näher, stelle mich auf die Zehenspitzen und drücke ihm einen kurzen, weichen Kuss auf die Wange. „Sag deiner Mutter, ich mache alles, was sie für die Hochzeit braucht. Kleider ansehen, Termine, was auch immer. Ich treffe mich mit ihr, wenn sie will.

Wir sollten deine Familie nicht gegen uns aufbringen."

Lucas' Augen verengen sich. „Bist du sicher?"

„Frag mich nicht noch einmal", murmelte ich. „Sonst sage ich am Ende vielleicht nein."

Kensley und ich machen uns auf den Weg zur Arena. Ich bin ganz aufgeregt, Luca heute Abend spielen zu sehen.

„Ich finde, wir verbringen nicht genug Zeit miteinander", gesteht Kensley auf dem Weg zur Arena.

„Es tut mir leid", entschuldige ich mich sofort, da ich weiß, dass es ganz allein meine Schuld ist. Ich habe mehr Zeit mit Luca verbracht, und ich weiß, dass wir mit den bevorstehenden Hochzeitsvorbereitungen noch weniger Zeit miteinander verbringen werden.

Ganz zu schweigen davon, wenn Zeke bei uns einzieht.

Alles wird sich ändern.

„Nein, entschuldige dich nicht. Ich habe nur das Gefühl, dass mir einige sehr wichtige Teile des

Puzzles fehlen.“ Kensley bleibt stehen und sieht mich an.

Wir sind allein, aber ich schaue mich um, um sicherzugehen, dass niemand in der Nähe ist, der uns beobachtet oder belauscht.

Ich habe mir angewöhnt, meine Umgebung ständig doppelt zu überprüfen.

„Siehst du! Du wirkst in letzter Zeit so paranoid. Hast du einen Stalker?“, fragt Kensley.

Ich lache, und ich sehe, wie Erleichterung über ihr Gesicht huscht. „Nein.“

„Was ist los? Ich verstehe, warum du Zeke nicht erwähnt hast, als wir uns kennengelernt haben. Wir wurden gerade Freunde, er war nicht auf dem Campus. Du wolltest wahrscheinlich ein normales College-Leben“, sagt Kensley und winkt ab. „Aber die Verlobung mit Luca – ich habe mich zurückgehalten, aber ich kann nicht mehr schweigen.“

„Du bist nicht einverstanden?“, frage ich und erwarte, dass sie mit Ja antwortet.

„Ich glaube, du verheimlichst etwas. Ich meine, zu Beginn des Semesters hast du noch geleugnet, dass du überhaupt Gefühle für ihn hast, und plötzlich seid ihr verlobt, aber es gibt keinen Ring. Das muss nichts zu bedeuten haben, und ich verurteile dich nicht, wenn du ihn liebst, aber ich weiß nicht. Irgendetwas fühlt sich seltsam an."

Kensley ist mehr als nur etwas misstrauisch, und ich kann es ihr nicht verübeln.

„Du kannst mir vertrauen", sagt Kensley. „Ich verspreche dir, dass ich alles, was du mir erzählst, für mich behalten werde."

Ich atme tief aus und schaue mich noch einmal um.

Ein paar Leute kommen auf uns zu, und ich ziehe sie vom Bürgersteig weg und warte, bis sie vorbeigegangen sind.

„Du darfst es niemandem erzählen, weder Luca noch Ashton."

Kensley grinst. „Glaubst du, ich treffe mich mit Ashton, ohne dass du dabei bist? Ich verspreche dir, ich werde nichts sagen, jetzt raus damit, Mädchen."

„Luca heiratet mich, um mich zu beschützen", flüstere ich. „Seine Familie gehört zur Mafia, und ich bin in etwas hineingeraten, in das ich mich nicht hätte hineinbegeben sollen." Ich lasse die Einzelheiten weg, weil ich nicht möchte, dass Kensley mehr weiß, als sie ohnehin schon weiß.

Es ihr zu erzählen, würde ihr Leben in Gefahr bringen, was egoistisch von mir ist, aber ich brauche ihre Hilfe.

„Sein Vater hat meinen Tod angeordnet."

„Heilige Scheiße. Ist das dein Ernst?" Kensley schnappt nach Luft und hält sich dann die Hand vor den Mund.

„Luca hat eine andere Lösung vorgeschlagen, nämlich dass wir heiraten, wodurch ich Teil ihrer Familie werde. Er rettet mir das Leben, und im Gegenzug bin ich seine Frau."

„Was hat er denn davon?", fragt Kensley, mustert mich einen Moment – und winkt dann ab. „Ach, egal."

„Was soll das heißen?", stottere ich und spüre, wie mir heiß wird.

Kensley zieht eine Augenbraue hoch. „Na komm. Du bist süß. Wie lange glotzt er dich schon an? Du kannst doch nicht ernsthaft übersehen haben, wie verknallt er ist. Und jetzt ... jetzt hat er dich."

„Für immer", erinnere ich sie trocken.

„Es gibt immer noch Scheidung", sagt sie prompt. „Außer die bringen ihre Ex-Frauen um?"

Mir fällt nicht ein, dass bei den Riccis je von Scheidung oder früheren Ehen die Rede gewesen wäre. Ich schlucke. „Hör zu – du darfst das niemandem erzählen. Du hast es mir versprochen."

„Du hast mein Wort", sagt Kensley ohne zu zögern. „Ich nehme es mit ins Grab."

„Gut." Meine Stimme wird leiser. „Weil ich deine Hilfe brauchen werde."

Damit beenden wir das Gespräch, bevor wir uns Richtung Arena aufmachen. Wir sind später dran als geplant – meine Schuld. Trotzdem bin ich erleichtert. Zum ersten Mal fühlt es sich so an, als hätte ich jemanden, bei dem ich nicht alles allein tragen muss.

Wir finden unsere Plätze, und die Narwhals sind schon auf dem Eis und beim Aufwärmen.

Mitten in der Menge weiß ich nicht, ob Luca mich überhaupt entdeckt, aber ich habe ihm geschrieben, dass ich heute da bin.

Und zu meiner eigenen Überraschung macht Eishockey ... Spaß. Ich verstehe kaum, was gerade passiert, aber Luca spielen zu sehen – und ihn siegen zu sehen – ist trotzdem das Highlight meiner Woche.

Er ist auf dem Eis in Topform und enttäuscht nicht, denn er schießt zwei der vier Tore heute Abend.

Er landet zwar zweimal auf der Strafbank, aber er hat keinen der beiden Kämpfe angezettelt. Das finde ich zumindest besser, wenn man bedenkt, was vor ein paar Tagen zwischen ihm und Ashton passiert ist.

Die Prellung in seinem Gesicht ist kaum noch zu sehen, und seine aufgeplatzte Lippe ist bereits verheilt.

Anders als beim letzten Mal, als wir an unseren Plätzen gewartet haben, warten wir dieses Mal auf sein Drängen hin vor der Umkleidekabine der Mannschaft.

Kensley leistet mir Gesellschaft, und da sie einen großen Sieg errungen haben, werden sie wahrscheinlich feiern und bei ihrer Afterparty im Haus Dampf ablassen wollen.

Die Tür schwingt auf, und Chase und Liam kommen aus dem Umkleideraum.

Ich erkenne die beiden noch von der Party, und obwohl ich weiß, dass Liam mit Luca zusammenwohnt, bekomme ich ihn im Haus selten zu Gesicht – er ist ständig unterwegs und macht … was auch immer Liam eben macht.

Die wenigen Male, die ich ihn gesehen habe, kam er kurz vorbei, holte etwas aus seinem Zimmer und verschwand dann wieder.

„Hey, Liam“, sage ich und nicke ihm zu.

Nächstes Semester wird er einer unserer Mitbewohner sein, aber wenn es so weitergeht wie in diesem Semester, wird er kaum zu Hause sein.

Luca hat nie erwähnt, dass Liam eine Freundin

hat, aber das muss wohl so sein, wenn er jede Nacht woanders schläft.

Oder?

„Du bist Lucas Verlobte“, sagt Chase und kommt auf mich zu.

Offenbar hat er die Neuigkeit schon mitbekommen. Es war klar, dass es irgendwann herauskommen würde, spätestens, wenn sich im nächsten Semester unsere Wohnsituation ändert.

„Das stimmt“, sage ich, richte mich auf und versuche, mich von den beiden sehr gut aussehenden Hockeyspielern, die mich um einige Zentimeter überragen, nicht einschüchtern zu lassen.

„Hat er dich geschwängert?“, fragt Chase und mustert mich von Kopf bis Fuß, wobei sein Blick einen Moment lang auf meinem Bauch verweilt.

Die Tür zum Umkleideraum schwingt auf und Luca kommt heraus, geduscht und angezogen.

Luca strahlt, er ist nach dem Spiel heute Abend absolut glücklich, aber das verwandelt sich schnell in glühende Hitze, als er Chase und dann Liam finster anblickt.

„Machen sie dir das Leben schwer?“, fragt Luca mit finsterer Miene und eilt herbei, um seinen Arm um meine Schulter zu legen.

Ich vergesse immer wieder, ob das der echte Luca ist oder ob er nur vorgibt, mich zu lieben. Die Grenzen scheinen in letzter Zeit verschwommen zu sein.

„Sie fragen nur nach unserer Verlobung“, sage ich, zwinge mich zu einem Lächeln und versuche, die Spannung zu entschärfen.

Ich weiß immer noch nicht, was Luca dazu gebracht hat, sich mit Ashton zu streiten. Das Letzte, was ich will, ist, dass Luca sich mit seinen anderen Teamkollegen prügelt. Das ist nicht nur schlecht für die Moral der Mannschaft, sondern ich möchte auch nicht, dass Luca etwas zustößt.

Er muss nicht für mich kämpfen.

„Die sind nur neidisch“, knurrt Luca sie an, dreht sich dann um, fängt meinen Mund mit seinem ein, schließt hastig die Distanz zwischen uns und küsst mich.

Sein Bein gleitet zwischen meine Schenkel, drückt sie auseinander, während er mich gegen die Wand drückt, und für einen Moment frage ich mich, wie weit er das zwischen uns treiben will, während seine Teamkollegen zusehen.

Es fühlt sich definitiv wie eine Show an.

Ich gebe mich dem Kuss hin, öffne meine Lippen, lasse ihn die Führung übernehmen, aber ich begehre ihn hungrig. Das Verlangen übernimmt schnell die Kontrolle, meine Finger krallen sich in sein Hemd, seinen Rücken, als er mich an sich zieht und ich meine Beine um ihn schlinge.

Ich würde ihn gerne ficken, wenn das alle zum Schweigen bringen würde.

Wir trennen uns für einen kurzen Moment, holen Luft und lehnen unsere Stirn aneinander. Andererseits habe ich Zweifel, ob das alles nur gespielt ist, denn er hat sogar mich überzeugt.

Ich spüre sein Verlangen, das mich berührt, und mein Innerstes sehnt sich nach mehr.

„Nehmt euch ein Zimmer“, stöhnt Liam und schlägt seinem Kumpel Chase auf die Schulter. „Lasst uns zu mir gehen und den Sieg feiern.“

„Ich glaube, ich mache für heute Schluss“, sagt Kensley.

Ich löse mich aus Lucas Umarmung, meine Beine sind wackelig, während er mich fest an die Wand drückt und seine Hände fest auf meine Hüften legt.

„Bist du sicher?“, frage ich. „Wir sollten mehr zusammen abhängen.“

Kensley lächelt und starrt Luca an. „Bitte versteh das nicht falsch, aber ich möchte nicht zusehen, wie ihr beiden die ganze Nacht herummacht oder auf der Couch fickt.“

„Wir haben nicht …“, runzele ich die Stirn und verstehe ihre Einschätzung nicht. Wir waren sehr vorsichtig, sind bei der letzten Party nach oben gegangen und haben alles privat gehalten, nur zwischen uns beiden.

„Ist schon okay, ich bringe dich gerne nach Hause“, bietet Luca an.

Nachdem wir Kensley vor ihrem Wohnheim abgesetzt haben, fahren Luca und ich zu ihm zurück. Ich sauge die Stille im Auto regelrecht auf – diese wenigen ruhigen Minuten, nur wir zwei, bevor wir wieder durch seine Haustür treten und alles wieder lauter wird.

Ich weiß, dass das Team feiert, und ich freue mich für sie; sie haben den Sieg verdient, und Luca ist der Grund dafür, aber ich vermisse trotzdem die kleinen ruhigen Momente zwischen uns beiden.

„Was machst du an Thanksgiving?“, fragt Luca, als er vor seinem Haus vorfährt. „Es ist schon bald.“

Er kommt sichtlich aus seinem Adrenalinschub heraus, als er mich zu seiner Wohnung für die Afterparty fährt. Ich spüre seine Energie brodeln und greife nach seiner Hand, um ihm Halt zu geben.

„Kann ich einfach im Wohnheim bleiben und mich vor der Welt verstecken?“

„Was ist mit Zeke?“

Ein schwerer Seufzer entweicht meinen Lippen. „Ich glaube nicht, dass meine Eltern sich freuen werden, wenn ich zu Thanksgiving auftauche. Ich weiß, dass sie versuchen werden, mir die Hochzeit mit dir auszureden, den gemeinsamen Einzug im nächsten Semester, einfach alles.“

Er nickt langsam, parkt das Auto, lässt aber den Motor laufen. Ich schnalle mich ab, bereit auszusteigen, aber er hat den Motor nicht abgestellt.

Das Gespräch ist für ihn offensichtlich noch nicht beendet.

Er schnallt sich ab und dreht sich zu mir um.

„Ich könnte mitkommen“, sagt er.

Ich öffne den Mund, denke über seinen Vorschlag nach und schließe ihn dann wieder.

„Was soll dieser Blick?“, fragt Luca und starrt mich neugierig an. Er streckt die Hand aus und streift meine Wange.

„Was ist mit deiner Familie und deinen Eltern? Glaubst du, Dante wird es gut finden, wenn du Thanksgiving verpasst?“

Luca zuckt mit den Schultern und blickt zum

Haus. „Letztes Jahr habe ich es verpasst. Er ist nicht gestorben."

„Schade", sage ich sarkastisch und zucke zusammen. „Entschuldige."

„Entschuldige dich niemals dafür, dass du ehrlich zu mir bist. Das ist alles, was ich von dir verlange", sagt Luca.

Ich weiß, dass er recht hat. Ich war nicht immer ehrlich zu ihm. Ich habe Zeke vor ihm versteckt, aber damals waren wir noch nicht zusammen und es gab keinen guten Zeitpunkt, ihm zu sagen, dass ich einen Sohn habe. Ich habe nicht vor, jemals wieder etwas vor ihm zu verheimlichen.

„Also, Thanksgiving bei meinen Eltern?" Allein schon das auszusprechen, verursacht mir Übelkeit.

„Wenn wir beide eingeladen sind", sagt Luca. „Ich gehe dahin, wo du hingehst."

Ich greife nach seiner Hand und nehme sie in meine. „Du musst nicht mit mir leiden, denn es wird unmöglich sein, das Essen ohne Streit zu überstehen."

Luca streckt die Hand nach mir aus und zieht mich näher zu sich heran. „Ich werde dich damit nicht allein lassen. Wir stehen das gemeinsam durch. Bitte vergiss das niemals."

Ich fürchte mich vor dem vierten Donnerstag im November.

Thanksgiving.

Luca hat zugestimmt, mit mir zu kommen, damit wir gemeinsam in der Hölle leiden können.

Meine Eltern sind zwar keine Mafiosi, aber sie halten mit ihrer Meinung auch nicht hinter dem Berg. Als ich aufwuchs, hielt ich das nie für eine schlechte Eigenschaft, bis ich mit fünfzehn schwanger wurde.

Dann hatten sich die Eltern, die alle meine Freunde liebten und die sie wie ihre eigenen Eltern sahen, gegen mich gewandt.

Sie wollten, dass ich mich um mein kleines „Problem" kümmere, bevor es mir die Zukunft ruiniert.

Mein Körper, meine Entscheidung, hatte ich ihnen damals ins Gesicht gesagt.

Ich wollte die Schwangerschaft nicht austragen – und trotzdem war ich so trotzig, dass ich am Ende genau das tat, was sie nicht wollten. Manchmal frage ich mich, ob sie das längst geahnt und mich mit umgekehrter Psychologie genau dorthin gelenkt haben.

Denn am Ende war die Schwangerschaft eine Tortur, auf die ich nicht vorbereitet war. Und ein Baby großzuziehen war noch härter.

Trotzdem haben sie jede Entscheidung mitgetragen, die ich getroffen habe.

Ich bin bis heute überzeugt, dass es richtig war – auch wenn es für uns alle schwer gewesen ist. Zeke ist wundervoll. Ich wünschte nur, ich hätte mehr Zeit mit ihm gehabt – und nun scheint es, als würde sich ausgerechnet dieser Wunsch endlich erfüllen.

Ob ich bereit bin oder nicht.

Das Essen steht bereits auf dem Tisch: das Porzellan meiner Großmutter, echtes Besteck neben den Tellern. Dieses Geschirr darf nur zu besonderen Anlässen raus – sonst steht es ganz oben im Schrank, fein säuberlich verstaut und außer Reichweite.

Zeke bekommt einen Plastikteller, was eindeutig die klügste Entscheidung des Abends ist. Er empfindet es als großartig, seinen Teller auf den Boden zu befördern. Meistens füttere ich ihn im Hochstuhl, wenn ich bei ihm bin – und wenn wir irgendwo essen, wo Teppichboden liegt, dann gebe ich ihm das Essen lieber direkt aus der Hand. Was er hasst.

„Danke, dass ich heute Abend dabei sein darf“,

sagt Luca mit einem freundlichen Lächeln, als würde er damit die angespannte Stimmung zwischen uns allen entschärfen wollen.

Wir sind keine zwanzig Minuten da, und das Essen ist schon fertig. Wahrscheinlich hätten wir früher kommen sollen – aber, wenn ich ehrlich bin, wollte ich das nicht. Ich habe gezittert, geweint, eine Panikattacke bekommen. Luca hat es geschafft, mich wieder herunterzubringen. Auf eine Art, die mich merkwürdig an seine Mutter erinnert hat, damals, als wir das erste Mal zusammen Mittag essen waren.

„Na ja", sagt Papa und fixiert Luca, „eingeladen hat dich unsere Tochter."

„Papa ... ich wollte, dass du Luca kennenlernst." Ich greife nach Lucas Hand und drücke sie fest. „Er ist mir wichtig. Und ich wünsche mir, dass du dir wirklich die Zeit nimmst, jemanden kennenzulernen, der mir so viel bedeutet."

„Ich weiß alles, was ich wissen muss", sagt Papa. „Er interessiert sich nur für eine Sache bei meiner Tochter!"

Catrina räuspert sich und wirft ihrem Mann einen finsteren Blick zu. „Oh, beruhige dich, Jack. Als wären wir nicht auch total verliebt gewesen, als wir uns kennengelernt haben."

„Wir haben nicht nach einem Monat geheiratet."

Catrina zwingt sich zu einem Lächeln. „Nein, das haben wir ganz sicher nicht. Aber vielleicht sollten wir diesen beiden Turteltauben eine Chance geben und sie uns erklären lassen, warum sie so schnell heiraten und eine Familie gründen wollen."

Mein Vater beobachtet meine Mutter aufmerksam, bevor er sagt: „Luca, warum fängst du nicht an? Denn wenn du meine Tochter heiratest, wirst du sofort Vater von Zeke."

Drei Wochen später, als Luca gezwungen ist, Dante bei irgendwelchen Mafia-Geschäften zu helfen, gehen Nikki, Paige, Nova und ich auf die Suche nach einem Hochzeitskleid.

Natürlich sind nicht nur die Mädchen dabei.

Wie beim letzten Mal passt Moreno auf uns auf.

„Können wir bis Februar wirklich ein Kleid finden?", frage ich.

Es ist bereits Dezember, und ich hoffe weiterhin, dass Nikki zur Vernunft kommt und ihren Mann überredet, die Hochzeit zu verschieben, zumindest bis wir unseren Abschluss gemacht haben.

Das ist einer der Gründe, warum ich zugestimmt habe, mit seiner Mutter Kleider kaufen zu gehen.

Aber ich hatte nicht erwartet, dass Nikki Novas Mutter einladen würde. Zumindest hatte Paige den Verstand, Nova vorzuschlagen, sich uns anzuschließen.

Nova bleibt mit mir in der Umkleidekabine, während Paige und Nikki mir immer wieder Kleider zum Anprobieren besorgen.

„Wenn wir das Kleid in diesem Laden bestellen, können wir es Ende Januar haben", sagt Nikki. „Natürlich muss es noch geändert werden, aber wir haben eine Schneiderin, die das innerhalb weniger Wochen erledigen kann. Damit wären wir Ende Februar ..." Ihre Stimme verstummt.

„Das ist in Ordnung. Ich hatte an den letzten Samstag im Februar gedacht." Ich hatte an den 29. Februar gedacht, da es kein Schaltjahr ist, aber ich halte mich mit meinen klugen Sprüchen zurück.

Nikki ist freundlich, ebenso wie Paige, und ich möchte nicht, dass Dante mitbekommt, dass ich Ärger verursache.

Das Letzte, was ich will, ist, Luca zu verletzen.

„Das erste Kleid gefällt mir wirklich gut", sagt Nova zu mir, als ich das vierte oder fünfte Kleid an diesem Nachmittag anprobiere.

Ich habe bereits den Überblick verloren.

„Nein, der Meerjungfrauenstil schmeichelt

meiner Figur nicht." Ich habe weder die Brüste noch die Kurven, um dieses Kleid zu tragen. Ich sehe aus wie ein klumpiger Baum.

„Ich stimme Harper zu", sagt Paige. „Wir finden etwas Besseres, etwas, das zu dir passt." Sie schiebt mir ein weiteres Kleid zum Anprobieren zu und drückt dabei die Stoffbarriere der Tür beiseite.

Nova schnappt sich das Kleid und hilft mir hinein, während die Eltern draußen den Laden nach weiteren Kleidern zum Anprobieren absuchen. Sie beugt sich zu mir hinüber und flüstert, damit niemand anderes es hören kann: „Willst du Luca wirklich heiraten?"

„Habe ich eine Wahl?", frage ich und schaue über meine Schulter zu ihr.

Ich möchte Nova vertrauen, aber ihrer Familie kann man nicht trauen, weshalb sie für mich in die Kategorie „unsicher" fällt.

Ich vertraue Luca, aber seiner Familie kann man nicht trauen.

„Du könntest *Nein* sagen", flüstert Nova.

Ich werfe ihr einen skeptischen Blick zu. „Glaubst du, das würde bei Dante funktionieren?"

Nova zuckt mit den Schultern und setzt sich auf die Bank in der Garderobe. „Wahrscheinlich nicht. Ich finde es nur schrecklich, dass ihr beide unter diesen Umständen heiratet. Das ist nicht das, was ihr beide wollt."

„Hast du mit Luca gesprochen?", frage ich und frage mich, was er Nova über die bevorstehende Hochzeit erzählt hat.

Luca und ich haben selbst noch nicht einen Finger für die Hochzeitsplanung gerührt. Wir hatten auch noch kein konkretes Datum festgelegt, bis ich es heute Nikki mitgeteilt habe.

Wir hatten das unter vier Augen besprochen und insgeheim gehofft, die Hochzeit wenigstens noch etwas nach hinten schieben zu können – in der Hoffnung, dass uns Zeit automatisch mehr Spielraum verschafft.

„Er vermeidet es, über die Hochzeit zu sprechen, aber ich dachte mir, dass das bei allen Männern so ist. Ich meine, ich weiß, warum ihr beide heiratet, ..." Sie sieht mich ernst an. „Dante zwingt dich dazu. Aber es muss doch einen anderen Weg geben."

„Gibt es nicht", flüstere ich, „und wir sollten nicht in Gegenwart deiner oder Lucas Mutter darüber sprechen, denn alles, was sie mitbekommen, wird uns später auf die Füße fallen."

„Na ja, wenigstens wartet Papa draußen", sagt Nova.

Moreno hat uns gefahren und darauf bestanden,

mit in den Laden zu kommen, aber der Laden ist schon ziemlich klein und zwischen den Kleidern und uns vieren sowie den beiden Damen, die im Laden arbeiten, ziemlich überfüllt. Paige hat ihm gesagt, er solle sich einen Kaffee holen und den Mädchen etwas Zeit allein lassen.

Er murrte, hat aber keinen Fuß mehr in die Boutique gesetzt. Er steht draußen und starrt wahrscheinlich jeden böse an, der auch nur daran denkt, den Brautmodenladen zu betreten.

Nova hilft dabei, den Rücken des Kleides zu befestigen, das viel zu groß ist, aber sie schnürt es mit Klammern fest, um ein Gefühl dafür zu bekommen, wie es sitzen sollte. „Was hältst du von diesem Kleid?"

Ich ziehe den violettfarbenen Samtvorhang auf, trete heraus und stelle mich vor den Ganzkörperspiegel. Das Kleid ist absolut atemberaubend, mit langen Spitzenärmeln und einem A-Linien-Schnitt, der sich genau an der richtigen Stelle ausbreitet.

„Das ist es", sage ich, überzeugt davon, dass dies das Kleid wäre, wenn ich jemals heiraten würde.

Ich kaue auf meiner Unterlippe und streiche mit den Fingern über den flaumigen Stoff. Ich habe nicht einmal auf das Preisschild geschaut.

„Wie schnell können wir dieses Kleid in ihrer Größe bekommen?", fragt Nikki die Verkäuferin.

Sie eilt los, wirft einen Blick auf das Etikett am Rücken des Kleides und schreibt sich die Daten auf. Als sie zurückkommt, sagt sie: „Wir haben das Modell zweimal in ihrer Größe vorrätig. Normalerweise dauert so etwas ein paar Wochen, aber wir können eine Sonderbestellung veranlassen, damit es bis Freitag hier ist und im Laden abgeholt werden kann. Wäre das für Sie in Ordnung?"

Die Art, wie die Verkäuferin Nikki dabei ansieht, lässt mir eine Gänsehaut über die Arme laufen.

„Ja", sagt Nikki sofort, „wir kommen nächsten Samstag, probieren es an und nehmen es direkt mit." Damit hat sie meinen Terminkalender schon entschieden, als wäre er ihr Eigentum.

Nächste Woche ist Weihnachten.

Nova hält den Schleier des Kleides, während ich zurück in die Umkleidekabine schlendere und mich ausziehe. Sie greift nach dem Vorhang, schließt ihn für mich, bevor sie die Clips am Rücken öffnet und mir aus dem eleganten Kleid hilft.

„Das ist definitiv das Richtige", sagt Nova lächelnd, während ich mich wieder anziehe.

„Wirst du einen Schleier tragen?", fragt die

Verkäuferin, während ich meinen Mantel anziehe und dann den Vorhang aufziehe.

„Darüber habe ich noch nicht wirklich nachgedacht", sage ich.

„Ja, wir halten es traditionell", sagt Nikki und legt dann einen Arm um meine Schultern. „Wenn es dir nicht gefällt, musst du es nicht tragen, aber wir sollten es zumindest für die Hochzeit haben. Vor allem für die Fotos."

„Stimmt."

So viel zum Thema „nicht tragen müssen", wenn ich ihn für die Fotos tragen muss.

„Danke, Mama", sage ich. Die Worte klingen etwas gezwungen, aber ich lächle und versuche, meine Dankbarkeit zu zeigen.

Wenn ich mir jemanden warmhalten muss, dann definitiv Nikki, und ich werde sie an meiner Seite brauchen.

Nikkis Lächeln wird strahlender, als sie hört, wie ich sie *Mama* nenne. Sie legt einen Arm um meine Schultern. „Ich freue mich so, dich als Teil unserer Familie zu haben, Harper."

ZEHN

NOVA

Ich eile am Weihnachtstag die Treppe hinunter, aufgeregt, dass Ashton die Feiertage mit uns verbringen wird.

„Warum bist du so früh auf?“, fragt Luca und nippt an einer Tasse mit kochend heißem Kaffee.

„Du bist schon da!“ Die Aufregung überwältigt mich, als ich zu meinem Bruder eile, um ihn zu umarmen. „Frohe Weihnachten! Bist du allein gekommen?“

Ich schaue mich um, in der Hoffnung, dass Ashton irgendwo in diesem Haus ist, versuche aber, mich möglichst unauffällig zu verhalten.

Diskretion ist nicht gerade meine Stärke.

„Im Moment sind nur Ashton und ich hier. Er hilft Dante dabei, oben ein paar Möbel umzustellen. Ich werde in etwa einer Stunde bei Harpers Eltern vorbeifahren und sie und Zeke abholen."

„Kommen sie nicht alle vorbei?", frage ich. Ich weiß, dass Mama und Papa sie zusammen mit Lucas Eltern eingeladen haben, aber nachdem ich gehört habe, was bei ihrem letzten Besuch vorgefallen ist, sollte mich das wohl nicht allzu sehr überraschen.

Luca runzelt die Stirn. „Ich bin mir nicht einmal sicher, ob sie zur Hochzeit kommen werden."

„Keine Sorge", sage ich, während ich mir eine Tasse Kaffee einschenke – und reichlich aromatisierte Sahne dazugebe, um die Bitterkeit zu ertränken. „Ich bin mir sicher, dass sie kommen werden. Schließlich würden sie sonst ihren Enkel verpassen."

„Ja", sagt Luca und nippt an seiner Tasse. „Ich hoffe, du hast recht."

Er lehnt sich gegen die Küchentheke und sieht mir zu, wie ich meinen Kaffee zubereite.

„Wie läuft das Packen?", fragt Luca.

Nächste Woche ziehen wir in das neue Haus, das wir gemietet haben. „Gut. Ich bin fast fertig. Ich habe gehört, wie Papa am Telefon versucht hat, die derzeitigen Mieter davon zu überzeugen, bis Weihnachten auszuziehen."

Luca lacht. „Ich kann mir vorstellen, wie gut das läuft."

„Er fluchte und stürmte in Dantes Büro, immer noch am Telefon." Ich zucke mit den Schultern. „Den Rest habe ich nicht mitbekommen."

Er nimmt noch einen Schluck aus der Tasse. „Macht nichts. Was macht schon eine Woche mehr oder weniger? Weniger als das, da wir am ersten des Monats einziehen."

„Am 28.", sagt Papa, der von hinten kommt.

Der Mann ist ein Meister der Tarnung, wenn er will. „Wir haben dir ein paar zusätzliche Tage vor Beginn des Unterrichts verschafft. Du ziehst am 28. Dezember um."

„Ihr wolltet mich dieses Jahr wirklich loswerden." Ich starre Papa an, aber ich bin ihm nicht böse. Er und Dante wollten nur helfen. Sie kümmern sich immer um die Familie und stellen uns an erste Stelle.

„Dante und ich wollten sicherstellen, dass alle genug Zeit haben, sich vor deinem ersten Tag einzuleben. Vor allem Zeke, für den wir alle Vorkehrungen für den Kindergarten getroffen haben."

„Was?“ Luca dreht sich zu meinem Vater Moreno um.

„Es sollte eine Überraschung für Harper sein, aber dein Vater und ich haben ein Kleinkindbett und ein paar Sachen für Zeke bestellt.“

Ich kann Lucas Gesichtsausdruck nicht deuten. Er verbirgt gerade seine Gefühle.

„Ich bin sicher, Harper und Luca wissen eure Hilfe zu schätzen“, sage ich, um die Wogen zu glätten. Das war nett von Dante und Papa.

„Leg mir keine Worte in den Mund“, faucht Luca mich an.

Ich verlasse die Küche, um Luca seinen Freiraum zu lassen und ihn mit meinem Vater allein zu lassen.

„Was ist los, mein Sohn?“

Papa ist zwar nicht Lucas’ leiblicher Vater, aber er hat ihn genauso wie Dante großgezogen.

„Ich wünschte nur, du hättest es mir gesagt. Wir haben versucht, Geld zusammenzukratzen, um sicherzustellen, dass Zeke versorgt ist, wenn wir ihn haben. Ich habe mich nach einem Teilzeitjob umgesehen, Harper auch.“

Ich stehe im Flur und lausche, wobei ich darauf achte, nicht gesehen zu werden. Aber ich bin neugierig, denn Luca hat nie erwähnt, dass er Arbeit sucht. Ich kann mir nicht vorstellen, dass er überhaupt Zeit zum Arbeiten hat, da die Schule und das Eishockey ihn so sehr in Anspruch nehmen.

„Dante wird das nicht wollen. Du arbeitest für ihn. Du wirst dich verzetteln. Ich habe mit ihm gesprochen; er hat zugestimmt, dir dasselbe zu zahlen wie Ashton."

„Wunderbar", sagt Luca, aber in seiner Stimme ist keine Spur von Freude zu hören.

„Hör zu, wenn du Harper wirklich nicht liebst, gibt es einen anderen Ausweg ..."

Er schnaubt, und ich höre, wie die Tasse klirrt und zerbricht, wahrscheinlich im Spülbecken. Ich schaue um die Ecke, um zu sehen, ob er sie geworfen hat, aber auf dem Boden liegen keine Scherben.

Definitiv das Spülbecken.

„Ich werde weder ihr noch ihrem Sohn ein Haar krümmen", sagt Luca. „Und wenn du auch nur andeutest, dass ..."

„Das würde ich nicht", sagt Papa. „Ich versuche nur, auf dich aufzupassen, Luca. Ich habe dich immer wie meinen eigenen Sohn gesehen."

Schritte klacken über den Marmorboden – und sie kommen eindeutig von der Treppe.

Genug gelauscht. Ich schieße den Flur entlang, bevor man mich erwischt, und als ich aufblicke, tauchen Ashton und Dante vor mir auf.

„Hey." Ich bemühe mich, nicht zu begeistert zu wirken, als ich Ashton sehe, doch meine Augen verraten mich trotzdem. „Frohe Weihnachten."

Dante zieht an uns vorbei, als wäre ich Luft. Für ihn bin ich nur ein Störfaktor – vermutlich genauso wie Luca. Nur dass Luca sein Sohn ist.

Ashton hält kurz inne, dann breitet sich ein Grinsen auf seinem Gesicht aus. Er zieht mich in eine Umarmung. „Frohe Weihnachten, Nova." Er presst seine Lippen auf meine, und ich erstarre sofort.

Mit weit aufgerissenen Augen stoße ich ihn von mir weg. „Was machst du da?", zische ich – und denke nur: *Jeder kann uns sehen.*

Ashton zeigt auf den Mistelzweig im Flur. „Den habe ich heute Morgen aufgehängt."

Ich stoße ihn in den Ellbogen, greife nach seiner Hand und ziehe ihn weg von neugierigen Blicken und Überwachungskameras. Ich kenne jeden versteckten Ort, der nicht zu sehen ist.

„Komm." Ohne ihm Zeit zum Diskutieren zu lassen, ziehe ich ihn in den Flurschrank. Das

Buntglasfenster nimmt dem Tageslicht genug Kraft, dass wir im Halbschatten verschwinden.

Ich schiebe ihn weiter nach hinten und stelle mich auf die Zehenspitzen. „Ich wollte dich schon die ganze Zeit küssen“, flüstere ich – und suche seine Lippen.

Ashton ist ein gutes Stück größer. Er beugt sich herunter, hebt mich einfach hoch, setzt sich auf die Bank und zieht mich auf seinen Schoß.

Der Kuss schlägt sofort um – heiß, ungeduldig, als hätte sich alles in mir aufgestaut und würde jetzt endlich Luft bekommen.

Seine Finger gleiten über meine Hüfte, wandern an meinen Hals. Er zieht den Rand meines Rollkragenpullovers ein wenig nach unten, mustert die fast verblassten Spuren.

„Hat jemand danach gefragt?“

Ich lache leise, ziehe mich einen Hauch zurück. „Nach dem gigantischen Knutschfleck, den du mir verpasst hast? Zum Glück besitze ich genug Pullover mit hohem Kragen. Niemand ist auf die Idee gekommen.“

Ashton entschuldigt sich nicht. Er grinst nur – dieses viel zu selbstsichere Grinsen.

„Manchmal wünschte ich, du würdest ihn

einfach zeigen“, murmelt er. „Damit alle sehen, dass du zu mir gehörst.“ Dann küsst er mich wieder.

Seine Hände finden erneut meine Hüften und halten mich fest gegen ihn, als wäre das der einzige Platz, an den ich gehöre.

„Bist du ... besitzergreifend?“, murmele ich – und hasse es, wie sehr mir allein dieser Gedanke gefällt. Nach allem, was man über ihn hört, wiederholt er nichts. Und trotzdem ist er noch da. Das lässt in mir alles durcheinanderwirbeln.

Er starrt auf meinen Mund, als gäbe es sonst nichts auf der Welt. „Steck mich nicht in eine Schublade“, sagt er und drückt mir einen kurzen, harten Kuss auf die Lippen.

Ich wimmere, als er sich löst, fahre mit den Fingern durch sein Haar und hebe sein Kinn, damit er mich ansieht. „Willst du wirklich, dass mein Bruder von uns erfährt?“, frage ich leise.

Ashton schnaubt, als wäre das die dümmste Frage überhaupt. „Nein.“ Für einen Moment unterbricht er den Kuss, nur um das zu sagen. „Aber das Team weiß es längst. Wir waren nicht gerade leise. Und nach dem Spiel ... auf der Party ... haben uns alle gesehen.“

Eigentlich waren wir leise, aber wir haben

rumgemacht und alle haben zugesehen, sodass jetzt Gerüchte über uns kursieren.

„Wie lange wird es dauern, bis Luca davon erfährt?“, frage ich. Ich kann nicht anders, als mich zu fragen, ob ich es ihm sagen oder ob Ashton es tun sollte. Sie sind Teamkollegen und beste Freunde.

Aber ich bin seine Schwester.

„Ziemlich bald, wenn er uns sucht“, sagt Ashton, und ich murre und stehe auf. Schon jetzt vermisse ich das warme Gefühl seiner Hände auf meinem Körper.

Er steht auf und streicht mir eine Haarsträhne hinter das Ohr. „Du siehst gerötet aus. Geh ins Badezimmer und kühl dich ein paar Minuten ab.“

„Und was ist mit dir?“, frage ich.

„Was ist mit mir?“ Sein Lächeln verschwindet. „Ich bin ganz cool.“

Ich schaue an seinem Körper hinunter und betrachte seine Jeans, in der sein Schwanz versteckt ist. „Wirklich?“

„Ich warte hier ein paar Minuten“, sagt Ashton und küsst mich noch einmal auf die Lippen, bevor ich mich aus dem Flurschrank schleiche und hoffe, dass mich niemand bemerkt.

Ich bin mehr als nur ein bisschen aufgeregt, als der 28. kommt und wir in das Miethaus auf dem Campus einziehen.

Es ist ein schöneres Anwesen als die Wohnheime, die ich mir angesehen habe, und ich kann immer noch nicht glauben, dass es für dieses Semester uns gehört.

Das Haus hat fünf Schlafzimmer und zwei Etagen, mit viel Platz im Wohnzimmer und zum Lernen. Es ist größer als Lucas' vorherige Unterkunft, in der er, Ashton, Liam und Jessie gewohnt haben.

Komischerweise habe ich Jessie nie getroffen. Nicht, als ich Luca am Wochenende besucht habe, und auch nicht, als wir ausgezogen sind. Er war nie da, noch seltener als Liam, der sich zu Hause kaum blicken lässt.

Das ist mir ganz recht. Mit Jungs zusammenzuwohnen, ist nicht meine erste Wahl, aber Dad hat darauf bestanden, dass ich im selben Haus wie Harper und Luca wohne. Ich finde die ganze Situation etwas seltsam, da sie bald heiraten werden und Harper ein Kind hat, aber egal.

Solange Zeke nicht mitten in der Nacht weint oder mich vom Lernen abhält.

Viel Zeit habe ich mit dem Kleinen ohnehin

nicht verbracht. An Weihnachten habe ich ihn kennengelernt, ihn gekitzelt, ein bisschen geknuddelt – mehr war es nicht.

Er war völlig hin und weg von der Spielzeugeisenbahn, die Dante und Nikki ihm geschenkt hatten, und konnte sich erstaunlich gut damit beschäftigen ... zumindest bis Harper wieder hinter ihm her musste, weil er irgendwo hinwollte, wo er nicht hinsollte.

Harper und Luca sind den Flur hinuntergezogen – Zekes Zimmer ist direkt neben ihrem.

Ashtons Zimmer liegt ganz am anderen Ende des Flurs. „Das hier ist meins", verkünde ich und sichere mir demonstrativ das Zimmer direkt gegenüber, noch bevor ich überhaupt einen Blick hineinwerfe, wie groß es ist.

Seine Tür steht sperrangelweit offen. Ashton liegt quer auf dem Bett, eine Zeitschrift in der Hand, als wäre Umzugstag ein Feiertag.

Ich stecke den Kopf hinein und mustere ihn. Ob er nur kurz verschnauft oder schon längst fertig ist?

In seinem Zimmer stehen keine Kartons. Keine Kisten. Nichts, was nach Auspacken aussieht. Er könnte in der Küche mit anpacken – stattdessen versteckt er sich hier, bis es jemandem auffällt.

„Bist du hier durch?“, frage ich.

Er deutet lässig zur Kommode. „Ich hab das Ding einfach transportieren lassen – mit meinen Klamotten drin.“ Sein Blick ist so selbstzufrieden, dass es wehtut.

„Dann hilfst du mir jetzt.“

„Ich passe“, sagt er, ohne aufzusehen, und blättert weiter.

„Okay. Ich habe dich nicht gefragt.“

Er murrt, klappt das Magazin zu und schwingt sich vom Bett. Im Flur wirft er noch einen kurzen Blick in Richtung Lucas’ und Harpers Zimmer – und verschwindet dann hinter mir in meinem Zimmer, wo er die Tür auffällig schnell hinter sich zuzieht.

„Ich habe um Hilfe gebeten“, sage ich grinsend und reiße einen Karton auf, um zu sehen, was drin ist.

Ashton lehnt sich gegen die Tür, zwinkert. „Oh, ich hätte ein paar Ideen, wie ich helfen kann.“ Er lässt den Blick über die Kisten zu meinen Füßen gleiten. „Nur ... ich bin mir nicht sicher, ob Kartons dabei eine Rolle spielen.“

„Du bist komplett unbrauchbar“, brumme ich – und kippe ihm kurzerhand meine Kleidung aufs Bett. Direkt auf ihn.

Ashton lacht, fischt einen meiner gelben Bikini-

Slips heraus und lässt ihn um seinen Finger kreisen. „Guck mal, was ich damit alles anstellen kann."

„Du kannst meine Sachen in die oberste Schublade räumen", sage ich trocken und deute auf die Kommode.

Er murmelt etwas vor sich hin.

„Was sagst du da?" Ich starre ihn an.

„Es kommt mir vor, als wären wir verheiratet. Du kommandierst mich herum."

„Nun, wir leben zusammen." Ich lächle breit und stemme die Hände in die Hüften. „Gewöhn dich besser daran, Freund."

Ashton rollt mit den Augen und wirft mir ein paar meiner Höschen zu.

Ich fange es auf, als es auf meiner Brust landet.

Ashton steht auf, wobei er alle meine Sachen auf meiner Matratze liegen lässt. „Das ist langweilig. Ich werde mal schauen, ob ..."

„Was denn – Harper und Luca benötigen Hilfe? Du willst ihnen beim Auspacken helfen?" Ich starre ihn an. „In der Küche müssen noch Geschirr, Töpfe und Pfannen ausgepackt werden", erinnere ich ihn.

Er ist vollkommen nutzlos. Ich bin froh, dass sein Zimmer fertig ist, aber beim Rest des Hauses war er keine Hilfe.

„Ich wollte mal schauen, ob sie Hilfe mit Zeke benötigen“, sagt Ashton, während er zur Tür eilt.

Ich fühle mich fast schlecht, als mir einfällt, dass mein Bruder und seine Freundin ein Kind haben. Stimmt. Zeke.

„Okay, gut. Aber bring dem Kind nichts Schlimmes bei“, warne ich ihn. „Keine Furzgeräusche oder andere dumme Sachen.“

„Als Erstes stehen Furzgeräusche auf dem Programm“, neckt mich Ashton, und ich reiße mein Kissen von der Matratze und werfe es nach ihm.

Er duckt sich, und das Kissen trifft meine Tür. Er bückt sich, hebt es auf und wirft es zurück auf das Bett.

„Die Kissenschlacht verschieben wir auf später“, sagt Ashton und stößt meine Schlafzimmertür auf. Er eilt hinaus auf den Flur. Anscheinend kann er gar nicht schnell genug verschwinden.

„Und Zeke zu verwöhnen ist meine Aufgabe!“, rufe ich. „Vergiss das nicht. Ich bin seine Tante!“

Zehn Minuten später stürmt Zeke hysterisch schreiend in mein Zimmer.

Ich schaue auf und sehe, dass Ashton ihm hinterher rennt, die Arme wie ein Monster ausgestreckt. „Ich schnappe dich!“, donnert Ashton mit tiefer Stimme, und Zeke wirft sich schreiend gegen meine Beine und klammert sich daran fest.

„Du machst ihm Angst!“, sage ich, beuge mich vor und hebe Zeke in meine Arme.

Als ich ihn etwas genauer betrachte, sehe ich keine Tränen, sondern ein Lächeln. Er streckt Ashton die Arme entgegen.

„Der Junge liebt mich“, strahlt Ashton und nimmt ihn aus meinen Armen. „Ich bin sein Liebling.“

„Gut – denn ich bin immer noch sauer, dass du mich hier nicht unterstützt“, sage ich und tue so, als würde ich ihn finster ansehen. Doch es ist schwer, die Wut festzuhalten, wenn ich sehe, wie mühelos er mit Zeke umgeht. Und so ungern ich es mir eingestehe: Er hilft mir längst – nur eben auf seine ganz eigene Art.

„Zeke, willst du diesem hübschen Mädchen helfen, ihr Höschen aufzuräumen?“, fragt Ashton Zeke.

Entsetzt reiße ich die Augen auf. „Oh mein Gott. Ich schwöre, du wirst ihn verderben! Harper!“, quietschte ich.

„Belästigt dich Zeke?“, ertönt Harpers Stimme aus dem Flur.

Dieses Mal starrt mich Ashton an. „Es ist alles in Ordnung! Nova macht nur Theater."

Ich möchte etwas nach ihm werfen, aber er hält Zeke in seinen Armen.

„Du bist so ein …" Ich kann nicht einmal fluchen, weil der Kleine mich direkt anstarrt!

„Was denn?", fragt Ashton grinsend, sichtlich begeistert von dem Chaos, während er Zeke fest an seine Brust drückt. Dann dreht er den Kleinen zu mir, streckt mir frech die Zunge heraus – und nutzt Zeke schamlos als lebenden Schutzschild.

„Ich ertrag dich nicht!" Ich deute entschieden auf die Tür. „Raus hier. Keine Jungs erlaubt!"

„Uh, da ist aber jemand empfindlich", lacht Ashton und genießt meine Entrüstung. Er beugt sich zu Zeke, murmelt ihm etwas ins Ohr – gerade laut genug, dass ich es mitbekomme: „Ich glaub, da hat jemand PMS."

„Ich bringe dich um, Ashton!", schreie ich, während ich ihn samt Zeke aus meinem Zimmer scheuche und Richtung Flur dränge.

Ashton weicht rückwärts aus, den Kleinen immer noch im Arm, als würde er gleich eine Fahne schwenken: Unverwundbar.

„Alles okay?", fragt Luca, als er über die Kartons im Flur steigt – ordentlich beschriftet mit „Bad" und

„Flurschrank“ ... und offensichtlich noch nicht mal ansatzweise dort angekommen.

Luca hat keine Ahnung, dass Ashton und ich etwas miteinander haben. Ich kann es nicht einmal als Beziehung bezeichnen. Wir sind noch nicht offiziell miteinander ausgegangen. Aber wir treffen uns, wann immer wir die Gelegenheit dazu haben, was meiner Meinung nach nicht oft genug ist.

Ich hoffe, dass sich das jetzt ändern wird, da wir zusammenleben.

Das macht die Sache zwar etwas komplizierter, aber es ist nicht schlimmer, als wenn Luca von der Beziehung zwischen Ashton und mir erfahren würde.

Er darf es nicht herausfinden.

Luca würde Ashton umbringen.

Zumindest würde er es versuchen. Ich bin mir nicht sicher, ob Ashton nicht die Oberhand behalten und Luca vermöbeln würde, oder Schlimmeres.

Ashton überlässt mir das Reden. Er steht im Flur, hebt Zeke in die Luft und tut so, als würde er ihn fallen lassen, was dem Kleinkind einen Lachanfall beschert.

„Dein Teamkollege ist einfach nur ein Idiot“, sage ich.

Luca wirft Ashton einen Blick zu. „Sei nett zu

meiner Schwester. Ich weiß, dass ihr zwei euch nicht immer versteht, aber hier ist genug Platz, um euch nicht gegenseitig umzubringen. Okay?“

„Sie fängt immer mit den Streitereien an“, sagt Ashton und starrt mich an. Aber ich kann ein leichtes Lächeln auf seinen Lippen erkennen. Er nutzt diesen Streit aus, um Luca glauben zu machen, dass wir uns tatsächlich hassen.

Ich weiß nicht, warum mein Bruder das denkt, da ich oft hier bin und mit Ashton Filme schaue. Aber ich mache ihm wegen der Dokumentarfilme, die er zeigt, ständig Vorwürfe. Die sind verdammt langweilig, und ich schwöre, er macht das nur, um mich zu ärgern.

„Ich bin mir nicht sicher, ob das Haus groß genug für sein Ego ist“, witzle ich.

„Waffenstillstand“, fordert Luca und blickt zwischen uns hin und her. „Oder ich schwöre, ich werde euch beiden ein Schlafzimmer mit zwei Betten zuweisen und euch dort einsperren, bis der Unterricht wieder beginnt.“

„Du bist gemein.“ Ich tue so, als wäre ich sauer auf Luca. „Aber gut. Waffenstillstand.“ Ich strecke Ashton meine Hand zum Handschlag entgegen.

Ashton streckt seine Hand aus, hält dann aber inne. „Solange ich weiterhin Mädchen in mein

Zimmer einladen kann, während sie dort ist, ist mir das egal.“

Ich ziehe meine Hand zurück und balle sie zur Faust.

„Du riskierst wirklich dein Leben“, drohe ich.

Luca blickt Ashton finster an. „Er macht nur Spaß. Es wird keine wilden Partys geben und keine unzähligen Mädchen, die in dein Zimmer kommen. Wir haben Zeke hier, der ein normales Leben braucht.“

„Normal“, sagt Ashton, zieht eine Augenbraue hoch und wirft mir einen Blick zu. Nichts an unserer Situation oder unseren Umständen ist normal. „Richtig“, sagt er langsam.

„Bring mich nicht dazu, es zu bereuen, dass wir alle zusammenziehen“, sagt Luca. Es klingt wie eine Drohung, aber er hatte darauf keinen Einfluss. Seine Eltern haben die Fäden gezogen, wie sie es immer tun.

Zeke zappelt in Ashtons Armen, wird unruhig, und er hebt ihn in die Luft und tut so, als würde er ihn werfen, dieses Mal auf Luca. „Fängst du ihn?“

„Wage es ja nicht, meinen Sohn zu werfen!“, ertönt Harpers Stimme durch den Flur.

„War nur ein Scherz“, sagt Ashton. „Oder etwa

nicht?“ Er stupst Zeke an, der nach Ashtons Nase greift.

Harper schlängelt sich an den Kartons vorbei direkt auf uns zu. „Gib ihn her“, verlangt sie und hält Zeke die Arme hin.

Kaum sieht Zeke seine Mama, zappelt er los, streckt ihr die Hände entgegen und will nur noch zu ihr. Ashton lässt ihn ohne Widerrede los.

Ich lächle zufrieden. „Na schön – dann kannst du jetzt beim Auspacken helfen“, sage ich betont fröhlich.

Luca nickt Richtung Flur. „Fang am besten mit den Kisten fürs Badezimmer an“, meint er und deutet auf die Stapel mit der Aufschrift Badezimmer. „Dein Zimmer ist ja offenbar schon erledigt.“

„Oder ich helfe Nova?“, fragt Ashton, doch sein Blick landet bei mir, als bräuchte er erst eine Genehmigung. „Sie hat gefühlt hundert Kisten.“

„Nein“, sagen Luca und ich gleichzeitig.

Ashton verzieht das Gesicht. „Ihr seid echt Spaßbremsen“, murmelt er, greift sich die nächste Badezimmerkiste und schiebt sie widerwillig Richtung Bad.

„Es könnte schlimmer sein“, sage ich trocken. „Mama und Papa haben angeboten, mit anzupacken. Stell dir vor, wir hätten gleich die komplette Mafia-Entourage hier, die unsere Sachen auspackt."

„Und dabei direkt Abhörwanzen installieren", witzelt Harper, während sie Zeke auf der Hüfte den Flur entlangträgt.

„Das würden sie doch nicht tun – oder?", frage ich und werfe Luca und Ashton einen Blick zu.

Ashton antwortet nicht. Er geht mit dem Karton ins Badezimmer und schließt die Tür.

Ich bezweifle, dass er auspackt, wahrscheinlich schmollt er nur, weil ich ihn in Schwierigkeiten gebracht habe.

ELF

MORENO

Während ich an Dantes Bürotür klopfe, gehe ich im Kopf meine Möglichkeiten durch. Grübeln ändert nichts – die Wahrheit verschwindet nicht, nur weil ich sie wegdrücke.

Und was ich gesehen habe, kann ich nicht ignorieren. Werde ich auch nicht. Da muss etwas passieren.

„Kann ich dich kurz sprechen, Sir?“ Ich zwinge mich, seine Aufmerksamkeit zu bekommen. Ich habe viel zu lange gewartet.

„Natürlich.“ Dante bedeutet mir mit einer knappen Geste, einzutreten und Platz zu nehmen.

Er runzelt die Stirn und lockert seine Krawatte.

Es ist spät, und obwohl der Tag längst vorbei sein sollte, hängt noch Arbeit in der Luft.

„Dein Gesichtsausdruck gefällt mir nicht", sagt er.

Diese kleine Regung von Sorge ist nichts gegen den Knoten in meinem Magen. Mir ist übel, aber ich werde sicher nicht im Büro eines Mafiabosses die Kontrolle verlieren.

Ich atme langsam aus, taste nach den Worten, die mich seit Tagen von innen auffressen.

„Es geht um den Jungen, den du eingestellt hast – und um meine Tochter", presse ich hervor, so fest auf die Zähne beißend, dass es fast wehtut.

Dante legt den Kopf schräg.

„Der Junge … Ashton?" Seine Augen werden schmal. „Was lässt dich glauben, dass da etwas läuft, Moreno?"

Er liest Menschen wie offene Bücher. Und doch muss ich mir eingestehen, dass ich gelernt habe, meinen Stress besser zu verbergen, als ich dachte.

„Ich habe gesehen, wie Ashton und Nova sich an Weihnachten gemeinsam in den Flurschrank zurückgezogen haben."

Dantes Blick verhärtet sich. Er lehnt sich zurück, verschränkt die Hände auf dem Schreibtisch und lässt den Moment wirken, als würde er die Information abwiegen.

„Und du glaubst, unter meinem Dach passiert etwas Unlauteres?“, fragt er ruhig.

„Ich glaube, er vögelt meine kleine Tochter“, fahre ich ihn an.

Dante blinzelt nicht einmal. „Nova ist achtzehn. Sie geht aufs College. Und sie lebt mit genau dem Jungen zusammen, um den du dir Sorgen machst.“

Hitze schießt mir in den Hals. Ich knöpfe den obersten Hemdknopf auf, weil mir plötzlich die Luft fehlt. Allein der Gedanke, dass seine Hände an ihr sind, macht mich krank.

„Ich weiß.“ Meine Stimme klingt rau. Ich reibe mir über die Nasenwurzel, dann starre ich Dante wieder an. „Und ich gebe dir die Schuld, weil du ihn in unser Haus geholt und für die Familie arbeiten lässt.“

Dante seufzt – erst einmal sagt er nichts.

Er blickt auf seine gefalteten Hände und dann wieder zu mir.

Vielleicht habe ich eine Idee.“

„Vielleicht?“ Normalerweise widerspricht man Dante Ricci nicht. Aber die Wut in mir ist zu groß, um brav zu nicken. „Vielleicht reicht mir das nicht.“

Wenn es nach mir ginge, hätte ich Ashton längst

verschwinden lassen – oder ihn zumindest so zugerichtet, dass er Nova nie wieder auch nur ansieht. Aber er arbeitet für Dante.

Ich auch.

Auch wenn ich schon länger für ihn arbeite, macht das die Sache nicht weniger kompliziert.

Dante beugt sich kaum merklich vor. Sein Blick ist fest, unbeweglich. „Vertraust du mir?"

„Uneingeschränkt."

Ich würde diesen Job nicht machen, wenn ich meinem Chef nicht vertrauen würde. Er ist auch mein bester Freund ... aber manchmal trifft er Entscheidungen, die ich einfach nicht nachvollziehen kann – zum Beispiel, dass er Nikki ausgerechnet in dieser Nacht in der Bar geschwängert hat.

Natürlich wusste er, wer sie war – die Tochter seines Feindes – und trotzdem hat er sich auf sie eingelassen.

Er hat meinen Rat nicht beherzigt, als ich ihm sagte, er solle es dabei belassen.

„Gut, denn ich habe eine Idee, aber du musst mich das regeln lassen."

Ich mag es nicht, im Dunkeln gelassen zu werden, stimme aber trotzdem zu.

„Ich vertraue dir", sage ich, und obwohl das die

Wahrheit ist, vertraue ich diesem Schlangenmenschen Ashton nicht, der meiner kleinen Tochter die Unschuld rauben will.

ZWÖLF

NOVA

„Darf ich hereinkommen?“ Ashton klopft an meine offene Schlafzimmertür und lenkt mich beim Lesen eines Buches ab.

Ich habe meine Tür offengelassen, weil Zeke ständig den Flur entlang rennt, an meine Tür klopft, in mein Zimmer rennt, um zu kuscheln, und dann wieder wegrennt.

Das ist seine eigene Version von „Kuckuck“ oder einem anderen Kleinkindspiel, das ich noch nicht ganz verstanden habe.

Er ist ein süßes Kind, aber er macht mir bewusst, wie sehr Luca sich in Harper verliebt hat.

Sie wirken glücklich, zumindest nach außen hin,

aber jeder im Haus kennt die Wahrheit. Sie müssen es vor keinem von uns verbergen.

„Nova?“, sagt Ashton, als ich ihm nicht antworte.

Als hätte ich eine Wahl? Ich kenne ihn, er wird nicht gehen, bevor er mich mit dem, was er zu sagen hat, genervt hat.

„Ja, komm rein.“ Ich winke ihn herein, setze mich aufrecht hin, lege ein Lesezeichen in meinen Roman und schließe das Buch.

Er schließt die Tür hinter sich, und ich ziehe neugierig eine Augenbraue hoch.

Ich bin immer noch verärgert darüber, dass er mir heute Nachmittag nicht beim Auspacken geholfen hat, aber schließlich hat er doch mitgeholfen, und jetzt sind alle Kisten ausgepackt und alles ist verstaut.

„Dein Zimmer sieht echt gut aus“, sagt er und lässt den Blick langsam über alles wandern.

„Erwarte bloß kein Dankeschön“, entgegne ich und halte seinem Blick stand.

An der Wand hängen weiße Lichterketten, daneben eine Pinnwand mit ein paar Fotos von meinen Freunden. Eigentlich will ich noch mehr dekorieren, aber heute Abend bin ich zu erschöpft, um auch nur daran zu denken.

Ich frage mich, warum er überhaupt hier steht. Sicher nicht, um mich fürs Auspacken zu loben.

Ashton tritt an die Pinnwand heran, betrachtet die Bilder und tippt dann mit dem Finger dagegen. „Da fehlt was."

„Ach ja?" Ich beobachte ihn misstrauisch.

Er kennt weder meine Freunde noch weiß er, welche Erinnerungen ich von zu Hause mitgebracht habe. Er war nicht einmal in meinem Kinderzimmer.

„Ein Foto von deinem Freund", sagt er schließlich.

Mir bleibt der Mund einen Moment offenstehen. Freund. Als hätten wir dieses Etikett schon irgendwo festgeklebt.

„Das wird schwierig", sage ich trocken. „Mein Bruder weiß nichts von uns. Und wir waren nicht mal auf einem Date. Nur weil man ... im Schlafzimmer miteinander zu tun hat, ist man nicht automatisch ‚Freund' und ‚Freundin'."

„Dann machen wir eins draus." Sein Ton ist so selbstverständlich, als hätte er das schon beschlossen. „Mittwochabend. Du, ich, Abendessen."

„Und was ist mit Luca?"

Ashton zieht die Stirn kraus. „Du beabsichtigst,

deinen Bruder zu unserem Date einzuladen? Das ist krank."

Ich schnaube leise.

Er hat wirklich einen speziellen Humor. „Nein", sage ich und werde wieder ernst. „Ich meine: Was machst du, wenn er von uns erfährt?"

Genau deshalb habe ich mir verboten, zu weit zu denken. Wie soll etwas, das sich so gut anfühlt, bitte geheim bleiben?

Luca wird toben, wenn er herausfindet, dass wir miteinander schlafen. Er hat dem gesamten Team eingebläut, dass ich tabu bin. Und nur weil ich jetzt an der Evergreen studiere, wird er nicht plötzlich aufhören, mein überfürsorglicher, kontrollierender großer Bruder zu sein.

Ashton kommt näher, bleibt vor meinem Bett stehen, auf dem ich sitze, und senkt die Stimme. „Damit beschäftigen wir uns, wenn es so weit ist."

„Das ganze Team weiß es, Ashton."

Er fährt sich durch die Haare, als würde ihn das zum ersten Mal wirklich nerven. „Und trotzdem hat es ihm keiner gesagt. Außerdem steckt er gerade bis zum Hals in dieser Hochzeit nächsten Monat." Sein Blick trifft meinen. „Lass uns einfach noch ein bisschen Zeit gewinnen."

Ich widerspreche nicht. Weil ich weiß, wie Luca

reagieren wird. Und weil ich ganz sicher nicht diejenige sein will, auf die sich seine Wut richtet, wenn es herauskommt.

Außerdem möchte ich auf keinen Fall etwas ruinieren, das noch nicht einmal richtig begonnen hat. Ich möchte sehen, wohin diese Sache zwischen mir und Ashton führt. Vor allem, wenn er vorhat, mich auszuführen.

Außerdem besteht die Möglichkeit, dass es doch noch im Sande verläuft.

Warum sollte ich riskieren, Luca in etwas einzuweihen, das vielleicht gar nichts bedeutet?

Ich habe mir ausgemalt, wie ein Date mit Ashton Rinaldi wohl sein würde, aber dabei ist es auch geblieben – eine Fantasie.

Bis jetzt.

„Mittwoch, das ist ein Date", sage ich und klopfe auf die Matratze neben mir. Es ist nicht viel Platz, aber er kann zu mir kommen und mir ein bisschen Gesellschaft leisten.

Es ist nicht so, als würde ich bald einschlafen können.

Ich bin überreizt und nicht imstande, meine Augen zu schließen und einzuschlafen.

Und mit Ashton in meiner Nähe fällt es mir noch schwerer, mich zu entspannen.

Seine Lippen verziehen sich zu einem verschmitzten Lächeln. „Gut. Ich kann es kaum erwarten.“ Er lässt sich neben mir auf das Einzelbett fallen und streckt sich aus. „Dein Bett ist superbequem.“

„Ich weiß“, sage ich frech. „Ich habe die beste Matratze ausgesucht, damit du in Versuchung kommst, hier bei mir zu schlafen.“

„Wirklich?“, fragt Ashton und seine Augen werden groß.

Ich lache, schüttle den Kopf und versuche, das Lächeln zu verbergen, das sich auf meinem Gesicht ausbreitet. „Nein“, sage ich.

Er ist viel zu leichtgläubig.

Das ist süß.

Er legt eine Hand auf meinen Oberschenkel und drückt ihn deutlich spürbar.

Mir stockt der Atem, und ich versuche, so zu tun, als würde mich seine Berührung nicht in einen Haufen Schmelz verwandeln.

„Bist du bereit für den Unterricht am Montag?“, frage ich, um ihn abzulenken, und vielleicht lenke ich mich damit auch selbst ab.

Er lacht leise. „Niemals. Ich lebe für Eishockey und unsere freien Tage. Was belegst du dieses Semester?“

„Nur allgemeine Grundkurse. Langweiliges Zeug.“ Ich steige vom Bett und vermisse schon jetzt seine Berührung an meinem Oberschenkel. Ich schnappe mir meinen Rucksack, hole meinen Stundenplan heraus und reiche ihn ihm zur Durchsicht.

Er wirft einen Blick darauf und studiert ihn aufmerksam. „Wir sind beide in Psychologie 101.“

„Großartig, dann können sie uns erzählen, was für ein hoffnungsloser Fall du bist“, scherze ich.

Ashton lächelt schmunzelnd. „Man muss selbst einer sein, um einen zu erkennen.“

Er gibt mir meinen Stundenplan zurück, ich falte ihn zusammen, stecke ihn in eine Seitentasche meines Rucksacks und klettere wieder aufs Bett.

„Rutsch rüber“, stupse ich ihn spielerisch an. „Du nimmst mein ganzes Bett ein.“

Das verschmitzte Lächeln breitet sich weiter auf seinem Gesicht aus, als er sich auf den Rücken rollt, seinen Kopf auf mein Kissen legt und sich ausstreckt, sodass er die gesamte Matratze einnimmt. „Komm zu mir.“

Ich knurre ihn spielerisch an, während ich mich auf ihn stürze. Ich setze mich rittlings auf seine Hüften und stütze meine Hände fest auf seiner Brust ab. „Ich sollte dich für das bestrafen, was du heute Nachmittag getan hast.“

Er grinst mich an. „Das würde ich gerne sehen; zeig mir, was du mit mir machen würdest.“

Ich beuge mich vor, mein Atem streift seine Lippen, während ich meine Hüften an seinen reibe. Er greift nach meinen Hüften, legt den Kopf in den Nacken und schließt die Augen. „Wenn das deine Vorstellung von Bestrafung ist, dann bin ich masochistisch veranlagt“, sagt Ashton mit rauer Stimme.

Seine Stimme ist voller Lust, und das lässt mich innerlich kribbeln.

Die Bewegung zwischen uns lässt die Hitze in mir weiter ansteigen. Ich lehne mich näher an ihn, suche seine Lippen und verliere mich in dem Kuss, als gäbe es nur noch uns. Ashtons Hände halten mich sicher, ziehen mich an sich, und als sein Mund meinen Hals findet, durchfährt mich ein Schauder. Seine Berührungen lassen mich erschauern, atemlos und völlig auf ihn fokussiert – und ich will ihn noch näher bei mir haben.

„Verdammt, Ashton“, murmele ich und merke, wie schnell ich die Kontrolle verliere.

„Ist das eine Erlaubnis?“ Er lächelt mich an, dreht uns um und übernimmt die Führung.

„Ja“, krächze ich und merke, wie mein Körper auf seine Berührungen reagiert, während er mir schnell meine Jeans auszieht, sie über meine Hüften gleiten lässt und auf den Boden wirft.

Sein Mund ist an meinen Oberschenkeln, und der Raum ist schwül. Ich lege meine Hände auf meine Hüften, ziehe mein Shirt hoch und werfe es quer durch den Raum.

„Du hast nicht einmal auf mich gewartet“, witzelt Ashton und lächelt mich an. „Ich mag es, wenn du die Führung übernimmst, aber jetzt bin ich an der Reihe, die Kontrolle zu übernehmen.“

Seine Worte lassen mich innerlich erzittern, und sein Mund hinterlässt eine warme Spur von Küssen auf meinem Hals, während er meinen BH öffnet, ihn entfernt und an meinen Brustwarzen saugt.

Sein Mund und seine Zunge kreisen über meiner Brustwarzen, während seine Finger geschickt meinen Körper erkunden.

Ich beuge mich ihm entgegen, seine Berührungen verwandeln meinen Körper in geschmolzene Lava. Meine Finger finden den Bund seiner Jogginghose, meine Berührung ist federleicht, als ich meine Hand zu seinem Schaft führe, ihn berühre, ihn brauche.

„Nova“, knurrt er und legt eine Hand auf meinen

Arm. „Ich bin nicht hierhergekommen, um dich zu ficken."

„Aber du bist jetzt hier drin, und ich bin nackt", sage ich.

„Nicht ganz nackt. Lass mich dir dabei helfen." Er hakt seine Finger in mein Höschen und zieht es mit einer geschmeidigen Bewegung über meine Hüften. „Viel besser."

Sein Atem streift meine Haut, hinterlässt eine Spur von Küssen auf meinen Oberschenkeln, während er meine Beine streichelt und sich seinem Ziel nähert.

„Du hast zu viele Kleider an", sage ich und versuche mich aufzurichten, um seine Jogginghose zu erreichen, weil ich ihn nackt bei mir haben will. „Ich will dich ganz spüren."

Ashton entfernt sich von mir, aber nur für einen kurzen Moment, während er seine Kleidung auszieht und sich wieder auf mich legt.

„Wo willst du *mich ganz* spüren? Hier?", fragt er und neckt mit seinen Fingern meine Schamlippen, bevor er mit seiner Handfläche über meinen Po gleitet. „Oder hier?"

Meine Augen weiten sich und ich atme scharf ein. „Auf keinen Fall meinen Arsch. Den darfst du nicht anfassen." Ich schlage seine Hand weg.

Ashton grinst und kichert. „Bist du sicher? Ich verspreche dir, es kann sich verdammt gut anfühlen“, flüstert er mir ins Ohr, und ich schaudere.

Es ist unmöglich, dass er nicht merkt, was er mit mir macht. Mein Körper gehört ganz ihm.

„Ashton, wenn du meinen Hintern berührst, schneide ich dir die Luftzufuhr ab.“

„Verstanden. Ich werde deine Grenzen respektieren“, sagt er. Sein Mund senkt sich wieder auf meinen.

Ich entspanne mich unter seiner Berührung.

Ich vertraue ihm.

Seine Hände gleiten über meine Hüfte und zwischen meine Schenkel, spreizen meine Beine.

Seine Lippen wandern zwischen meine Schenkel. Ich bedecke meinen Mund mit meiner Hand, um nicht zu schreien, und versuche, mein Stöhnen zu unterdrücken.

Die Schlafzimmertür schwingt ohne Vorwarnung auf. „Nova, hast du ein ...“

Harper macht große Augen, als sie sieht, wie Ashton mich mit seiner Zunge fickt, und ich höre, wie die Tür hinter ihr abrupt zuschlägt.

„Scheiße“, keuche ich.

DREIZEHN

ASHTON

Ich löse mich von Nova, greife nach meinen Sachen und schlüpfe hastig in die Jogginghose. „Scheiße. Ich muss mit Harper reden – bevor sie damit zu Luca rennt."

Ich stürme aus dem Zimmer und hetze den Flur entlang. Gerade noch rechtzeitig erwische ich sie: Harper steht wie festgenagelt an der Wand, die Augen riesig, als würde ihr Gehirn erst jetzt begreifen, was sie gesehen hat.

Sie hebt den Kopf, entdeckt mich – und setzt schon zum Reden an. Doch bevor der erste Vorwurf über ihre Lippen kommt, packe ich sie am Arm und ziehe sie zurück in Novas Zimmer.

„Was machst du da?", fährt sie mich an, bricht aber ab, als ich die Tür aufstoße.

Harper knirscht mit den Zähnen und starrt mich an, als wollte sie mich zerreißen. Dann atmet sie scharf aus und tritt widerwillig hinein. „Schon gut", murmelt sie, offensichtlich kurz davor, die Fassung zu verlieren.

Nova liegt bis zum Kinn unter der Decke vergraben. Ihre Klamotten sind noch überall auf dem Boden verstreut – als hätte die Zeit seit dem Moment, in dem wir erwischt wurden, einfach aufgehört zu laufen.

Warum hat sie sich nicht längst angezogen? Wenigstens hat sie sich zugedeckt.

Ich ziehe die Tür zu, verriegle sie und drehe mich zu Harper um. „Wir müssen reden", sage ich, und meine Stimme klingt härter, als ich beabsichtige.

Harper wirkt noch immer benommen, verwirrt – und klar ist, dass sich das eben nicht irgendwie schönreden lässt. Wir können nicht so tun, als wäre es etwas anderes gewesen.

Nova war nackt. Und ich war ... verdammt eindeutig.

Eine Ausrede wie „Wir lernen zusammen" wäre

nicht nur eine Lüge, sondern lächerlich – und Harper ist nicht dumm.

„Wie lange?“, fragt sie schließlich, leise, aber gefährlich ruhig.

Ich bücke mich, sammle Novas Sachen vom Boden auf und werfe sie ihr hinüber. Unter der Decke fängt sie an, sich hektisch anzuziehen.

Die Tatsache, dass dies nicht das erste Mal ist, sollte keinen Unterschied machen. Wir könnten lügen und ihr sagen, dass wir uns in der Hitze des Gefechts haben mitreißen lassen, aber Tatsache bleibt, dass sie kein Wort darüber verlieren darf.

„Ist das jetzt wirklich entscheidend?“, frage ich und halte Harpers Blick fest, fast flehend. „Du darfst es Luca nicht sagen.“

Harper schüttelt den Kopf, als hätte ich gerade den Verstand verloren. „Du kannst nicht erwarten, dass ich ihm so etwas verschweige.“

Ich trete einen Schritt näher, groß genug, dass mein Schatten sie fast schluckt. „Das ist nicht dein Geheimnis, das du ausplaudern darfst.“

Die Worte sind ruhig – aber sie tragen Gewicht. Keine leere Drohung, eher ein kaltes Versprechen: Ich werde alles tun, was nötig ist, damit Luca es nicht erfährt. Nicht jetzt.

Harper atmet langsam aus und sieht von mir zu

Nova. „Du musst es ihm sagen“, murmelt sie. „Irgendwann findet er es ohnehin heraus.“

„Gib uns nur ein bisschen Zeit, bitte“, bringt Nova hervor, die Stimme dünn vor Angst. „Wir sagen es ihm. Ich brauche nur … mehr Zeit.“

Harper presst die Lippen aufeinander, der Kiefer arbeitet. Dann nickt sie minimal, als würde es sie Kraft kosten. „Heute Abend sage ich nichts. Aber verlang nicht von mir, dass ich das für immer mit mir herumtrage.“

„Nicht für immer“, sage ich schnell und lege meine Hand auf ihren Arm, als könnte ich sie damit festhalten. „Nur … noch etwas Zeit.“

Einen Moment lang schweigt Harper, rechnet ab, prüft, ob sie uns glauben kann. Schließlich hebt sie den Blick. „Dann schuldest du mir etwas.“

Mir wird heiß vor Ärger, weil ich es hasse, jemandem etwas schuldig zu sein – aber ich nicke trotzdem.

„Abgemacht.“

VIERZEHN

ASHTON

Harper bewahrt unser Geheimnis. In den nächsten Wochen scheint sie mir aus dem Weg zu gehen, und Nova und ich sind zu Hause besonders vorsichtig, um nicht übermäßig liebevoll zu wirken.

Wir sitzen immer noch zusammen im Wohnzimmer vor dem Fernseher. Wenn wir zusammen zu Hause sind, ist unser Flirten deutlich zurückhaltender als im Schlafzimmer.

Wir hatten ein paar Verabredungen, aber zwischen Training und Lernen hatten wir nicht viel Freizeit. Ganz zu schweigen davon, dass meine Wochenenden bei ihren Eltern verbucht sind, wo die Stimmung etwas angespannter zu sein scheint als sonst.

Moreno fixiert mich bei jeder Gelegenheit mit diesem finsteren Blick, und auch Dante wirkt seit Kurzem angefressen – als hätte ich irgendetwas getan, das ihm nicht passt. Ich weiß nur beim besten Willen nicht, was genau ich mir geleistet haben soll.

Dabei habe ich Luca am Schießstand geholfen, seine Technik zu verbessern und seine Trefferquote hochzubringen. Das Ganze hat deutlich länger gedauert, als ich erwartet hatte.

„Ashton, kann ich dich kurz sprechen?", fragt Dante.

Luca wirft seinem Vater einen merkwürdigen Blick zu, hält ihn aber weder auf noch sagt er etwas dazu.

„Natürlich, Sir", antworte ich und folge Dante durch das Labyrinth aus Fluren bis zu seinem Büro. Er hatte mich schließlich damit beauftragt, Harper im Auge zu behalten und sicherzustellen, dass sie den Mund hält.

„Komm rein. Setz dich." Er deutet auf den freien Stuhl gegenüber seinem Schreibtisch.

Ich lasse mich nieder, unsicher, was hier gerade gespielt wird. „Ist alles in Ordnung, Sir?", frage ich vorsichtig.

„Ja und nein", sagt Dante. Er schließt die Tür

hinter sich und vergewissert sich, dass wir wirklich allein sind.

„Harper hat niemandem etwas über Sie, die Familie oder das Geschäft erzählt“, sage ich sofort – damit klar ist, dass ich meinen Teil erfüllt habe.

Deshalb sitze ich auch weiterhin bei Harper und Kensley in der Mittagspause. Nicht, weil Kensley mir so wichtig wäre – auch wenn ich kurz dachte, sie könnte Interesse entwickeln. Mittlerweile bin ich mir sicher, dass das eher in Richtung Freundschaft geht.

„Gut.“ Dante nickt langsam. „Ich wusste, dass du dafür sorgen würdest, dass unser Geheimnis sicher bleibt.“ Er hält einen Moment inne, sein Blick bleibt auf mir. „Aber deswegen habe ich dich nicht herbestellt.“

Ich habe keine Ahnung, was Dante umtreibt, wenn es nicht Harper ist. In letzter Zeit wirkt sie wie der Auslöser für jedes einzelne Drama im Hause Ricci.

„Geht es um meinen Vater?“, frage ich. Mir wurde gesagt, dass Dante und Aurelio regelmäßig miteinander sprechen.

Offenbar hat Dante meinem alten Herrn längst gesteckt, dass ich für Ricci arbeite – inklusive einer Einschätzung meiner Stärken und Schwächen.

Letzte Woche durfte ich mir dafür zu Hause eine Standpauke anhören.

„Das hat nichts mit Aurelio zu tun – deinem Vater", sagt Dante. „Es ist ... heikler als das."

Er setzt sich auf die Kante seines Schreibtischs, ganz nah, und fixiert mich, als wolle er sicherstellen, dass jedes Wort bei mir landet.

„Was ich dir jetzt sage, Ashton, bleibt unter uns. Absolute Diskretion."

„Natürlich", antworte ich und richte mich instinktiv auf. „Sie haben meine Loyalität, Sir." Auch wenn ich nach meinem Abschluss im Unternehmen meines Vaters landen werde – im Moment bin ich in der Ausbildung, und meine Loyalität gehört Dante Ricci. Wären unsere Väter keine Verbündeten, wäre das hier ein verdammt gefährliches Spiel.

„Gut", sagt er und nickt langsam. „Das höre ich gern, mein Junge. Denn ich habe einen Auftrag für dich. Einen, über den ich bereits mit deinem Vater gesprochen habe."

„Oh?" Ich beuge mich vor, ein Kribbeln jagt mir durch den Körper. „Um was geht es?"

Für einen Sekundenbruchteil schießen mir alle Möglichkeiten durch den Kopf – Dinge, die man nicht laut ausspricht. Doch Dante hebt nur die

Hand, als würde er diese Gedanken direkt aus der Luft schneiden.

„Es ist etwas Persönlicheres", sagt er. „Nichts, was du als ... dunkel bezeichnen würdest." Sein Blick bleibt fest. „Und die Bezahlung: laufend. Eine hohe Vorauszahlung – plus ein ordentliches monatliches Gehalt."

Es klingt fast zu gut, um wahr zu sein, aber ich vertraue ihm.

„Was auch immer es ist, ich werde es tun."

„Ich bin froh, dass du das sagst, denn ich möchte, dass du Harper McKenna heiratest", sagt Dante.

Mir entweicht die Luft aus den Lungen – und für einen Moment vergesse ich, wie man atmet.

Er will, dass ich Harper heirate?

Das kann nicht sein Ernst sein. Doch sein Gesicht ist regungslos: kein Lächeln, kein Schimmer Humor. Kein Witz. Gar nichts.

Und das Schlimmste? Ich habe schon zugestimmt, bevor ich überhaupt verstanden habe, worum es geht.

Ich habe noch nie einen Don hintergangen. Aber er kann unmöglich glauben, dass Harper sich auf so einen Deal einlässt.

Harper und Luca haben eine Affäre.

Zwischen ihnen knistert es, seit ich die beiden

das erste Mal zusammen gesehen habe. Entweder ist es eisig – oder brennend heiß. Und im Moment ist es verdammt heiß.

Wenn ich im Wohnzimmer auf dem Sofa sitze und versuche, einen Film zu schauen, kann man sie durch die dünnen Wände hören.

Luca würde mich umbringen, wenn ich mich in ihre Sache einmische.

Wobei ... Dante bringt mich genauso um, wenn ich mich weigere.

So oder so endet mein Leben im Tod.

Und wenn ich wählen muss, lege ich mich lieber mit Luca an als mit seinem Vater – und der ganzen Ricci-Familie im Rücken.

„Und wenn sie Nein sagt?“, frage ich heiser.

Ich will Harper nicht heiraten.

Ja, am Anfang war da dieses Ziehen, als wir uns kennengelernt haben. Aber das war in dem Moment vorbei, als ich begriffen habe, wie ernst es Luca mit ihr ist.

Und jetzt ist da Nova – das einzige Mädchen, das mir mit einem Blick den Atem raubt. Das einzige Mädchen, das ich Tag für Tag näher kennenlernen will, bis ich jedes Detail an ihr auswendig kann.

Es ist schon schwer genug, *sie* geheim zu halten,

aber allein der Gedanke, Harper zu heiraten, bringt meine Nerven zum Kochen.

„Harper wird nicht nein sagen, weil du es nicht zulassen wirst. Du bist klug, mein Sohn, du wirst dafür sorgen, dass sie weiß, dass eine Heirat mit dir ihr Leben und das ihres kleinen Jungen retten wird."

Für die Mafia zu arbeiten, ist gefährlich. Das war mir immer klar, aber zu wissen, dass ich einem Mädchen, das kein Interesse an mir hat und Gefühle für jemand anderen hegt, eine Hochzeit aufzwingen muss, macht mich körperlich krank.

Dante greift auf dem Schreibtisch nach seinem Messer, seine Finger streifen die Klinge.

Es ist eine stille Warnung.

Gehorche oder stirb.

Er hat schon einmal Harpers Leben bedroht und das von Luca. Es würde ihm nicht viel ausmachen, meinen Tod zu befehlen.

Ich bin nichts für ihn, nur ein weiterer Soldat.

Aber was mir am meisten Sorgen bereitet, ist, dass er sogar Zeke etwas antun könnte.

„Du hast doch kein Problem damit, Befehle zu befolgen, oder?", fragt Dante.

FÜNFZEHN

HARPER

Januar und Februar sind voller Schnee und Kälte. Ich habe mit Zeke eine Routine entwickelt und bringe ihn jeden Tag, während ich im Unterricht bin, in die Kindertagesstätte auf dem Campus.

Luca und ich haben dieses Semester keine gemeinsamen Kurse, was schade ist, aber ich muss mich auch nicht um einen weiteren Wirtschaftskurs kümmern, was eine Erleichterung ist.

Dank Lucas Unterstützung beim Lernen während des ganzen Semesters habe ich die Abschlussprüfung im letzten Semester geschafft. Außerdem konnte ich meinen Notendurchschnitt halten und damit auch mein Stipendium sichern –

immerhin eine Sache, die mir keine zusätzlichen Sorgen bereitet.

In mein Hochzeitskleid zu passen, ist jedoch eine neue Angst, die ich entwickelt habe.

Erst nach der dritten Änderung durch die Schneiderin passte es endlich.

Bei der letzten Anprobe war seine Mutter nicht dabei. Ehrlich gesagt war ich erleichtert – so musste ich mir nicht dieses aufgesetzte Lächeln für die ganze Tortur abringen.

Nicht, dass sie die Wahrheit nicht längst kennen würde.

Trotzdem habe ich mich bemüht, fröhlich und voller Vorfreude zu wirken, damit sie nicht auf die Idee kommt, ich könnte im letzten Moment doch noch abspringen.

Die Planung einer Hochzeit sollte eigentlich der aufregendste Teil sein, aber ich habe nichts unternommen, um die Hochzeit zu planen. Ich war nur Zuschauerin.

Ich durfte mein Hochzeitskleid aussuchen; das war das Einzige, woran ich beteiligt war.

Und ich glaube, ich durfte das Datum auswählen, im Februar.

Die Entscheidungen fühlen sich nicht einmal so an, als wären sie wirklich meine.

Luca ist distanziert, an den Wochenenden mit seinem Vater beschäftigt, unter der Woche beim Training und im Fitnessstudio, ganz zu schweigen von seinen Hockeyspielen.

Er hat nicht versucht, distanziert zu sein, zumindest glaube ich das nicht, er versucht nur, unser Leben und das von Zeke miteinander in Einklang zu bringen. Ich kann nicht anders, als mich zu fragen, ob er mir immer noch nicht verziehen hat, dass ich ihn angelogen habe.

Es klopft laut an die Schlafzimmertür. „Herein", rufe ich, während ich versuche, mein Hochzeitskleid zu richten.

Zeke ist noch eine Stunde lang in der Kindertagesstätte, bevor ich ihn abholen muss.

Luca ist im Unterricht. Ich bin mir nicht sicher, wer gerade zu Hause ist.

Ich probiere mein Kleid an und starre mein Spiegelbild im Ganzkörperspiegel an.

„Wow." Ashtons Stimme überrascht mich, und ich drehe mich in meinem Kleid um, halte es hoch, aber es fällt nicht herunter. Es hat einen Reißverschluss am Rücken, was es einfacher macht, als es zu schnüren. Ich mochte das Design des Korsetts, aber ich hatte das Gefühl, zu ersticken.

Eine weitere Änderung.

Es wirkt hinten zwar wie ein Korsett, doch ein versteckter Reißverschluss sorgt dafür, dass das Kleid deutlich bequemer sitzt.

Trotz allem ist das Kleid rechtzeitig fertig geworden – bereit für die Hochzeit am Samstag.

Insgeheim hatte ich gehofft, es würde sich verzögern, dass irgendetwas dazwischenkäme und die Hochzeit dadurch verschoben würde.

„Zu viel?“, frage ich, während ich spüre, wie sein Blick über das Kleid wandert.

Er schüttelt den Kopf. Ein schiefes Lächeln huscht über sein Gesicht.

„Überhaupt nicht.“

Ich raffte den Saum, damit niemand darauf treten konnte. „Was gibt es?“, fragte ich und wunderte mich, warum er nachmittags an meine Tür klopfte und nicht mit Luca im Fitnessstudio war.

„Ich wollte mit dir reden. Ich habe einen Vorschlag“, sagt Ashton. Ich presse meine Lippen zusammen, weil mir nicht gefällt, wie sich das anhört.

Meine Unzufriedenheit muss offensichtlich sein, denn er zwingt sich zu einem Lächeln.

„Entspann dich“, sagt Ashton und hebt kapitulierend die Hände. „Ich will dir nur helfen.“

Ich traue seiner Version von *Hilfe* nicht.

„Mir helfen?“, frage ich skeptisch und ziehe eine Augenbraue hoch. „Ich glaube nicht, dass es deine Aufgabe ist, jemandem zu helfen, Ashton.“

Er war in der Nacht dabei, als ich den kleinen Jungen traf.

Ich habe nicht gesehen, dass er versucht hat, jemandem, außer sich selbst zu helfen.

„Ich glaube nicht, dass du Luca heiraten solltest. Du solltest stattdessen mich heiraten.“

Ich sterbe fast vor Lachen.

Das kann Ashton doch nicht ernst meinen.

Meine Augen tränen vor Lachen, bis mir klar wird, dass er nicht lacht und keinen Witz macht.

„Du bist verrückt. Außerdem hat sein Vater darauf bestanden, dass ich Luca heirate. Sein Sohn wäre dann ein Mafioso und ich wäre beschützt.“ Ich wedelte mit der Hand durch die Luft, als könnte ich damit die letzten chaotischen Monate erklären.

„Sein Vater hat andere Pläne. Er will, dass wir heiraten.“

„Ich glaube dir nicht“, sage ich und weiche einen Schritt zurück. „Und außerdem bist du mit Nova zusammen!“ Ich schüttele den Kopf – und plötzlich fühlt es sich an, als hätte er uns alle hintergangen: Luca, Nova ... und mich gleich mit.

Ashtons Stimme bleibt gedämpft, rau vor etwas, das nach Reue klingt. „Das war nicht meine Idee."

In seinen Augen tobt ein Sturm. Widersprüchliche Regungen jagen über sein Gesicht, und seine Schultern wirken, als hätten sie längst aufgegeben. Aber es reicht nicht. Er überzeugt mich nicht – und ganz sicher ist er nicht in mich verliebt.

„Ach so? Dann ist das ein fantastischer Grund, mich zu heiraten", fauche ich. „Weil es nicht deine Idee war."

Meine Finger finden den Reißverschluss am Rücken, und in mir steigt Hitze auf, zu scharf zum Atmen. Der Gedanke, jetzt irgendjemanden zu heiraten, lässt mein Blut kochen.

„Dreh dich um!", fahre ich ihn an, während ich den Stoff löse, den Reißverschluss herunterziehe und das Kleid zu Boden gleiten lasse.

Ashton gehorcht sofort, wendet sich zur Tür und steht reglos mit dem Rücken zu mir.

Ich steige aus dem Kleid, schnappe mir den Bademantel und schlinge ihn hastig um mich – weil ich mich vor ihm nicht entblößen will, nicht so.

„Wir heiraten nicht", sage ich hart. „Ich weiß nicht, was in dich gefahren ist."

Er rührt sich nicht, bleibt mir den Rücken

zugewandt, als hätte er Angst, mich auch nur anzusehen. Erst nach einem Moment sagt er leise: „Glaub mir – es war nicht meine Idee. Ich ... ich verliebe mich in Nova."

„Warum hast du dann vorgeschlagen, dass wir heiraten?" Ich kann mich nicht zurückhalten, ihn anzuschreien. Zum Glück ist niemand sonst zu Hause, sonst hätten mich alle gehört.

Er wirft einen Blick über seine Schulter und als er merkt, dass ich angezogen bin, dreht er sich zu mir um.

„Dante hat verlangt, dass ich dich statt Luca heirate. Er will, dass du das Leben seines Sohnes nicht zerstörst."

„Wow", sage ich, ohne zu wissen, ob das Ashtons oder Dantes Worte sind.

Die Hochzeitsvorbereitungen laufen schon seit Monaten.

Warum jetzt?

Warum diese plötzliche Änderung?

Weiß Luca davon?

„Was zum Teufel ist, passiert, Ashton?" Ich trete näher und bin bereit, die Antwort aus ihm herauszuprügeln, wenn mir nichts anderes übrigbleibt.

„Novas Vater hat von seiner Tochter und mir

erfahren“, sagt Ashton. „Ich glaube, das ist seine Art, mich von ihr fernzuhalten.“

Es ist eine Strafe.

Für uns alle.

Ich neige meinen Kopf nach hinten, starre an die Decke und fahre mir frustriert mit den Händen durch die Haare. „Ich werde dich nicht heiraten!“

„Na gut, aber Dante wird nicht glücklich sein, wenn du zum Altar schreitest und sein Sohn dort auf dich wartet.“

„Na und, scheiß auf ihn! Ich bin …“ Ich halte den Mund, bevor ich etwas Verräterisches sage.

„Du bist was?“, fragt Ashton, schüttelt den Kopf und wartet darauf, dass ich mich näher äußere.

„Ich habe es so satt, dass mir dauernd jemand sagt, was ich zu tun habe“, knurre ich und deute zur Tür. „Raus. Sofort. Aus meinem Schlafzimmer.“

Ashton geht zur Tür, reißt sie auf und wirft mir einen Blick über die Schulter zu. „Dante wird nicht begeistert sein.“

„Da sind wir schon zu zweit!“

Ich bin früh im Bett, nachdem Zeke tief und fest eingeschlafen ist. Das warme Bett lockt mich, und ich gebe bereitwillig nach. Wäre es früher am Tag gewesen, hätte ich ein Nickerchen gemacht, aber es ist kurz nach neun, und ich kann meine Augen kaum offenhalten.

Kaum bin ich endlich eingeschlafen, quietscht die Schlafzimmertür. Ich schrecke hoch – und bin sofort erleichtert, als ich Luca erkenne und nicht Zeke, der sich mal wieder aus seinem Bett geschlichen hat.

Der Umzug vom Gitterbett ins „große" Bett war die reinste Hölle gewesen. Kaum habe ich ihn hingelegt, steht er wieder auf, tapst aus seinem Zimmer und weigert sich hartnäckig zu schlafen, bis er mich so lange zermürbt hat, dass ich kaum noch geradeaus denken kann.

„Sorry, ich wollte dich nicht wecken", murmelt Luca. In der Dunkelheit tastet er sich zur Kommode, fummelt kurz daran herum und gibt schließlich auf.

„Schon gut", flüstere ich. „Ist nicht schlimm."

Ich sehe ihm zu, wie er sich auszieht, die Sachen achtlos zu einem Haufen auf den Boden fallen lässt. Dann schlüpft er zu mir unter die Decke.

Das ist eine angenehme Überraschung.

„Komm her", murmelt er, zieht mich an sich und legt seine Arme um meine Taille, um mich festzuhalten.

„Du bist nackt", sage ich mit rauer Stimme und stelle damit das Offensichtliche fest, während ich meine Hand über seine nackte Haut gleiten lasse, seine Hüfte streife und dann langsam meine Hand über seinen Bauch wandern lasse.

„Ich konnte meine Boxershorts nicht finden", sagt Luca. „Hast du wieder die Schubladen umgeräumt?"

Ich kichere an seiner Brust.

„Was ist so lustig?"

„Ich glaube, du hast seit einer Woche nicht mehr gewaschen, vielleicht sogar seit zwei Wochen. Alle deine schmutzigen Kleider sind im Wäschekorb im Schrank, einschließlich deiner Boxershorts."

Luca flucht und küsst mich dann auf die Stirn. „Morgen wird gewaschen."

Ich bin froh, dass er jetzt nicht aus dem Bett steigt, um eine Maschine anzustellen.

Meine Finger streicheln seine Haut, gleiten über seine Hüfte zu seinem Rücken und tasten seinen Hintern ab. „Ich mag es, wenn du nackt mit mir im Bett liegst."

Luca grinst und küsst mich sanft auf die Lippen. „Das ist mein Spruch, Baby."

„Schade, dass wir sie nicht teilen können." Ich

ziehe ihn an mich, rolle mich auf den Rücken und möchte seinen Körper an meinem spüren.

„Oh, ich glaube, es gibt genug zu teilen." Seine Lippen sind warm und einladend, sein Körper erwärmt mein Innerstes, während ich tiefer in die Matratze sinke.

Ich nehme ihn ganz in mich auf – jeder Kuss schmeckt süß nach Honig und Mandeln, während ich mich an seinem Hals verliere und sanft daran knabbere. „Du riechst so gut", flüstere ich zwischen den Küssen und reibe meine Wange an seiner warmen Haut.

Luca zieht sich zurück. „Ich habe dein Shampoo beim Training benutzt. Du riechst nur dich selbst, Baby."

„Das glaube ich nicht." Ich schüttle den Kopf. „An dir riecht es definitiv besser."

Seine Hände gleiten über meine Hüften, finden den Saum meines Tanktops und necken meine Haut, während ich mich unter seinen Berührungen winde. „Das gefällt dir", flüstert er und prägt sich jedes Detail von mir ein.

„Ich mag dich", sage ich, während meine Wangen vor Hitze erröten, als er mich studiert, als wäre ich seine nächste Prüfung.

Er zieht mir mein Tanktop über den Kopf, zieht

es aber nicht ganz aus, sodass der Baumwollstoff meine Hände festhält. Mit einer Hand fixiert er meine Arme, drückte mich nach unten und hielt mich dort.

„Ich mag es *wirklich*, dich so zu haben", flüstert Luca mir ins Ohr, und ein Schauer durchläuft meinen Körper. „Ich wusste, dass es dir auch gefallen würde."

Meine Brustwarzen pressen sich gegen ihn, mein Inneres pocht allein schon bei dem Gedanken, ihm völlig ausgeliefert zu sein.

„Das tue ich", flüstere ich und gebe ihm damit meine Zustimmung. Ich würde ihn fast alles mit mir machen lassen, freiwillig. So sehr vertraue ich ihm.

„Braves Mädchen", flüstert Luca mir ins Ohr, und mein Körper wird von Hitze überflutet, und meine Augen schließen sich für einen Moment, während ich mich der Versuchung hingebe.

Ich schlinge meine Beine um ihn und hebe meine Hüften von der Matratze, weil ich Kontakt brauche und mich vor dem Hauptgang noch ein wenig an ihm reiben möchte.

Mein Herz rast und mein Inneres kribbelt.

„Es macht mich wild, wenn du dich mir ganz hingibst", sagt Luca. Seine Lippen sind nur einen

Hauch entfernt, und ich strecke mich ihm entgegen, gierig nach dem nächsten Kuss.

Ich halte das Neckenspiel nicht aus. Ich will mehr.

Er treibt mich in eine verdammte Sehnsucht hinein, als würde es nie reichen – nicht, solange ich bei ihm bin.

Er hält mich auf der Matratze fest, meine Arme über meinem Kopf. „Beweg deine Hände nicht", weist er mich an.

Ich nicke und folge seinem Befehl.

„Braves Mädchen", sagt er mit einem wissenden Grinsen und dreht mich um, wobei er meine Arme über mir hält, aber meinen Bauch auf die Matratze drückt.

Er zieht mir mein Höschen über die Beine.

Ich fühle mich entblößt.

Verletzlich.

Aber ich vertraue Luca.

„Gott, bist du verdammt schön", flüstert Luca, und dann spüre ich seine Zunge auf meiner Wirbelsäule, die Hitze seiner Lippen und seines Mundes, während er über meinen Rücken gleitet und Küsse auf meine Haut drückt.

Jede Stelle, die er berührt, fühlt sich wie

verbrannt an, während ich zittere, meine Hände fest verschränkt, über mir gefesselt.

„Wehr dich nicht", flüstert Luca. „Ich möchte sehen, wie du auf alle möglichen Arten kommst."

Ich wimmerte; sein Atem, seine Worte, sie reichten aus, um mein Inneres von einem warmen Kribbeln in ein dumpfes Pochen zu verwandeln, das sich nach Kontakt sehnte.

„Wirst du mich ficken?", frage ich. Meine Stimme verrät mich, denn sie klingt heiser und rau.

„Nur, wenn du nett fragst", sagt Luca und knabbert mit seinen Lippen an meiner Hüfte. Eine Hand hält meine Hände über meinem Kopf fest, die andere gleitet zu meiner Scham, während ich meine Beine spreize, und mein Gott, dieser Mann weiß, wie man diese Finger einsetzt.

„Fuck", murmele ich, spreize meine Beine weiter und will, dass er das dumpfe Verlangen stillt.

Ich könnte schwören, dass ich das Lächeln auf seinem Gesicht hören kann. „Du bist so perfekt für mich", flüstert Luca, und ich wimmerte, als ich spürte, wie der Kontakt zu meinen Händen verschwand. „Beweg dich nicht", befiehlt er.

Ich schaue über meine Schulter und sehe, dass er sich auf dem Bett bewegt und meine Hüften nach oben führt, während er auf meinen Arsch starrt, oder vielleicht ist es auch meine Muschi, die er bewundert.

„Hast du genug gesehen?“, frage ich ihn mit einem finsteren Blick, und er lacht leise.

„Nicht einmal annähernd. Ich liebe einfach jeden Teil von dir“, gibt Luca zu, und sein Finger gleitet über mein hinteres Loch.

„Was machst du da …?“ Er streift meine Haut, dringt aber nicht mit seinem Finger ein. „Ich möchte dich hier für mich beanspruchen.“

Mein Atem stockt nervös, in meinem Bauch flattern Schmetterlinge. „Ich habe noch nie …“

„Nicht heute Nacht“, sagt er, und seine Finger kreisen um meinen Po, während ich mich winde, unsicher, ob er in mein kleines Loch eindringen oder mich nur bis zur Besinnungslosigkeit necken wird, was mich sowohl erregt als auch nervös macht. „Wenn wir verheiratet sind.“

Er rutscht auf der Matratze zur Seite, schiebt seinen Kopf zwischen meine Beine und senkt mich dann nach unten, während seine Zunge meine Muschi leckt und meinen Saft schmeckt, während er seine Zunge in meine Feuchtigkeit stößt.

Ich weiß, dass ich schon für ihn tropfe, der

Beweis dafür auf seiner Zunge, während er meine Erregung aufleckt und seine Zunge von meinen Schamlippen bis zu meiner Klitoris wandert.

Mit jedem Strich seiner Zunge werde ich unruhiger. Ich löse die Fesseln meines Tank-Tops und befreie meine Hände, vergrabe meine Finger in seinem Haar, weil ich ihn berühren, ihn spüren, ein wenig Kontrolle haben muss.

Meine Muschi pocht und verlangt nach mehr als nur seiner Zunge.

Ich kann seinen Schwanz nicht erreichen und wimmerte protestierend. „Ich will dich ficken“, jammerte ich, ließ meine Finger durch sein Haar streichen und wanderte seinen Hals hinunter.

Er lässt meine Hüften los und bewegt seinen Mund zu meinem inneren Oberschenkel, wo er spielerisch hineinbeißt, während ich quietsche und ihn wegschlage.

„Nicht dort unten beißen!“, knurre ich, aber er hat mir nicht wehgetan.

Er hat mich erschreckt.

Luca lächelt und zieht mich auf sich, sodass mein Körper auf seinem landet. „Auf keinen Fall würde ich dir jemals dein Vergnügen verweigern.“

„Natürlich würdest du das nicht, wenn es auch

um dein Vergnügen geht." Ich grinse und klettere dann seinen Körper hinunter, wobei mein Daumen die Spitze seines Penis neckt, während ich beobachte, wie er sich bemüht, die Augen offen zu halten.

Er beobachtet mich aufmerksam, als ich mich bücke und meine Zunge an seinem Schaft entlanggleiten lasse.

Seine Finger vergraben sich in meinem Haar, während ich meine Zunge über seine Eichel kreisen lasse. Meine Lippen gleiten über seine Länge, um ihn dann in meinen Mund zu nehmen.

„Ja, genau so." Seine Stimme ist rau und heiser, voller Lust.

Ich könnte schwören, dass ich ihn knurren höre.

„Mach weiter so", brummt er, als ich den ersten Geschmack von Feuchtigkeit an der Eichel spüre.

Seine Hand greift in mein Haar und hält mich fester, während ich ihn tiefer in meinen Hals nehme. „Du machst das so gut."

Ich starre nach oben, meine Augen glänzen, während er sich bemüht, seinen Blick auf mich zu richten.

Er ist kurz davor zu kommen und zieht mich schwer keuchend weg.

Er greift in den Nachttisch, holt ein Kondom heraus, reißt die Folienverpackung auf und zieht es über.

Lucas' Hände liegen auf meinen Hüften, während ich seinen Schaft in mich führe, und verdammt noch mal, fühlt sich das unglaublich gut an.

Meine Hände krallen sich in seine Brust, streicheln seine Haut, während ich meine Hüften bei jedem langsamen und langgezogenen Stoß gegen seine bewege.

„Du fühlst dich so verdammt gut an", keucht Luca.

Mein Kopf fällt zurück, mein Körper wölbt sich, während ich ihn reite, meine Klitoris an ihm reibe und mein Körper die erste Welle beginnt, während ich in seinen Armen zittere.

Luca hebt seine Hüften und passt sich meiner Intensität an, während sich mein Inneres um seinen Schwanz zusammenzieht und zuckt.

„Fick mich, ja, komm für mich, Harper." Ich schwöre, mein Körper steht in Flammen, bereit zu explodieren.

Ein Stöhnen schießt durch mich hindurch, meine Zehen krümmen sich, mein Inneres zittert und verkrampft sich, nimmt alles auf, was er zu bieten hat, während ich mich in den Orgasmus hineinwölbe.

Luca bewegt seine Hüften mit meinen, setzt sich auf, um mich anzusehen, und seine Bewegungen werden kaum langsamer, während er seine Hüften gegen meine presst und stößt.

Verdammt.

Was ich für einen ordentlichen Orgasmus gehalten habe, ist millionenfach intensiver, als es jeden Zentimeter meines Körpers durchdringt, wie ein Stern, der in der dunkelsten Nacht explodiert.

Luca starrt mir direkt in die Seele, und seine Lippen fangen meine ein und bringen den lustvollen Schrei, der mich durchfährt, zum Verstummen.

Sein Körper spannt sich gegen mich, und ich reibe meine Hüften weiter, bewege mich schneller und härter, weil ich genau weiß, wonach er sich sehnt.

Nach Luft schnappend, necke ich mit meinen Lippen sein Ohr. „Komm für mich, Luca", keuche ich. „Du fühlst dich so verdammt unglaublich an."

Er ist kurz davor, und das Knurren, das aus seiner Kehle kommt, sagt mir, dass er fast so weit ist.

Lucas' Mund bedeckt meinen, seine Zunge dringt zwischen meine Lippen, trinkt mich aus, raubt mir den Atem, während sich sein Körper anspannt und zittert und er sich in mir ergießt.

Mein Herz pocht wild gegen meine Brust, und als wir uns endlich voneinander lösen, lege ich mich zurück auf die Matratze, während er das Kondom in den nahegelegenen Papierkorb wirft.

Luca sinkt neben mir zusammen und ringt nach Luft. „Verdammt, du bringst mich um."

Ein verschmitztes Lächeln breitet sich auf meinem Gesicht aus. „Du bist derjenige, der nackt ins Bett gekommen ist."

„Das war es verdammt noch mal wert", sagt Luca. Er zieht mich in seine Arme, während ich mit dem Rücken an seiner Brust liege.

„Dein Herz wird dir aus der Brust springen", flüstere ich und spüre, wie es gegen seinen Brustkorb schlägt.

„Das machst du mit mir", flüstert er und küsst meine Schulter. „Ich bin der glücklichste Mann auf Erden."

„Warum denn das?" Ich schaue ihn lächelnd an. Mein Körper summt und brennt von der Hitze zwischen uns.

Lucas' Finger streicheln meine Taille, seine Berührung ist federleicht. „Weil ich dich heiraten darf."

Es dauert nicht lange, bis Lucas sanfter Atem meinen Nacken kitzelt. Er bewegt sich nicht, sein Griff um mich entspannt sich, aber er lässt mich nicht los.

Ich kann nicht schlafen.

Es liegt nicht daran, dass ich es nicht versucht hätte.

Widerwillig löse ich mich aus seiner Umarmung, vorsichtig, um ihn nicht zu erschrecken.

Ich hebe meine Kleidung vom Boden auf, mein Tanktop und mein Höschen. Dann greife ich nach seiner Jogginghose, weil ich keine Pyjamahose in der Nähe habe.

Ich schlüpfe in seine Hose. Es wird ihm egal sein, oder er wird es nicht einmal bemerken. Ich bin leise, als ich aus dem Schlafzimmer husche, um ihn nicht zu wecken.

Ich gehe in die Küche und schnappe mir ein Glas Wasser. Ich bin ausgetrocknet und trinke das ganze Glas in einem Zug leer. Ich hole den Krug aus dem Kühlschrank, um mein Wasserglas wieder aufzufüllen, und höre Schritte hinter mir.

Ein kurzer Blick über meine Schulter verrät mir, dass es Ashton ist.

Er trägt eine Jogginghose und ein weißes T-Shirt, das sich an seinen Körper schmiegt. Sein Haar ist zerzaust, als hätte er mit den Fingern grob durch die Spitzen gefahren, oder vielleicht hat Nova das getan – besser nicht fragen.

„Kannst du nicht schlafen?“, vermute ich, da ich annehme, dass er deshalb wach ist und zu mir in die Küche gekommen ist.

„Nicht mit den Geräuschen, die du gemacht hast“, sagt Ashton und erschreckt mich damit.

Ich nehme noch einen Schluck, in der Hoffnung, meine geröteten Wangen zu kühlen.

„Scheiße. Hast du das gehört?“

„Die ganze Nachbarschaft hat euch gehört.“

Ashton tritt näher und dringt in meinen persönlichen Raum ein.

„Du willst Luca wirklich glaubhaft machen, dass du ihn liebst – bei so einer Show“, sagt er.

„Das war keine Show.“

Seine Augen verengen sich, während er mich mustert. „Ich glaube dir nicht.“

Ich nehme noch einen Schluck Wasser. „Es ist mir egal, was du glaubst. Das spielt für mich keine Rolle.“

Luca weiß, dass das, was wir haben, echt ist. Ich muss *ihn* nicht überzeugen.

„Komm schon, Harper. Du musst mich nicht anlügen. Du warst da hinten *wirklich laut*.“ Ashton deutet in Richtung meines Schlafzimmers. „Ein Mädchen macht solche Geräusche nur, wenn es sich wirklich bemüht, überzeugend zu klingen."

„Dein bester Freund hat meine Welt auf den Kopf gestellt", sage ich und starre Ashton direkt in die Augen. „Nicht, dass dich das etwas angeht."

Ashton lehnt sich gegen die Theke. „Ich sage nur, dass das Angebot mit der Hochzeit noch steht. Du hast noch Zeit, dich zu entscheiden ..."

„Schlägst du mir ernsthaft vor, dich zu heiraten?" Warum erwähnt er diese idiotische Idee wieder?

„Du musst dich erst am Tag der Hochzeit entscheiden", sagt Ashton.

„Ich werde dich nicht heiraten, Ashton. Ich mag dich nicht einmal besonders."

„Autsch." Er legt eine Hand auf sein Herz. „Ich versuche nur, Luca zu retten, ihm zu helfen."

Ich mache einen Schritt zurück und stoße gegen den Kühlschrank. Ich verstehe nicht, wie sein Heiratsantrag Luca helfen soll. „Wie kommst du darauf?"

„Komm schon, Luca wollte nie Kinder. Er hat dir nur angeboten, dich zu heiraten, um dich vor seinem Vater zu schützen."

„Und was du tust, ist so anders?" Ich starre Ashton an. „Du hast eine Freundin!"

Er hebt die Hand, legt einen Finger auf die Lippen und fordert mich auf, still zu sein.

Ich habe zwar nicht gesagt, wer seine Freundin ist, aber Nova wäre nicht gerade begeistert, wenn ich ihren Freund heiraten würde. „Willst du so mit ihr Schluss machen, Ashton? Das ist nämlich eine ziemlich miese Art, eine Beziehung zu beenden."

Ashton tritt näher. „Sei leise", flüstert er. „Und nein. Ich mag *sie* wirklich sehr."

Ich dachte, ich wäre relativ leise gewesen, aber ich nicke und verspreche, nicht das ganze Haus zu wecken. Der Letzte, den ich wecken möchte, ist Zeke. Es würde ewig dauern, ihn wieder ins Bett zu bringen, und er wird ohnehin schon in aller Herrgottsfrühe aufstehen.

„Dann hör auf, mich anzubaggern, und geh ins Bett", fahre ich ihn an und zeige in Richtung seines Schlafzimmers.

„Ich versuche dir zu helfen, aber offensichtlich kannst du das nicht erkennen. Luca mag dich, er würde alles für dich tun, aber willst du ihn mit einer Familie binden, obwohl er dich nicht liebt?"

Ich presse die Lippen zu einem schmalen Strich zusammen und fixiere Ashton mit hartem Blick.

Er überzeugt mich nicht.

Es ist nicht so, als wären Ashton und ich verliebt.

„Dante hat zugestimmt, dass du in Sicherheit bist, wenn ich dich heirate. Er wird dich und Zeke in Ruhe lassen."

„Und Luca?", frage ich, und meine Stimme klingt schärfer, als ich beabsichtige. „Muss er weiter für seinen Vater schuften?" Das ist das einzige Druckmittel, das mir noch bleibt: Luca aus Dantes Griff zu ziehen und ihm endlich Luft zum Atmen zu verschaffen.

Ashton verzieht den Mund. „Dante lässt seinen Sohn nicht einfach aus den Familienpflichten raus. Komm schon – die Chancen, dass Luca überhaupt gedraftet wird, sind praktisch gleich null. Mit seinen Statistiken ist das fast aussichtslos." Er zuckt mit den Schultern, als wäre es eine nüchterne Rechnung. „Er ist gut, ja. Wirklich gut. Aber Profi? Dafür reicht's nicht. Deshalb hat sein Vater dieser NHL-Ausnahmeregel überhaupt zugestimmt: weil er nicht glaubt, dass Luca es in ein Team schafft."

„Und du?", frage ich und starre Ashton an. „Glaubst du, dass er es in die NHL schaffen wird?"

Ashtons Schultern sinken herab. „Ich halte das für eine Fantasie. Er kann natürlich versuchen, sich für den Draft anzumelden, aber Profi zu werden, ist etwas, wovon wir alle träumen."

„Ich werde dich nicht heiraten", wiederhole ich.

Ich trinke den letzten Schluck Wasser und stelle mein leeres Glas in die Spüle.

„Ich könnte Dante davon überzeugen, für die Ausbildung deines Sohnes und alles, was Zeke braucht, aufzukommen, wenn du mich heiratest."

„Du kannst mich nicht kaufen, Ashton. Ich bin nicht zu verkaufen."

„Was ist los?" Lucas' Stimme hallt durch die Küche, als er hereinkommt, sexy und verschlafen zugleich. Zumindest trägt er eine Jogginghose, allerdings nicht die von heute, da ich sie ihm gestohlen habe.

Wahrscheinlich hat er sich eine aus dem Wäschekorb genommen.

Mein Blick ist jedoch auf seine nackte Brust gerichtet, und ich kann mich nicht davon losreißen. Jeder Muskel seines Körpers ist angespannt.

„Ich gehe gerade ins Bett", sagt Ashton und versucht, an Luca vorbeizugehen.

Luca packt Ashton am Hemd und hindert ihn daran, vorbeizugehen. „Was sollte das mit dem Kauf meiner Freundin?", knurrt er seinen besten Freund an.

Ich lege eine Hand auf Lucas Arm und versuche, ihn zu beruhigen. „Dein Vater versucht nur, sich in unsere Hochzeit einzumischen. Mach dir keine Sorgen", sage ich und küsse ihn sanft auf die Lippen.

Widerwillig lässt er Ashton los, aber er lässt ihn nicht aus der Küche gehen und versperrt ihm den Weg.

Luca starrt Ashton an und dann mich. „Es macht mich nicht gerade glücklich, dass Dante sich einmischt. Sag mir, was los ist", verlangt Luca.

SECHZEHN

LUCA

Mein Bett fühlt sich heute Morgen einsam an, und ich wache in der Morgendämmerung auf, was viel zu früh ist. Ich greife nach meinem Handy; es gibt noch keine neuen Nachrichten von Harper.

Harper und ich hatten vereinbart, dass wir die Nacht vor der Hochzeit getrennt verbringen würden. Ich würde bei meinen Eltern übernachten und sie würde am Samstagmorgen mit Kensley und Zeke kommen.

Ich habe ihr angeboten, sie abzuholen, aber sie bestand darauf, dass wir die Tradition befolgen sollten, dass der Bräutigam die Braut vor der Hochzeit nicht sieht.

Ich wusste gar nicht, dass Harper abergläubisch ist.

Es scheint, als gäbe es noch viel über sie zu lernen. Und obwohl ich mein Bestes getan habe, um sie nicht auf Distanz zu halten, haben wir uns in letzter Zeit nicht gerade oft gesehen.

Das ist unsere Schuld.

Harper ist mit der Schule und ihrem Sohn Zeke beschäftigt.

Zeke ist abends und am Wochenende ein Vollzeitjob. Wenn ich doch einmal die Gelegenheit habe, ein paar Minuten mit Harper auf dem Sofa zu kuscheln, stiehlt Zeke mir immer ihre Aufmerksamkeit.

Ich hätte nie gedacht, dass ich mit einem Zweijährigen um Aufmerksamkeit konkurrieren müsste.

Aber ich verstehe es, Zeke ist ihr Sohn. Ich versuche, nicht eifersüchtig zu sein, aber manchmal ist es schwer, wenn sie mehr Zeit mit ihm als mit mir verbringt.

Nicht nur ihretwegen. Ich war mit dem Hockeyteam, dem Geschäft meines Vaters und dem ganzen Uni-Kram völlig ausgelastet.

Ich finde es schade, dass wir dieses Semester keine gemeinsamen Kurse haben. Unsere

Stundenpläne sind völlig unterschiedlich, wir sind auf dem Campus in entgegengesetzte Richtungen unterwegs. Dieses Semester kann ich sie nicht zum Unterricht begleiten, nicht dass ich das nicht möchte, aber ich habe einfach keine Zeit dafür. Ich kann nicht an zwei Orten gleichzeitig sein.

Ich habe versucht, mehr Zeit mit Zeke zu verbringen, aber er entscheidet sich jedes Mal für seine Mama statt für mich.

Ich kann es ihm nicht verübeln – sie ist eindeutig die bessere Wahl.

Sie weiß immer, wie sie ihn zum Lachen bringen kann.

Ich liebe sein Lachen. Es lässt mich tatsächlich daran denken, dass wir vielleicht eines Tages ein eigenes Kind haben könnten, ein Geschwisterchen für Zeke.

Aber nicht heute.

Nach dem College.

Wenn wir beide bereit sind für diese Art von Verpflichtung.

Die Sache mit der Ehe ist genug, um sich Hals über Kopf hineinzustürzen, wenn wir beide noch nicht bereit sind.

Aber ich tue es für *sie*.

Jeden Augenblick denke ich an Harper und

frage mich, ob ich sie und Zeke wirklich vor meinem Vater und der Welt da draußen beschützen kann.

Vielleicht verliebe ich mich sogar in sie, aber ich bin mir nicht sicher.

Ich war noch nie wirklich verliebt.

Ich habe mich schon nach Mädchen gesehnt, aber Liebe – ich kann nicht sagen, dass ich hundertprozentig weiß, wie sich das anfühlt.

Aber ich kann mit Sicherheit sagen, dass ich mich in der Blütezeit der Liebe befinde. Dass ich mich ohne Harper leer fühlen würde. Und dass ich, obwohl ich wegen unserer Hochzeit heute verdammt nervös bin, ohne Zweifel weiß, dass ich das Richtige tue.

Ich muss sie und Zeke beschützen.

Ich werfe einen Blick auf mein Handy. Die letzte SMS von Harper war gestern Abend, als sie mir schrieb: *„Gute Nacht. Bis morgen."*

Es ist eine einfache Nachricht. Es war sogar ein Herz-Emoji dabei, das mich zum Lächeln brachte, weil dieses Mädchen es versteht, mein Herz höher schlagen zu lassen.

Liebe? Ich bin mir nicht sicher.

Ich verliebe mich definitiv in sie.

Ohne jeden Zweifel bin ich froh, dass

ausgerechnet sie die Frau sein wird, die ich heirate – wenn es schon sein muss, dann Harper.

Ich quäle mich aus dem Bett und weiß schon jetzt: Das wird ein langer Tag. Hoffentlich wenigstens ein guter.

Ich tippe Harper eine Nachricht. Wahrscheinlich ist sie längst mit Zeke beschäftigt – oder, wenn sie ausnahmsweise Glück hat, schläft sie noch.

Ich kann es kaum erwarten, dich zu sehen, Frau.

Ich drücke auf „Senden" und bereue dann die Wahl des Wortes „*Frau*".

Ich necke sie.

Ich bin nur verspielt.

Ich hoffe, sie sieht es auch so und wird nicht nervös.

Zu spät, die Nachricht ist bereits abgeschickt.

Noch keine Lesebestätigung. Also ziehe ich mir eine Jogginghose und ein T-Shirt über und gehe nach unten, um mir Frühstück zu machen – und endlich den Kaffee zu holen, den ich dringend brauche.

Eigentlich brauche ich den Koffeinkick nicht, mein Herz rast ohnehin schon. Aber ich klammere mich an das Vertraute. Und weil Harper heute Morgen nicht hier ist, muss das eben reichen.

Ashton hat letzte Nacht bei uns geschlafen. Ich

sollte ihn dafür hassen, dass er versucht hat, mir meine Freundin auszuspannen, aber die Wut sitzt woanders: bei Dante.

Ashton hätte Harper das niemals vorgeschlagen, wenn Dante es ihm nicht befohlen hätte. Er ordnet sich der Hierarchie unter – ganz egal, wie krank das alles ist.

Scheiß auf Dante.

Ich werde Harper heiraten.

Gestern Abend wollte Ashton mich zu meinem Junggesellenabschied in einen Stripclub schleppen. Doch der Gedanke, dass eine Fremde sich an mir reibt und provozierend tanzt, hat in mir exakt nichts ausgelöst. Außer vielleicht Ekel.

Wenn überhaupt, dann könnte nur Harper so etwas in mir wecken. Aber Kensley hat bei uns übernachtet, und es gab keine Chance, dass Harper hier auftaucht und mir eine Show liefert.

Also haben wir einfach nur zusammengesessen, getrunken und uns mit Geschichten über Wasser gehalten.

Moreno und Dante kamen gestern Abend gegen neun Uhr dazu, um mit uns Bier zu trinken, und die Stimmung war viel ausgelassener, als ich es von den beiden erwartet hätte.

Und auch wenn ich Dante am liebsten von

hinten gepackt und ihm die Kehle durchgeschnitten hätte, weil er sich in mein Liebesleben eingemischt hat, muss ich ihm zugestehen, dass er sich tatsächlich um mich gekümmert hat.

Ich schätze, für alles gibt es ein erstes Mal.

Aber das war gestern Nacht. Jetzt, wo die Sonne über den Horizont kriecht, liegt eine unheimliche Ruhe über dem Haus.

Ausschlafen war heute Morgen ohnehin keine Option – nicht mit der Hochzeit und Harper, die mir pausenlos durch den Kopf spuken.

Mein Handy habe ich oben auf dem Bett liegen lassen. Wenn Harper mir schreibt, werde ich es nicht mitbekommen.

Die Angst sitzt wie ein Stein in meinem Magen. Ich male mir aus, dass ihr auf dem Weg hierher etwas passieren könnte.

Am liebsten würde ich sie abholen, sie selbst herfahren – nur um sicher zu sein, dass sie wirklich in Sicherheit ist. Aber sie hat darauf bestanden, dass wir uns nicht mehr sehen, bevor sie zum Altar tritt.

Ich hasse, wie abergläubisch sie ist. Und trotzdem … es sind nur noch ein paar Stunden, dann sind wir verheiratet.

Herr und Frau Ricci.

Sie wird meinen Nachnamen tragen.

Allein der Gedanke lässt mein Herz schneller schlagen.

Ich gieße mir eine Tasse Kaffee ein, als Ashton den Flur entlang in die Küche schlurft.

„Morgen“, brummt er – noch halb im Schlaf.

Er sieht aus, wie ich mich fühle: als hätte er kaum ein Auge zugemacht.

Ich habe die ganze Nacht nur halb geschlafen, bin immer wieder hochgeschreckt – aus Träumen von der Hochzeit, von Zeke, von Harper ... und von der Mafia. Es fühlt sich an, als wäre ich überhaupt nicht zur Ruhe gekommen, auch wenn ich weiß, dass es ein paar Stunden gewesen sein müssen.

Ich nehme einen Schluck und trete zur Seite, damit Ashton sich eine Tasse nehmen kann.

„Weißt du, ob Harpers Eltern zur Hochzeit kommen?“, fragt er.

Ich ziehe die Stirn zusammen, weil ich nicht begreife, warum ihn ausgerechnet Harpers Eltern interessieren. „Keine Ahnung. Ich glaube, sie weiß es selbst nicht. Neulich hat sie mir gesagt, dass sie ihnen eine Nachricht hinterlassen hat – aber sie haben nicht zurückgerufen.“

„Sie haben gar nicht reagiert?“, hakt er nach.

Ich reibe mir den Nacken. „Meine Mutter hat

sich um den ganzen Kram gekümmert. Ich weiß nicht, was davon bei ihr gelandet ist."

Ashton grinst, während er sich Kaffee einschenkt. „Deine Mama plant also deine Hochzeit? Wow. Du bist ein richtiges Muttersöhnchen."

„Ich bringe dich um", knurre ich, mache einen Satz auf ihn zu – und genau in dem Moment taucht Dante aus dem Keller auf und biegt in die Küche, angelockt von meiner Stimme.

„Das wirst du nicht", sagt er so nüchtern, als ginge es ums Wetter. Dann legt er einen Arm um meine Schulter und den anderen um Ashton.

Mir verhärtet sich der Nacken unter seinem Griff. Das ist so falsch. So gestellt.

Und ich schwöre, mein Vater sieht Ashton inzwischen mehr als seinen Sohn. Vielleicht hat er ihm deshalb diesen kranken Vorschlag gemacht.

„Heute wird ein besonderer Tag", sagt Dante, und ein dünnes, fast spöttisches Lächeln zuckt über sein Gesicht. „Ich freue mich schon darauf."

Klar. Weil er glaubt, Harper würde am Ende Ashton nehmen – und nicht mich.

Scheiß auf Dante.

Ich setze ein Lächeln auf, lasse mir nichts anmerken. Lass ihn ruhig denken, er hätte alles unter Kontrolle. Umso besser wird sein Gesichtsausdruck sein, wenn Harper und ich uns gleich tatsächlich das Jawort geben.

Ich werde es genießen. Allein, um ihm eins auszuwischen.

Ashton wirkt plötzlich angespannt. Er stellt seine frisch eingeschenkte Tasse zu hastig auf die Arbeitsplatte, als hätte sie ihn verbrannt. Wenigstens weiß ich jetzt, dass er Dante nichts davon erzählt hat, was er mir gesteckt hat.

Dante wäre nicht so gelassen, wenn er es wüsste.

Mein Vater hält das Lächeln noch einen Moment, dann lässt er uns los und geht aus der Küche. „Keine Dummheiten, ihr zwei", sagt er über die Schulter. „Und bringt vor der Hochzeit niemanden um."

Ashton murmelt etwas, das wie eine Drohung an Dante klingt, was mich überrascht, aber vielleicht verflucht er mich immer noch dafür, dass ich ihn bedroht habe.

Ich ignoriere es, nippe an meinem Kaffee und beobachte, wie er seine Tasse nimmt und sie in die Spüle schüttet.

„Das wird schon", sage ich und halte seinen Blick fest.

„Tja“, brummt er. „Mir ist gerade der Appetit vergangen.“

Der Kaffee und das Adrenalin halten mich aufrecht nach dieser beschissenen Nacht ohne Harper an meiner Seite. Ich hätte nie gedacht, dass ich mich so sehr auf jemanden stützen würde – und ich werde es nicht laut sagen, aber ich verliebe mich in sie.

Es gibt schlimmere Schicksale, als die Frau zu lieben, die man gleich heiratet.

Auf Drängen meines Vaters stecke ich in einem Smoking. Ein normaler Anzug hätte völlig gereicht, aber das Teil sitzt enger, als mir lieb ist – und ich habe ihn erst heute zum ersten Mal richtig an.

Er passt besser als erwartet. Wohlfühlen tue ich mich trotzdem nicht.

Ashton bleibt im Zimmer, während ich zum gefühlt hundertsten Mal auf mein Handy starre.

„Immer noch nichts von Harper“, sage ich.

Mein Magen zieht sich zusammen. Ich löse die Fliege, die mir die Kehle abschnürt, und atme einmal hart aus.

Luft.

Ich gehe ans Fenster, reiße es auf, und die kalte Februarbrise schneidet ins Zimmer, als würde sie mich wachschlagen.

„Gib her.“ Ashton nimmt mir das Handy aus der Hand.

„Was, wenn sie mich gerade erreichen will?“, fahre ich ihn an, als er es hinter seinem Rücken verschwinden lässt.

„Sie ist bestimmt schon hier“, sagt Ashton ruhig, als wäre das alles das Normalste der Welt. „Wahrscheinlich zieht sie sich gerade um oder sitzt beim Make-up.“

Es ist weniger als eine Stunde, bis wir den Gang hinuntergehen sollen.

„Kannst du bitte nachsehen?“ Ich bin vor Sorge ganz außer mir.

Ich habe seit Stunden nichts von Zeke gehört. Er ist nicht einmal ins Schlafzimmer geplatzt, um seine ganz eigene Version von Verstecken zu spielen.

Wahrscheinlich hat Harper das unterbunden – nicht nachdem sie bei meinen Eltern gesehen hat, was hier wirklich unter dem Dach passiert.

„Ja. Bleib einfach hier, okay?“, sagt Ashton zu mir.

Ich nicke nur und kaue mir so fest auf die Unterlippe, dass es fast wehtut.

Mein Zimmer liegt zum Innenhof hinaus. Selbst wenn Harper endlich auftaucht, bekomme ich es nicht mit – und sie hat nicht mal ein Auto. Sie bestand darauf, den Bus zu nehmen.

Ich hätte sie fahren sollen. Scheiß auf Aberglauben. Dann wüsste ich wenigstens, dass sie heil hier angekommen ist.

Ashton ist eine Weile weg.

Zu lange, wenn du mich fragst.

Und jetzt habe ich viel zu viel Zeit zum Nachdenken – und er hat immer noch mein Handy. Ich kann ihr nicht einmal schreiben, dass ich mir Sorgen mache, weil sich seit Stunden nichts von ihr rührt.

Ich verziehe das Gesicht. Ich will nicht kontrollierend werden. Nicht übergriffig. Nicht wie Dante.

Ich habe mir geschworen, niemals so zu werden wie er. Niemals Kinder zu haben. Niemals zu heiraten.

Doch jetzt starre ich mein Spiegelbild an – und erschrecke vor dem Mann, der mir daraus entgegenblickt.

Aus fünf Minuten werden zehn.

Ich will das ganze Anwesen auf den Kopf stellen, um Harper zu finden, aber es kostet mich Kraft, in diesem verdammten Schlafzimmer zu bleiben. Wenn sie irgendwo im Haus herumläuft, soll ich ihr nicht begegnen.

Dabei will ich genau das.

Ich will sie sehen. Ich will sie wissen lassen, dass sie sicher ist.

Aber ich versuche, ihren Wunsch zu respektieren.

Ich werfe wieder einen Blick auf die Uhr.

Fast zwanzig Minuten, seit Ashton los ist, um sie zu suchen.

Der Stein in meinem Magen fühlt sich inzwischen an wie ein Felsbrocken.

Ashton ist noch immer nicht zurück – aber vielleicht hilft er Harper mit Zeke. Ich kann mir beim besten Willen nicht vorstellen, dass der Kleine begeistert davon ist, lange genug stillzuhalten, um sich in schicke Klamotten zwängen zu lassen.

Da klopft es leise an der Tür.

„Herein."

Ich bete stumm, dass es Harper ist.

Der Türknauf bewegt sich, und Kensley schlüpft in mein Zimmer. Sie trägt ein dunkelviolettes Kleid, der Saum ist mit schwarzer Spitze eingefasst. Es steht ihr verdammt gut – und wenn sie hier ist, dann muss Harper auch hier sein. Sie sind zusammen mit dem Bus gekommen.

Erleichterung rauscht durch mich hindurch. Ich kann wieder atmen.

„Du bist da."

Denn wenn Kensley da ist, macht Harper sich gerade irgendwo fertig. Vermutlich im Zimmer meiner Mutter, abgeschirmt vor neugierigen Blicken, während sie den letzten Feinschliff bekommt, bevor sie den Gang entlanggeht.

„Ja." Kensleys Augen glänzen, aber irgendetwas daran wirkt … angespannt. Als würde sie ein Wort zu viel schon bereuen.

In ihren Händen hält sie einen zusammengefalteten Zettel.

„Sind das die Gelübde?" Mein Blick bleibt daran hängen. Warum hat sie die? Vielleicht bewahrt sie sie für Harper auf, damit nichts verloren geht. „Kann ich sie sehen?" Ich weiß, dass ich das nicht sollte, aber ich habe keine Gelübde geschrieben. Wir haben nicht darüber gesprochen, und jetzt – zwanzig Minuten vor der Hochzeit – kriecht mir die Panik wieder in den Hals.

Wenn ich ehrlich bin, bin ich seit dem Morgen kurz vorm Durchdrehen. Erst diese Stille. Dann

Harper, die nicht auftaucht. Dann Ashton, der verschwindet.

Aber Kensley hier zu sehen, dämpft diesen Sturm.

„Hast du ein Gelübde geschrieben?“ Kensleys Stimme ist ruhig – zu ruhig. Sie hält das Papier fest.

Sie gibt es mir nicht.

Das überrascht mich nicht. Sie ist Harpers beste Freundin. Sie würde für sie durchs Feuer gehen.

Die nervösen Schmetterlinge sind wieder da – aber immerhin ist der Felsbrocken in meinem Magen kleiner geworden. „Ich schätze, ich hätte das auch machen sollen. Darf ich sie sehen?“

Kensley kommt weiter hinein, lehnt sich lässig an die Kommode und mustert mich mit einem schmalen Lächeln.

„Warum heiratest du meine beste Freundin?“, fragt sie und kippt den Kopf, als würde sie mein Gesicht nach der Wahrheit absuchen.

Ausgerechnet jetzt.

„Weil ich sie liebe“, sage ich – und es klingt erschreckend glaubwürdig. Vielleicht, weil es stimmt. Vielleicht nicht so, wie es in einer perfekten Welt aussehen würde, aber ich würde alles für Harper tun. Und wenn das keine Form von Liebe ist, was dann?

Es gibt tausend Dinge, die ich Kensley nicht erklären kann. Dinge, die ich nicht einmal aussprechen darf.

Die Tür fliegt auf.

Ashton steht im Rahmen, angespannt, der Blick hart, als hätte er gerade etwas gesehen, das ihm nicht gefällt. Sein Fokus springt auf Kensley. „Du bist hier?"

„Natürlich", erwidert sie trocken. „Es ist die Hochzeit meiner besten Freundin." Dann wirft sie einen Blick auf die Uhr hinter mir.

Und plötzlich stimmt etwas nicht.

Ashton knallt die Tür hinter sich zu, so fest, dass das Holz vibriert. Mit zwei schnellen Schritten ist er bei Kensley. „Wo zum Teufel ist Harper?"

Kensley hebt nur die Brauen, als wäre er derjenige, der sich lächerlich verhält. Dann streckt sie die Hand aus – und reicht mir das gefaltete Blatt.

„Das sind nicht deine Gelübde", sagt sie leise und streift dabei meine Finger. „Vielleicht liest du es besser allein."

Mein Puls schießt hoch.

„Du gehst nirgendwo hin", knurre ich, reiße ihr das Papier aus der Hand und falte es auf – zu hastig, zu gierig, als könnte ich damit verhindern, was auch immer gleich passiert.

Es ist ihre Handschrift.

Ich erkenne sie sofort. Von ihren Mitschriften. Von ihren Notizen. Von den Zetteln, die Harper mir im Unterricht zugeschoben hat, wenn ich so tat, als würde ich zuhören.

Mein Kiefer verkrampft sich. Ich atme durch die Nase ein, zwinge mich zur Ruhe.

Was auch immer Kensley mir gerade in die Hand gedrückt hat – es ist nichts Gutes.

Niemand schreibt seinem Partner am Morgen der Hochzeit einen Brief – außer es sind Gelübde.

Und das hier ... das sind ganz sicher keine Gelübde.

Luca,

es tut mir leid. Bitte vergib mir alles. Ich wollte dir nie wehtun. Aber ich kann dich nicht heiraten. Nicht heute. Nicht, wenn du weder mich noch Zeke liebst. Uns zur Heirat zu zwingen, ist ein Fehler. Wir wissen beide, dass du nur zugestimmt hast, um mich zu beschützen. Jetzt bin ich an der Reihe, dich zu beschützen. Bitte lauf mir nicht hinterher. Lass mich gehen. Ich gebe dir deine Freiheit.

Harper

Die Luft entweicht aus meinen Lungen, und wenigstens ist das Bett hinter mir, als ich mich darauffallen lasse und den Brief einmal, zweimal, dreimal lese.

„Sie hat mich verlassen, verdammt noch mal."

Fortsetzung folgt ...

Finde heraus, wie es weitergeht in *„Zwischen Feuer und Frost"* (Crimson Ice, Band 3).

Feuerheiße Verrat. Frostige Rache.

Eine Romanze, die niemals hätte stattfinden dürfen ...

Nova war immer tabu – das hat Luca jedem Spieler im Kader klargemacht. Seine kleine Schwester. Seine Regel.

Aber Ashton Rinaldi scheint das nicht zu interessieren ... und die Funken zwischen ihnen sprühen bereits unkontrolliert.

Und das ist nicht das einzige Geheimnis, das vor Luca verborgen bleibt ...

. . .

Liam hat dieses Semester damit verbracht, sich ganz dem Eishockey zu widmen – er trainierte härter, ging weiter an seine Grenzen und war entschlossen, sich seine eigene Zukunft aufzubauen. Aber als Luca ihn um einen Gefallen bittet, ändert sich alles.

Denn Bristol Greyson ist zurück.

Das Mädchen aus Liams Vergangenheit – diejenige, die mit jedem Fehler verknüpft war, den er sich geschworen hatte, nie wieder zu begehen. Und ihr Vater, Kyler Greyson, ist jetzt Eigentümer der Ice Dragons in der NHL.

Luca möchte, dass er sie kennenlernt.

Der NHL-Draft steht bevor.

Aber ist Luca bereit für den Druck …

Zwischen Feuer und Frost bröckeln Loyalitäten, Geheimnisse brechen auf – und Begierde droht, alles zu verschlingen, was sich ihr in den Weg stellt.

EXKLUSIVE BUCHBOXEN & MERCHANDISE KAUFEN

Vielen Dank, dass Sie *Zwischen Klingen und Blut* gelesen haben! Ich hoffe, der Roman hat Ihnen gefallen. Ich habe ihn sehr gerne geschrieben.

Wenn Sie signierte Taschenbücher und exklusive Inhalte lieben, sollten Sie auf jeden Fall meine Webseite besuchen: https://shopwillowfox.com

ÜBER DIE AUTORIN

Willow Fox liebt das Schreiben seit ihrer Highschoolzeit (vor vielen Jahren). Ihre Kleinstadtromane spiegeln das Leben in einer Kleinstadt im ländlichen Amerika wider.

Egal, ob sie Liebesromane schreibt oder draußen am Lagerfeuer sitzt und ein gutes Buch liest, Willow liebt die Magie des geschriebenen Wortes.

Sie träumt davon, von den Füßen gerissen zu werden und hofft, dass sie das auch bei ihren Lesern erreichen kann!

Besuche ihre Website unter:

https://shopwillowfox.com

AUCH VON WILLOW FOX

Eagle Tactical Serie

- Enthüllt: Jaxson
- Verheimlicht: Mason
- Versteckt: Lincoln
- Verborgen: Jayden

Mafia-Ehen

- Geheimes Gelübde
- Gefangenschafts Gelübde
- Wildes Gelübde
- Widerwilliges Gelübde
- Rücksichtsloses Gelübde

Gebrüder Bratva

- Brutaler Boss

Böser Boss

Besitzergreifender Boss

Zwanghafter Boss

Ruppige Single Papas

Milliardär Muffel

Berg Muffel

Bachelor Muffel

Eisige Romantik auf dem Spielfeld

Schwindel mit dem Milliardär

Wagnis mit dem Eishockeyspieler

Verhaftung des Eishockeyspielers

Crimson Ice

Zwischen Klingen und Blut

Zwischen Eis und Schwüren

Zwischen Feuer und Frost

www.ingramcontent.com/pod-product-compliance
Lightning Source LLC
LaVergne TN
LVHW100513110826
845146LV00002B/617

* 9 7 9 8 8 8 6 3 7 3 1 5 8 *